A CULTURA GESTUAL JAPONESA

Manifestações modernas de uma cultura clássica

MICHITARŌ TADA

A CULTURA GESTUAL JAPONESA

Manifestações modernas de uma cultura clássica

Tradução
João Carlos Pijnappel

Martins Fontes

© 1972 by the Estate of Michitarō Tada.
© 2009 Martins Editora Livraria Ltda., São Paulo, para a presente edição.

Publisher *Evandro Mendonça Martins Fontes*
Produção editorial *Luciane Helena Gomide*
Produção gráfica *Sidnei Simonelli*
Projeto gráfico e capa *Casa de Idéias*
Preparação *Andréa Vidal*
Revisão *Camila Fernanda Cipoloni*
Dinarte Zorzanelli da Silva
Mariana Zanini

Dados Internacionais de Catalogação na Publicação (CIP)
(Câmara Brasileira do Livro, SP, Brasil)

Tada, Michitarō, 1924- .
  A cultura gestual japonesa : manifestações modernas de uma cultura clássica / Michitarō Tada ; tradução de João Carlos Pijnappel. – São Paulo : Martins Martins Fontes, 2009.

  Título original: Japanese gestures : modern manifestations of a classic culture
  ISBN 978-85-61635-32-9

  1. Características nacionais japonesas
  2. Cultura – Japão 3. Japão – Usos e costumes I. Título.

09-02923   CDD-952

Índices para catálogo sistemático:
1. Japão : Cultura   952
2. Japão : Cultura gestual   952

Todos os direitos desta edição no Brasil reservados à
Martins Editora Livraria Ltda.
R. Prof. Laerte Ramos de Carvalho, 163
01325-030 São Paulo SP Brasil
Tel.: (11) 3116.0000 Fax: (11) 3115.1072
info@martinseditora.com.br
www.martinseditora.com.br

1ª **edição** Setembro de 2009 | **Diagramação** Casa de Idéias | **Fonte** Chaparral Pro
Papel Offset 75 g/m² | **Impressão e acabamento** Imprensa da Fé

Sumário

Introdução	9
Prefácio do autor à edição americana	17
Monomane I (Mimese I) *Imitação versus originalidade*	21
Monomane II (Mimese II) *Aprendendo por imitação*	27
Monomane III (Mimese III) *Mantendo as aparências*	32
Gambaru (Dar duro, nunca desistir) *Saudações com um propósito*	38
Aizuchi (Oferecer concordância, ecoar) *Apoiar pela concordância*	46
Hedatari (Distância, estranhamento, frieza) *Manter distância ou não*	51
Tei-Shisei (Uma atitude modesta) *Mantendo um "perfil baixo"*	56
Nekorobu (Reclinar-se, deitando) *Senhoras reclinadas lendo rolos de papel*	62
Akushu (Apertar as mãos) *Cumprimentando e presenteando*	69

Fureru (Contato físico, tocar-se)
Mantendo a proximidade 76

Niramekko (O jogo de encarar)
Familiarizando-se 81

Hanikami (Timidez, pudor)
Olhando para baixo, timidamente 87

Warai (Riso)
Ria e engorde! 93

Bishō (Sorriso)
Mulheres cobrindo o rosto 98

Sahō I (Boas maneiras e etiqueta I)
Servir saquê na taça do outro 103

Sahō II (Boas maneiras e etiqueta II)
Em Roma... 108

Ikebana (Arranjo floral japonês)
Um mundo feminino 112

Tsunagari (Conexões)
O intermediário 117

Katachi (Forma, padrão)
Autoexpressão através da forma 122

Suwaru I (Sentar-se I)
Ficar acomodado 127

Suwaru II (Sentar-se II)
Sentar no chão 132

Shagamu I (Ficar de cócoras I)
Acocorando Rimbaud 138

Shagamu II (Ficar de cócoras II)
A postura da beleza (mulheres) e a do poder (homens) 143

Najimu (Tornar-se familiar)
Os termos da intimidade 148

Nanakuse I (Os sete tiques de todo mundo I)
As expressões inconscientes das pessoas 153

Nanakuse II (Os sete tiques de todo mundo II)
Manuseando coisas por hábito 157

Ude, te, yubi (Braços, mãos, dedos)
Cantando de braços dados, de mãos dadas 162

Yubi-Kiri (Enganchar o dedo mínimo no de outra pessoa
como sinal de juramento)
O símbolo de um juramento sagrado 166

Suriashi I (Andar deslizando os pés I)
Uma cultura sem pés e pernas 172

Suriashi II (Andar deslizando os pés II)
Algumas coisas não se fazem com os pés 176

Suriashi III (Andar deslizando os pés III)
Batendo o pé 181

Ateburi (Comunicando com os dedos)
Os gestos residuais 187

Mitate I (Representação concreta I)
A linguagem secreta das gueixas 192

Mitate II (Representação concreta II)
O gesto sagrado e o gesto secular 197

Chokuritsu-Fudō (Ficar de pé em posição de sentido)
Cantando em posição de sentido 202

Hyōjō (Expressão)
Cantar com expressão 207

Sekibarai I (Limpar a garganta I)
Uma conversa agradável entre duas pessoas 211

Sekibarai II (Limpar a garganta II)
Exorcizando os mortos ou o demônio 216

Kushami (Espirrar)
Cubra sua boca só por precaução 221

Akubi (Bocejar)
Dormindo no trem 229

Naku I (Chorar I)
Choro de demonstração 234

Naku II (Chorar II)
Ir ao teatro para chorar 239

Musubu (Conclusão)
Chegue um pouco mais perto 244

Índice remissivo 249

Introdução

ESTE LIVRO é um olhar sobre o Japão de si e para si próprio. Inicialmente publicado como uma série de ensaios em um grande jornal, ele se dirige a um público japonês popular, falando-lhe a seu próprio respeito. Nós, estrangeiros, deveríamos sentir um certo privilégio pelo golpe de sorte de termos este livro em mãos: é quase um diário, notas de alguém para si próprio. *A cultura gestual japonesa*, de Michitarō Tada, abre uma janela de perspectivas que obras anteriores de apresentação do Japão ao Ocidente não proporcionaram; de fato, ele supera os trabalhos precedentes de duas maneiras. Primeiramente, esta é uma obra nascida de uma autoanálise; um olhar investigativo sobre o que é profundamente japonês, de forma a elucidá-lo para os próprios japoneses. Não se pode chegar mais perto que isso do âmago do assunto. Em segundo lugar, este livro explora a mais íntima e genuína das formas de comunicação: o gesto, aquele detalhe simples e quase olvidável que, no entanto, contém em si a chave para a maneira de ser de toda uma cultura.

Evidentemente, uma cultura grande e antiga, que conta com mais de 100 milhões de pessoas, apresenta-se de maneiras elaboradas e variadas, mas a forma mais íntima dessa comunicação é a que ocorre naturalmente, sem nenhum propósito oficial e para nenhum visitante estrangeiro. O gesto simples e inconsciente traz consigo uma riqueza de informações através das quais uma cultura toma conhecimento de si própria, se expressa e se reconhece. Durante muito tempo, a cultura japonesa tem constituído um enigma e uma curiosidade para nós do Ocidente. De Benedict a Cleary, temos nos interessado em atingir uma compreensão dos japoneses, tanto no âmbito do enriquecimento cultural quanto para os propósitos de nossas contínuas relações comerciais. Mesmo assim, as obras sobre a cultura japonesa mais amplamente lidas em geral se reduzem a interpretações ocidentais da mente japonesa. Até mesmo o dr. Doi utilizou um modelo ocidental para apresentar sua análise da psicologia dos japoneses.

Michitarō Tada é um dos mais respeitados intelectuais contemporâneos do Japão – e talvez um dos mais polêmicos. Especialista em literatura e antropólogo cultural, ele dedicou grande parte de sua carreira ao estudo e à elucidação da cultura e da identidade japonesas. Como se dedicou com o mesmo respeito e dedicação ao estudo da cultura clássica e da cultura popular, não foram poucos os limites do saber tradicional ultrapassados por sua obra. Sua maneira singular de incluir a "cultura de massa" em suas considerações sobre o "eu interior" japonês coloca-o numa posição à parte em alguns cenários intelectuais do Japão. Contudo, é precisamente por suas incursões nessas novas áreas comparadas que ele, como nenhum outro, tem forjado novos rumos tanto no mundo acadêmico quanto na produção cultural. Atualmente, sua autoridade como teórico da cultura japonesa é incontestável.

Nascido em Kyoto em 1924, Tada formou-se em literatura francesa na prestigiosa Universidade de Kyoto, em 1949. No mesmo ano, iniciou sua carreira acadêmica no Instituto de Pesquisas para Estudos Humanísticos da universidade. Ele era um dos principais membros do grupo pioneiro de intelectuais sob a direção do professor Takeo Kuwabara, grupo este que encabeçou a consolidação da abordagem interdisciplinar nos estudos humanísticos e culturais no Japão.

Atuando interdisciplinarmente, Tada procurou aplicar pesquisas e análises rigorosas não apenas à expressão cultural clássica, como também trabalhou incansavelmente na observação e na análise da cultura popular. Sua iniciativa pioneira e sua engenhosidade inovadora ao explorar, registrar e interpretar a vida cotidiana e a cultura popular despertaram uma nova consciência dos aspectos da identidade cultural japonesa além do âmbito dos estudos acadêmicos convencionais. Assim, o conjunto de sua obra reflete tanto o espírito de inovação dinâmica quanto a estrutura disciplinada do verdadeiro cientista social.

Portanto, podemos dizer que, durante sua longa vida, o professor Tada devotou-se a compreender o que significa ser japonês e a compartilhar essa compreensão com o público japonês. Em reconhecimento por seus esforços, a cidade de Kyoto condecorou-o com a Medalha de Distinção de Serviço por Atividades Culturais (*Kyoto Bunka Kōrō Shō*) por seu estudo sobre Akira Kurosawa (*Akira Kurosawa Kaisetsu*), em 1956; com o 32º Prêmio Cultural da Companhia Editora Mainichi (*Mainichi Shuppan Bunka Shō*) por sua compilação do Dicionário Crown francês-japonês, em 1978; e com o Prêmio Sei Itō de Crítica Literária (*Itō Sei Bungaku Shō*), em 1999.

Até hoje, sua produção permanece bastante prolífica; uma bibliografia completa tomaria muitas páginas, mas a seguir mostramos uma seleção de dez dos livros que publicou no decorrer de cinquenta anos de trabalho:

- *Fukusei Geijutsu Ron* [Ensaios sobre as artes da cópia], 1962.
- *Shigusa no Nihon Bunka* [A cultura gestual japonesa], 1972.
- *Asobi to Nihonjin* [O povo japonês e a diversão], 1974.
- *Fūzoku-Gaku* [Estudos sobre maneiras e costumes], 1978.
- *Kotowaza no Fūkei* [Cenas dos provérbios], 1980.
- *Baudelaire no "Aku no Hana" Chūshaku* [Anotações de *Les Fleurs du Mal*, de Baudelaire], 1986.
- *Tada Michitarō Chosaku-Shū* [Obras seletas de Michitarō Tada], 1994.
- *Henshin Hōka-Ron* [A autotransformação do incendiário], 1998.
- *Shinsen Haiku Saiji Ki* [Uma nova seleção de termos sobre estações para os compositores de Haiku], 1999.
- *Karada no Nihon Bunka* [A cultura japonesa e o corpo humano], 2002.

Este livro, o segundo da lista acima, nos torna acessíveis as ideias de Tada; compartilhamos com ele os segredos das conversações íntimas dos japoneses entre si e sobre si. Qualquer estrangeiro interessado no Japão encontrará aqui uma percepção e uma compreensão muito mais profundas do que usualmente temos no Ocidente. Com a análise de pequenas observações e meditações sobre detalhes característicos da maneira de ser japonesa, aprendemos não apenas a entender muito melhor o Japão como também somos estimulados a voltar esse olhar de calma observação sobre nossas próprias vidas. Este é um livro que nos inspira duplamente.

A elaboração deste livro tem uma história peculiar. Ela começa em 1970, quando o jornal *Nihon Keizai*, o *Wall Street Journal* japonês, solicitou ao professor Tada que publicasse uma coluna semanal de observações sobre os gestos japoneses (ou melhor, sobre como a cultura japonesa é lida ou compreendida através de seus gestos). Esses ensaios foram lidos entre outubro de 1970 e dezembro de 1971 por um público leitor de massa. Seu enorme impacto positivo levou à sua publicação em forma de livro em 1972 e a uma edição posterior, em brochura, em 1978, que atingiu mais de 500 mil leitores no Japão. Ele permanece um clássico até hoje e ainda é reeditado. Não há melhor prova de que essas interpretações da identidade japonesa "atingiram o alvo".

A cultura gestual japonesa, na forma de uma coletânea de ensaios, apresenta uma interpretação progressiva dos gestos mais comuns e significativos na vida cotidiana da sociedade japonesa. O resultado global é tanto um panorama quanto uma explicação aprofundada das raízes da maneira de ser japonesa. Certamente, em vista de seu tema, a obra apega-se aos menores e, como se poderia pensar à primeira vista, mais insignificantes aspectos da cultura. Contudo, é justamente através desses pequenos detalhes – a reverência respeitosa, o sorriso enigmático, a evitação tímida de um olhar – que Tada nos revela a realidade maior e mais profunda da vida japonesa.

Por exemplo, na abertura, que explora a *monomane* ou inclinação a imitar, Tada relata de maneira bem-humorada suas observações sobre esse aspecto do comportamento japonês. Esse senso de humor torna a leitura um verdadeiro prazer; pois, ao iniciar sua análise, ele confere profundidade a esses episódios, permitindo-nos examiná-los com maior nitidez. Suas considerações dizem respeito a um conjunto de noções preconcebidas relativas ao "ser original" em oposição ao "imitar". Tada não tem papas na língua ao esclarecer que, no Japão, a noção de "originalidade" surgiu na modernidade e, na verdade, é oriunda da mentalidade ocidental. Ele debocha bastante dos japoneses por sua propensão à imitação, mas, ao mesmo tempo, respeita-a como uma forma geral e genuína de expressão. Seu exame do profundo papel histórico desempenhado pela imitação nas artes japonesa e asiática revela que o processo de imitação, profundamente perceptivo e sempre aperfeiçoando a si próprio, é o verdadeiro caminho para uma expressão genuinamente excepcional. Exigir "originalidade" desde o início é condenado como sendo o equivalente a reinventar a roda indefinidamente. Isso pode parecer uma simples ideia, mas a maneira com que Tada permite ao leitor realizar a jornada – desde notar a contradição entre imitação e originalidade até constatar que as duas estão intimamente unidas – é, na realidade, uma revelação em si.

Há muitos outros ensaios que, como este, abrem uma perspectiva comparativa entre as crenças e os modos de ser do Ocidente e do Extremo Oriente. As seções sobre "Boas maneiras e etiqueta" são particularmente fascinantes, assim como as seções sobre "Sentar" e "Sorrir".

Outras seções são dedicadas ao que quase poderia ser chamado de "arqueologia" da mente japonesa, em que gestos hoje comuns e aparentemente insignificantes revelam-se como remanescentes de rituais profundamente enraizados nos fundamentos espirituais e metafísicos da cultura japonesa. Nesse caso, a revelação é de que, mesmo que nos tempos modernos o ritual e a pompa tenham sido deixados de lado, a compreensão espiritual subjacente sobrevive e possui hoje uma riqueza diferente. Um exemplo disso é o ensaio em duas partes sobre a *mitate*, ou "representação concreta"; para os ocidentais, isso é facilmente reconhecível como o gesto de um homem ou de uma mulher solitários que utilizam uma vassoura ou uma cadeira como parceiro metafórico de dança. O desenvolvimento do tema por Tada é, mais uma vez, divertido e repleto de exemplos anedóticos ilustrativos. Sua interpretação das origens e dos fundamentos conceituais revela que, assim como no caso de vários outros jogos, esses gestos "representativos" ou "metafóricos" historicamente serviam a um propósito psicológico que ainda existe: eles permitem que os seres humanos incorporem em sua vida cotidiana, de maneira pacífica, a expressão de emoções primárias (consideradas sagradas nos tempos antigos).

Finalmente, há também ensaios que nos permitem compreender aspectos da psicologia íntima dos japoneses que nós, como ocidentais, acharíamos difícil de entender ou vê-los explicados. O exemplo mais eloquente desse tipo seria aquele que discorre sobre a arte do arranjo floral, o *ikebana*. Embora já possamos estar familiarizados com esse tipo de arranjo floral, Tada descreve artisticamente sua delicadeza, evocando sua beleza e claridade visual. Além disso, evoca a pessoa que faz o arranjo, e então começamos a compreender que o *ikebana* não é meramente um buquê de flores com qualidades artísticas peculiares. É uma forma de comunicação, um gesto. Enquanto Tada desenvolve a relação entre o arranjo floral e a verdade interior do arranjador, desvela toda uma dimensão da psicologia japonesa, explorando-a e interpretando-a, explicando seu propósito e sua continuidade mesmo nos tempos contemporâneos. Como se pode constatar, trata-se de um aspecto fundamental de algo que talvez já tenhamos associado aos japoneses sem perceber a extensão de sua profundidade: a discrição. Há uma certa discrição na expressão emocional dos japoneses, o que talvez já saibamos ou tenhamos visto. O que é fascinante é constatar que eles incorporaram certas medidas "intermediárias", maneiras pelas quais alguém pode comunicar seus sentimentos interiores profundos sem perder essa discrição ou contenção com relação aos outros. Isso não deve ser inadvertidamente associado ao que talvez possamos chamar de emoções "reprimidas". Há uma mentalidade inteiramente diversa em ação; se alguém comunica seus sentimentos interiores através do *ikebana*, realiza também uma meditação paciente. Quando alguém arranja as flores de acordo com os seus próprios sentimentos, também está envolvido em um contato íntimo estável com esses sentimentos ou sensações. Da mesma forma, quando alguém se senta em frente a um *ikebana*, compreendendo então se tratar de um "intermediário" da comunicação pessoal, mais uma vez envolve-se com ele mais profunda e conscientemente do que poderia fazer em uma simples conversação. É esse o valor do *ikebana* como gesto. E é essa a verdade da diferença entre a "contenção" emocional e o que, de outra forma, poderíamos confundir com uma emoção "reprimida". Não se pode negar que aprender a fazer essa distinção equivale a abrir a própria mente, e subitamente podemos perceber a riqueza de uma vida emocional particular e diferente em que antes apreciávamos apenas a riqueza de uma estética.

Eis aqui algumas sugestões para a leitura deste livro. O leitor deverá lembrar-se, em primeiro lugar, de que foi escrito por e para japoneses. Portanto, quando o texto diz "nós", significa "nós, japoneses". E quando diz "eles", refere-se a nós, ocidentais. O ponto de vista japonês é revelado de outras maneiras, tais como a referência ocasional à "peculiaridade" de certos costumes e modos de pensar ocidentais. Em segundo lugar, neste livro o leitor encontrará muitas palavras japonesas escritas em letras românicas, em sua maioria nomes – de pessoas japonesas, é claro; nomes de canções populares; de obras literárias antigas e, às vezes, de obras muito antigas; e finalmente os nomes que Tada atribuiu a cada um dos gestos do título. Achamos que seria útil ter alguma experiência com o som e a sensação delas, o que pode ser conseguido com facilidade observando-se algumas regras de pronunciação simples e bem conhecidas. Há apenas cinco sons de vogais em japonês: *a, i, u, e* e *o* – que se pronunciam "*á, i, u, é* e *o*", junto com as onze consoantes que constituem as 55 sílabas e os 55 sons que, com poucas exceções e não poucas sutilezas, formam a linguagem falada. Uma dessas sutilezas é a ocorrência ocasional da vogal dupla. Nós a reproduzimos utilizando uma única letra com um traço (macro) em cima: *ā*. Essas vogais não são pronunciadas diferentemente da vogal única, exceto pelo fato de sua duração ser duas vezes maior, como em *áá*.

Durante o trabalho de tradução deste pequeno volume, fomos encorajadas pela crença de que ele abriria muitas janelas para nossos estudantes de língua e literatura, e dedicamos esta obra a essa esperança e a esse propósito. E devemos, é claro, oferecer nossos respeitosos agradecimentos ao professor Tada, cujas imaginação e dedicação notáveis tornaram possível este empreendimento. Muitos outros nos encorajaram e auxiliaram de maneiras muito essenciais: Mariko Iwaki, Kaori Nakajima, André Winandy, Lisa Chang Ahnert, Zhao Yumin e Darwin Payne, para citar apenas alguns. E, finalmente, gostaríamos de expressar nossa apreciação e admiração por esta estranha e maravilhosa construção, em formação há 2 mil anos: a língua japonesa.

Tomiko Sasagawa Stahl   *Anna Kazumi Stahl*
Dallas, Texas   Buenos Aires, Argentina

Prefácio do autor à edição americana

Escrevi originalmente os artigos que mais tarde viriam a formar este livro movido por um profundo desejo de contemplar minha própria cultura e meu povo, de considerar quem somos nós e por que somos assim. Eu estava ansioso por buscar novas respostas que abordassem o tema não a partir de explicações conscientes e autorrepresentações, mas de uma autoexpressão mais despreocupada: os gestos que são tipicamente nossos, os gestos que sempre reconheceríamos como nossos, os gestos que nos permitem compreender um ao outro imediatamente como japoneses. E eu pensava que este livro trataria exclusivamente de coisas japonesas, tão decidido estava em explorar as obras interiores de minha cultura que ele revelava. Contudo, depois que estes escritos foram publicados em livro no Japão, um acaso levou-me a perceber que o projeto possuía, na verdade, relevância para qualquer cultura – o aumento da consciência dos aspectos mais profundos da identidade cultural das pessoas, os aspectos subjacentes às meras palavras e que se manifestam, silenciosa mas claramente, nos gestos "naturais" de uma cultura. Espero que você, leitor, ao ler esta versão em inglês*, encontre não apenas uma nova perspectiva sobre o modo de ser japonês, como também se sinta inspirado a buscar essa percepção nas expressões mais serenas de sua própria cultura.

---

* Preferimos manter esta e as outras referências de Michitarō Tada ao seu prefácio original, publicado na edição em inglês, o qual traduzimos nesta edição em português. (N. E.)

O acaso a que me referi foi o seguinte: depois que *Shigusa no Nihon Bunka* [*A cultura gestual japonesa*] foi publicado no Japão, fiquei surpreso quando, um dia, uma senhora russa que eu não conhecia veio me ver porque tinha lido o meu livro. Ela era professora de línguas e ensinava russo no Japão havia muitos anos. A professora russa comentou que os estudantes japoneses eram capazes de ler bem e até de falar satisfatoriamente o russo, mas nunca acompanhavam sua fala com os gestos corretos, o que sempre dava ao seu russo um efeito cômico. Ela me disse também que, lendo o meu livro, ocorreu-lhe um pensamento: o problema era que os estudantes falavam russo sem os "gestos russos", os gestos que os russos fariam. E ela começou a se perguntar por que não se davam aulas de conversação com um componente gestual. E foi essa a questão que a havia levado a me procurar: como se poderia, na prática, dar uma aula assim, que incluísse movimentos e expressões faciais?

De fato, para ensinar uma língua estrangeira de maneira plena, é preciso ter à mão algum "método de conversão" para os gestos, da mesma forma como se instrui o estudante a converter e transpor os significados das palavras e frases. Uma conversação sem os gestos corretos é algo tão sem sentido quanto uma bicicleta sem uma roda.

A cultura gestual japonesa tem sido usado com bastante frequência como livro-texto por estrangeiros que estudam a língua japonesa. Muitas vezes tive a experiência de encontrar alguém, em algum coquetel ou outro tipo de reunião, que me dissesse: "Ah! Então é o senhor o autor daquele livro!". E sempre tive a sensação de que ele ou ela me olhava, então, com curiosidade, como se tentasse decifrar em meu rosto os enigmas analisados e interpretados em meu livro.

Recordo-me ainda de outro exemplo, um relatório de campo relacionado com esse assunto. Um amigo me contou sobre um seminário de antropologia cultural que havia dado na Universidade Tsukuba para um grupo de estudantes vindos de diversos países, a maioria vinda do sudeste da Ásia. Ele havia utilizado o *A cultura gestual japonesa* como livro-texto no curso, e o material havia deflagrado inesperadamente uma discussão acalorada a respeito dos gestos utilizados em cerimônias de diversas culturas. O estudo de tais padrões cerimoniais é um trabalho interessante, mas tenho estado mais interessado em estudar a questão dos gestos comuns e inconscientes que temos no nosso cotidiano.

O aspecto inconsciente é fundamental, apesar de que isso talvez provoque alguma discordância daqueles que não estão acostumados a analisar seus gestos num contexto mais profundo. Não obstante, é muito mais interessante tocar no aspecto inconsciente de um gesto, investigar esse reino que, em última análise, envolve e revela o inconsciente da própria cultura do que meramente "decodificar" os movimentos como sinais de uma simples linguagem de sinais. Contudo, gostaria de fazer a ressalva de que não é, absolutamente, minha intenção fazer que tais considerações recaiam numa discussão restrita a parâmetros freudianos ou junguianos.

No Oriente, temos um ditado: "Escrever revela o caráter". É natural, então, que no próprio tom e estrutura de meu trabalho tanto a superfície quanto as profundezas da cultura caracteristicamente japonesa estejam representadas, em alguns casos de maneira bastante evidente, ao passo que em outros de um modo talvez menos perceptível. Agora, o prazer em descobrir esses traços da japonesidade encontra-se em suas mãos.

Comecei este prefácio com uma observação sobre a importância de um "método de conversão" para os gestos entre as culturas e línguas. No mundo de hoje, é cada vez mais necessário que haja tais sistemas de conversão "de múltiplas camadas" para facilitar a comunicação e a compreensão mútuas entre culturas tão divergentes quanto a espanhola, a mongol e a japonesa. Tais encontros multiculturais e de múltiplas camadas farão que sistemas de comunicação anteriormente insulares se entrelacem de modos cada vez mais sutis e complexos. Na realidade, um método de conversão múltipla entre várias culturas pode tornar-se tema de conversação cotidiana em todas elas. No antigo Japão, havia uma tradição dos *za* [assentos], em que um pequeno grupo de pessoas, em vez de um único indivíduo, compunha os chamados *renga* [poemas em versos concatenados no estilo *tanka*] e *renku* [poemas em versos concatenados no estilo *haiku*] – em outras palavras, três pessoas sentavam-se juntas, cada uma recebia um poema da outra e escrevia o que seria a continuação daquele *haiku* ou *tanka*, e então o passava à próxima pessoa, e assim por diante. É preciso admitir que, em nossa época, a internet oferece inúmeros exemplos desse tipo de dinâmica entre as pessoas, a despeito das distâncias culturais ou geográficas – na verdade, ela não constitui nada menos que um terreno de provas para "métodos de conversão múltipla" em potencial entre as culturas.

Este livro, na verdade, em sua versão em inglês, é um exemplo de tal experimentação dinâmica, intercultural e transnacional: suas tradutoras moram em locais diferentes e distantes – a sra. Tomiko Sasagawa Stahl em Dallas, no Texas, e a sra. Anna Kazumi Stahl em Buenos Aires, Argentina –, enquanto eu, o autor do original em japonês, vivo em Kyoto. *Japanese gestures*, versão em inglês de *Shigusa no Nihon Bunka*, foi produzido com muita comunicação entre essas cidades. Ele constitui, então, o resultado palpável de uma interação *za* – três "assentos" em três cidades, todos eles em constante intercomunicação para a criação de uma conversão linguística e cultural.

Para concluir, gostaria de expressar minha profunda gratidão ao dr. Darwin Payne, da Editora Three Forks Press, por seu interesse em publicar este livro, e à sra. Mariko Iwaki, cuja assistência na edição do manuscrito foi de valor inestimável para mim.

Michitarō Tada
Kyoto, Japão

Monomane I
(Mimese I)

Imitação versus *originalidade*

TENHO ASSISTIDO àquele programa de tv chamado *O* show *de "sokkuri"*[1] [*O show* do sósia]. É um programa que mostra amadores que "se parecem exatamente" com cantores famosos e outros artistas. Nele, eles cantam ou fazem gestos, imitando as celebridades com que se assemelham. O prêmio em dinheiro vai para aqueles que fazem as melhores imitações. Tenho certeza de que a maioria das pessoas já assistiu a esse *show*. Aproveito esta oportunidade para recomendá-lo como o programa de tv "mais japonês" de todos.

Nós, japoneses, adoramos a mimese. Além disso, somos exepcionalmente bons nisso. Só por isso *O* show *do sósia* já seria "o mais japonês" – mas não é exatamente essa a razão pela qual o recomendo como tal. A razão é: *O* show *do sósia* é "o mais japonês" porque revela, muito claramente, o valor especial que atribuímos a uma pessoa "sendo igual" a outra (ironicamente, isso é considerado um ato de originalidade).

Para colocar em termos simples: nós, japoneses, nunca acreditamos, no fundo de nosso coração, que imitar seja uma coisa ruim. Não

---

[1] *O show do sósia* foi um sucesso imediato de audiência quando a Yomiuri Television começou suas transmissões em novembro de 1964. Ele foi ao ar intermitentemente até setembro de 1977, totalizando cerca de 340 apresentações semanais.

achamos isso errado de maneira alguma. Na verdade, até sentimos um certo desejo por isso. Do contrário, *O show do sósia* – um *show* tão extraordinário e original que faz da mimese o seu propósito derradeiro – dificilmente seria aceitável, muito menos popular. Em contraste, não consigo imaginar que um amador, alguém que se pareça muito com Yves Montand, por exemplo, seja mostrado imitando o ator em transmissão nacional pela rede francesa de TV – e consigo imaginar ainda menos que ele receba grandes salvas de palmas por ser bom nisso. E mesmo que um *show* como esse fosse levado ao ar, o próprio Montand logo se sentiria incomodado ao ver sua originalidade sendo imitada. Da mesma forma, a audiência, sendo francesa, não se sentiria confortável ou contente com um *show* de imitação-como-forma-de-arte (na França é possível encontrar atuações em que imitações sejam apresentadas, mas apenas em ambientes informais, do tipo *vaudeville*).

Aqui no Japão, por outro lado, esse tipo de coisa pode ser o centro de um programa de arte e entretenimento popular na televisão. E, em contextos comuns, no dia a dia, também encontro o mesmo valor, o mesmo privilégio atribuído ao "parecer-se com". Sempre que encontro pela primeira vez um grupo já constituído, as pessoas desse grupo dizem que me pareço com o sr. Fulano de Tal, que é alguma pessoa bem conhecida por todos. Deixem-me dar outro exemplo: certa vez eu estava num clube, tomando um drinque com uma editora, e uma das anfitriãs disse-lhe que ela era linda e se parecia muito com Machiko Kyō (a atriz de *Rashōmon*). Então, examinando-me cuidadosamente, disse que eu me parecia com Kyōji Sugi. Bem, aquilo não era exatamente um elogio para mim, pois eu era muito mais jovem que o sr. Sugi. Mas não acho que ela tenha feito o comentário com alguma intenção de ofensa. Tratava-se simplesmente de uma pessoa japonesa agindo inconscientemente de acordo com a ideia de que há um valor inerente em achar que um novo relacionamento seja similar, de alguma forma, a um outro com alguém com quem já se esteja familiarizado.

Quando um estranho se junta inesperadamente a um grupo constituído, é tratado, inicialmente, com um certo grau de precaução. Provavelmente isso ocorra tanto no Ocidente quanto no Oriente. De qualquer modo, nós, japoneses, temos o costume, a essa altura, de encontrar no estranho alguma semelhança com alguém que já conhecemos. Isso feito, podemos então nos sentir mais à vontade com o recém-chegado. São esses o poder e o valor com os quais o "parecer-se com" funciona na sociedade japonesa.

Qual é, então, o significado disso?

Não quero tirar conclusões precipitadas a respeito. Contudo, sinto que esse nosso hábito é a manifestação de uma ideia ou sensibilidade relativa ao que é "ser original" e ao que é "imitar", que se encontra profundamente enraizada.

Em primeiro lugar, vamos dizer que nós, japoneses, consideramos bom quando uma pessoa se parece com outra. Podemos dizer também que gostamos quando alguém tenta se parecer com outra pessoa.

Nós sentimos alívio quando as pessoas de um grupo se parecem umas com as outras. Isso torna evidente a conexão entre um ser humano e os demais. A questão não é simplesmente a mera afinidade, nem mesmo um talento para a mimese.

Roger Caillois, em seu livro *Les jeux et les hommes* [*Os jogos e os homens**], faz uma distinção entre o que chama de "sociedade do cálculo" e "sociedade do caos". A primeira, para usar as mesmas palavras com que ele define o conceito, é aquela em que cada indivíduo tem uma aparência que o distingue dos outros. A própria sociedade, então, é constituída dessas diferentes faces. Num contexto tal, os princípios da competição e do jogo estão ativos. Cada indivíduo exibe sua habilidade, diferenciando-a o máximo possível das habilidades dos outros. Além dos limites dessa aptidão reside apenas o poder de Deus, ilustrando o máximo de eficácia da capacidade individual.

Numa "sociedade do caos", em contraste, esse foco no "que se é" ou no "eu" é abandonado. O "eu" torna-se "o outro" – como quando alguém está brincando de casinha ou atuando numa cena de teatro.

---

* Roger Caillois, *Os jogos e os homens*, Lisboa, Cotovia, 1990. Edição francesa de 1958. (N. T.)

Experimenta-se certo prazer ao sentir a desintegração do "eu", semelhante à emoção de esquiar colina abaixo ou ao efeito da maconha. Nesse contexto, os princípios ativos são os princípios da imitação e da "vertigem".

Ocorre-me agora que a razão pela qual sentimos prazer ao experimentar a desintegração do "eu" é que, no fundo, o que sentimos de fato é um grande *alívio* durante essas experiências. E isso ocorre porque em nossa sociedade existe uma unidade garantida, baseada no pressuposto de que todos nós "nos parecemos" com outro alguém. Dessa forma, somos firmemente amparados pela interconectividade que esse acordo tácito implica. Por essa razão, quando experimentamos uma desintegração do "eu", permanecemos não obstante confiantes e à vontade, pois recorremos ao sentido subjacente de uma unidade assegurada que nos apoia. Em vez de sofrer por experimentarmos a perda do "eu" e fazermos de conta que somos "muito iguais" a outro, nesse instante sentimos o fluxo de uma maravilhosa sensação de alívio.

O trecho seguinte é de um romance escrito por Akatsuki Kambayashi[2], mestre da narrativa autobiográfica. É a passagem em que o herói verá despertar em si o amor profundo que sente por sua esposa, que é cega. E ele chega a essa revelação ao imitá-la.

> Um dia, ao anoitecer, enquanto comia meu jantar, as luzes de repente se apagaram. Permaneci sentado ali na escuridão, incapaz de ver qualquer coisa. Segurei os *hashi* e minha grande tigela de arroz *domburi* e peguei então do prato um pedaço de rábano *daikon*. Continuei a comer durante algum tempo e, propositadamente, não acendi nenhuma vela. Minha intenção era experimentar o mundo em que minha mulher vivia, um mundo sem luz, natural ou elétrica. Era estarrecedor. Fiquei subitamente agitado, com o coração disparado, tomado pelo terror. Então imediatamente

---

[2] O escritor Tokuhiro Iwaki (1902-80) utilizava o pseudônimo de Akatsuki Kambayashi. Sua obra de ficção, em grande parte autobiográfica, inclui uma série de contos sobre sua afeição e dedicação por sua mulher, que faleceu após uma longa doença mental.

acendi uma vela e, num instante, estava salvo. Fui atingido, contudo, por uma força terrível, pela consciência de que aquele alívio não existia no mundo de minha mulher. Como poderia tê-la criticado ou me zangado com ela? Fiquei atormentado com a profundidade de minha iniquidade. (*No Hospital St. John.*)

Essa é uma passagem extraordinária. O núcleo de nossos sentimentos religiosos deve ter uma natureza semelhante ao que o sr. Kambayashi sugere nela. A cena descreve algo análogo ao expresso em nosso provérbio "*Wagami tsunette hito no itasa o shire*" [Antes de julgar a dor de outrem, belisque a si próprio]. Ainda assim, esse exemplo de mimese revela um sentimento profundo que não se restringe a uma ética cotidiana.

Um acaso da sorte, um blecaute, colocou o "eu" nas mesmas circunstâncias da "mulher". Mas, em seguida, é ele quem conscientemente se coloca nessas circunstâncias. Portanto, não é tanto que ele se descubra semelhante a sua esposa, mas que ele se faça semelhante a ela. E é nessa situação, então, que ele atinge uma profunda empatia. No que se refere à nossa discussão, o verdadeiro significado da mimese é revelado como sendo de fato o que eu já havia mencionado: ela se relaciona ao êxtase que surge quando alguém se conscientiza de sua conexão com os outros – e não quando alguém afirma estar separado deles.

*   *   *

Acho interessante que, no Ocidente, tenha sido Pascal quem experimentou esse tipo de êxtase religioso, ao mesmo tempo que insistiu na ideia do registro de patentes. Nesse último aspecto, ele se dispunha a imitar a vontade divina como um precursor do egoísmo moderno – o qual, por sua vez, culmina, *grosso modo*, na negação de Deus. E, nesse caso, não há mais nenhum padrão a ser imitado. Em vez disso, cada homem compete apenas com sua própria originalidade e seu próprio engenho. A ênfase é colocada na singularidade individual, e há uma forte insistência na relação de cada um com a sociedade. É assim que se chega a viver como um indivíduo. A patente foi, então, a consequência econômica de seu pensamento. A filosofia da originalidade (seria possível falar também do "mito" da originalidade), à qual se atêm os europeus modernos, foi constituída em torno dessas linhas.

Quando se adota essa maneira de pensar, é preferível ser diferente dos outros. Torna-se possível, então, apreciar obras das artes plásticas ou musicais apenas por serem diferentes de suas precursoras. Acredito que isso dê origem a um mundo verdadeiramente extraordinário. Se tomarmos a tecnologia como exemplo, observaremos que ninguém para a fim de perguntar qual o benefício que ela trará ou qual o sentido que ela tem para a sociedade humana, pois vigora um culto da originalidade. Como consequência, o que era original no século XIX passou a ser estranho e excêntrico no século XX.

Essas correntes de pensamento da mente ocidental atingiram todos os cantos do mundo. Agora suas ondas se quebram violentamente contra a costa oriental da ilha do Japão. Mas falar apenas de "ondas que quebram na costa" não seria correto. Seria mais apropriado dizer que o Japão moderno foi batizado nessa nova maneira de pensar – e de uma maneira bastante radical. E ninguém fez nenhuma objeção a isso.

Apesar de tudo, nas profundezas da terra e da areia dessas costas, a ideia de que a mimese e a imitação são louváveis continuou a sobreviver, indomável. Será que também nesse caso nos defrontaremos com nossa "dupla estrutura" usual?

Para não chegar apressadamente a uma conclusão, considerarei primeiro a seguinte questão: "O que é imitação?".

Monomane II
(Mimese II)

Aprendendo por imitação

Já estou um pouco mais velho e, às vezes, me surpreendo ao fazer ou mostrar, sem nenhuma intenção, gestos ou expressões faciais que se parecem muito com os de meu pai. Algumas vezes me dou conta disso porque outras pessoas me fazem notá-lo. Em outras reparo isso sozinho e fico surpreso. Talvez essa seja uma experiência comum, que ocorre a todas as pessoas.

Quando se é jovem, tem-se o desejo de ser o mais diferente possível dos outros. Embora dizer "outros" ao se referir ao próprio pai possa parecer estranho, há pessoas que querem exibir sua singularidade e originalidade e, assim, empenham-se em fazer as coisas diferentemente de seus pais ou tomando atitudes distintas das deles. Não há nada incomum nisso. Contudo, até mesmo essas pessoas, quando chegam à idade de seus pais, começam a notar sua semelhança com eles. Essa semelhança não surge com relação à profissão ou às realizações pessoais de cada um; pelo contrário, ela pode ser encontrada justamente nas pequenas coisas, como nos gestos cotidianos.

O que isso significa?

Será a personalidade de um ser humano determinada pela hereditariedade ou, como dizem alguns psicólogos, pelo aprendizado adquirido em idade de formação (ambiente dos primeiros anos)? Há um ditado japonês que diz: *"Uji yori sodachi"* [O berço é responsável por muita coisa, mas a educação por muito mais]. Parece correto supor que tanto a hereditariedade quanto o aprendizado precoce têm participação na formação da personalidade.

As características mais corpóreas de uma pessoa – os traços faciais, o tipo físico e assim por diante – são, em grande medida, hereditárias. Por outro lado, seus movimentos e gestos característicos – aspectos, por assim dizer, mais "superficiais" – são resultado das influências ambientais da vida familiar precoce. Os padrões de comportamento involuntário do pai e os maneirismos da mãe permeiam profundamente nosso coração e mente antes mesmo de nos apercebermos disso. Esses fatores em torno de nós forjam nossas características, dando forma aos movimentos e gestos que expressam esses atributos. Esse processo de formação ocorre quase inconscientemente. Tais movimentos e gestos são frequentemente reprimidos, especialmente quando somos jovens e nossa consciência pode exercer um controle estrito e infalível. Contudo, à medida que envelhecemos, nossas expressões inconscientes voltam à tona – e somos presenteados com os tipos de surpresa que mencionei.

Um ser humano não pode escapar à sua formação. O mesmo é verdadeiro para a cultura de uma nação, pois, similarmente, contém um nível inconsciente difícil de eliminar. Se considerarmos esse aspecto de uma cultura como sendo o que se relaciona aos movimentos ou aos gestos, o reconheceremos como tendo se formado através de atos de imitação, exatamente como a formação individual.

Da mesma maneira que uma criança cresce imitando sua mãe, pode-se dizer de uma cultura que ela é formada quando as pessoas que dela participam e lhe dão continuidade se imitam. É bastante fácil imitar um estilo de vida, certas maneiras de se expressar a individualidade e maneiras de falar, porque esses aspectos fazem parte do pensamento e da ação conscientes.

Por outro lado, não é tão fácil manter a mimese de movimentos e gestos, pois esses aspectos pertencem em sua maior parte ao inconsciente. E é por isso que são mais difíceis de ser modificados, ou são mais permanentes.

* * *

Frequentemente – tanto, aliás, que chega a ser surpreendente –, nós, japoneses, nos chamamos, em momentos de autocrítica, de "macacos de imitação" ou de "maria vai com as outras", porque parecemos imitar por hábito, por reflexo. Mas, na verdade, "imitar" é algo que tem uma função intrínseca no processo formativo considerado anteriormente: é o que dá forma concreta à dimensão mais profundamente arraigada (tanto em um indivíduo quanto em uma cultura). Na realidade, sem a imitação, a própria formação de uma cultura e sua herança seriam impossíveis.

Todas as culturas do planeta se originaram a partir da imitação de elementos fundamentais, como os mencionados. Contudo, há uma nação que considera a imitação como algo decisivo para a cultura. A cultura da China, ou sua civilização, como a chamamos por sua universalidade, desenvolveu-se como uma cultura centrada na imitação, pelo menos até o início do século.

Como não sou especialista em sinologia, talvez essa afirmação incidental de minha parte não pareça convincente. O dr. Kōjirō Yoshikawa[1], ao comentar sobre a arte chinesa, diz o seguinte:

> O que considero mais importante é o fato de as matérias-primas serem predeterminadas como constantes... Tomando a música como exemplo, vemos que a arte com a matéria-prima "predeterminada" não é a composição, mas a execução da música. A partitura já está pronta. A maneira como se executa uma certa obra musical é um ato que tem seu paralelo na arte da caligrafia. Nos casos mais sérios, a execução da música toma a forma de uma caligrafia *rinsho* (na qual se escreve conforme um modelo)*.

---

1 Kōjirō Yoshikawa (1904-80), eminente especialista em literatura chinesa da Universidade de Kyoto entre 1931 e 1967, foi um prolífico tradutor de obras literárias chinesas.
* Kōjirō Yoshikawa, "A arte de se tocar música", *Revista Tembō*, janeiro de 1977. (N. T.)

Esse modo não se limita à caligrafia. Por exemplo, na arte da pintura, costuma ser mais respeitável aprender com os grandes pintores – tais como Ni-Yun Lin ou Huang-Da Chi[2] – ou imitá-los de fato. Sinto um certo receio ao usar a palavra "imitação" com relação a esse procedimento, devido à sua utilização no Ocidente. Embora digamos *rinsho* ou *narau* [aprendendo por imitação], isso não significa imitar cada linha e cada ponto. Em vez disso, o espírito desse aprendizado é emular a forma constante ou "predeterminada" na obra daquela escola e, ao mesmo tempo, tornar manifesta a sutil individualidade que reside no interior da imitação e que, dessa maneira, se torna significativa.

Com isso, iniciamos então uma controvérsia com a ideia ocidental de originalidade. Devo insistir, contudo, que é da imitação que surge a originalidade – e não da diferença ou da singularidade. A imitação, nesse sentido, é a base da cultura e a ideologia fundamental da arte, totalmente diferente do que chamamos de "macaco de imitação" ou "maria vai com as outras".

No próprio Ocidente, nem sempre a imitação teve uma conotação negativa. Isso pode ser encontrado em Aristóteles, quando fala em "imitação da natureza". A expressão soa um tanto solene porque se refere à imitação de Deus. Contudo, quando a glória divina se tornou questionável, os homens começaram a pensar que eles próprios deveriam se tornar Deus. Sua ideia poderia ser resumida desta maneira: "Se Deus não existe, então devemos inventar Deus". E assim foi concebida a ideia de "originalidade". Com isso, acredito eu, podemos constatar sua peculiaridade.

***

O dr. Yoshikawa utilizou a metáfora da "execução da música" e evitou cuidadosamente a palavra "imitação". Contudo, ele afirma que, na China, há duas razões positivas para que as pessoas respeitem seus

---

2 Ni-Yun Lin e Huang-Da Chi eram famosas pintoras paisagistas da dinastia Yuan, no final dos séculos XIII e XIV.

predecessores. Gostaria de repetir a seguir suas considerações, que julgo importantes e, acredito, todos nós deveríamos observar.

Uma dessas razões é: "Para se honrar a 'sabedoria comum', que é universal na civilização desta nação". Isso quer dizer que devemos mostrar consideração para com os assuntos rotineiros. Essa atitude produziria um certo respeito às coisas mais próximas de nós e deste mundo, em vez de a Deus ou a Buda, que pertencem ao outro mundo. A outra razão é: "Já que a arte é o trabalho nobre de um ser humano, não deve resultar das ações de um especialista. Em vez disso, deve ter uma forma na qual todos os seres humanos possam participar. O espírito dessa compreensão é o que se pratica aqui".

O rotineiro e o não especialista. Então, da mesma forma com que criamos e manifestamos nossa individualidade através da imitação de nossos predecessores na vida cotidiana, no mundo da arte a "emulação" também deve ser predominante. Em vez de alguém se destacar isoladamente, emulam-se ou imitam-se os outros. E, ao mesmo tempo que os efeitos obtidos revelam algumas sutilezas próprias, permanece-se de acordo com o que é comum a todos.

Se há uma coisa que especialmente se despreza na China é *kyō* (loucura ou insanidade). Ao contrário da insanidade, é bom seguir e aprender as questões rotineiras deste mundo. Entre os seres humanos, não é a pessoa estranha ou a original, mas antes a comum que aprende as artes deste mundo. Tanto as características originais quanto as herdadas se encontram aqui.

Pensada dessa maneira, a "imitação" fornece um ponto de origem para a geração de valor, e, nesse sentido, a "originalidade" não é desprezada.

Agora deixemos a China de lado e voltemos ao Japão. Qual é a situação no Japão, esse país "macaco de imitação"? Será ele profundamente diferente da China, onde "a arte de executar música" é respeitada?

Monomane III
(Mimese III)

Mantendo as aparências

OS CERAMISTAS japoneses confrontaram com o problema de fazer boas "cópias" da cerâmica chinesa. Então, criaram cerâmicas chamadas "cópias Kanzan", "cópias vermelho-Ming", "cópia isso e aquilo"... Esse era o centro de sua arte e de sua vida.

O sr. Tadashi Kawai[1] afirma:

> Dōhachi, Hozen e Shūhei fizeram cerâmica chinesa, pois a China era a predecessora da cultura. O propósito do artista era copiar bem, nada que se assemelhasse à criação. Além disso, mesmo que tal criação ocorresse, era considerada sem valor. Ao contrário, era a cópia que constituía o centro da estética dos ceramistas japoneses. (*Tsuchi*, "Sobre a cópia")

O que era de "central importância" para os ceramistas pode não ter sido negligenciado em outras áreas, em outras artes e na educação. As artes e a educação japonesas foram constituídas e estabelecidas atra-

---

[1] Tadashi Kawai (1926-) é um ceramista contemporâneo do famoso Kyoto Kōsen (atual Instituto de Tecnologia de Kyoto). Seu trabalho é exposto no mundo inteiro e uma única peça pode chegar a 800 mil ienes em uma das grandes galerias de Tóquio.

vés de sua cópia dos "predecessores da cultura". Faríamos bem se pudéssemos nos recordar disso sem sentimentos de autodepreciação.

Digo "sem autodepreciação" porque estamos completamente permeados pelo veneno da "originalidade" e, com isso, perdendo de vista o valor da cópia. Contudo, como diz o sr. Kawai, "copiar é transformativo". "A cultura é transformada naturalmente através do ato de copiar; portanto, podemos dizer que a maneira japonesa pode ser chamada de natural."

Nosso próximo passo deve ser dirigir nossa atenção para o significado de "copiar" com o sentido de "seguir".

* * *

A cultura é o que é copiado, transformado e, então, enraizado. Ou melhor, todo o processo é, ele próprio, a cultura. A cultura europeia já testemunhou isso. O século de Luís XIV, quando estava sendo forjada a Era de Ouro da cultura europeia, caracterizou-se por copiar as culturas clássicas da Grécia e da Roma antigas. Os autores teatrais europeus dedicavam suas vidas a "copiar" os dramas de Sófocles e Eurípedes.

Foi durante o processo de transcendência da Idade de Ouro para o século XVIII que tiveram lugar os famosos "Debates sobre o Velho e o Novo". Esses debates visavam a determinar quem tivera uma cultura maior: os povos clássicos, isto é, os antigos gregos, ou os povos modernos (na época, os franceses). A conclusão favoreceu os povos modernos. Em outras palavras, a nova cultura francesa foi considerada superior às culturas clássicas da Grécia e de Roma. Isso abriu as portas para "a Era Moderna". Considerando-se a relevância desses eventos históricos para a nossa discussão, devemos ter em mente, em primeiro lugar, que esse tipo de incidente é bastante raro.

Em segundo lugar, temos de compreender que, mesmo na Europa, a cultura da Era Clássica foi primeiro copiada e depois transcendida e, através desse processo, os europeus consumaram culturas antigas e novas naquele "país da ignorância", a Gália.

Nós, japoneses, nos encontramos numa situação muito mais difícil que a dos franceses dos séculos XVII e XVIII. Já passamos pelo processo de "copiar" o budismo da Índia e a florescente dinastia Tang da China. Contudo, nem mesmo estávamos dispostos a começar a copiar a Era Moderna europeia, quando nos vimos inundados pelas ondas de uma civilização ainda mais recente (a chamada "cultura popular" ou "sociedade controlada"). Essa situação nos faz sentir uma certa apreensão por sentirmos o augúrio de algo de uma natureza diversa.

Por outro lado, pode-se dizer que agora está sendo solicitada de nós uma habilidade de "copiar" ainda maior. Certa vez, ouvi alguém definir a posição da cultura japonesa moderna como a de um "oficial de ligação" das culturas do mundo. Podemos não nos sentir muito confortáveis com o termo "oficial"; contudo, não é estranho nos enxergarmos, com aparente humildade, levando a cabo uma missão ao copiarmos (e transformarmos) as culturas das outras nações.

* * *

Ao expandirmos o âmbito do significado da mimese ou imitação, chegamos naturalmente à "cópia" e à sua significação especial no campo da arte. A cópia, como uma estética em si mesma, pertence aos povos que sabem perfeitamente que a cultura surge da transformação produzida pelo ato de copiar, a qual, por sua vez, o confirma como transformativo. Contudo, num nível mais profundo, encontramos a cópia como uma atitude generalizada em relação à vida, como parte do nosso código de valores. Essa atitude é aparente em coisas como o valor positivo dado a "se parecer com", como discutimos anteriormente. Há inúmeras manifestações do valor que atribuímos a essa forma de "copiar". Como um exemplo, podemos considerar o fenômeno de nossa sociedade que tem sido chamado de "conformismo social". Isso é a característica de um fenômeno que, em termos cotidianos, é conhecido como "fazer eco" ou "seguir cegamente".

O vizinho do lado comprou um aparelho de TV. Portanto, também temos de comprar um. Fulano fez uma viagem de lazer a tal e tal lugar com sua família. Logo, nós também temos de fazer isso.

De modo geral, todos nós japoneses exibimos essa característica de desconforto quando não nos alinhamos aos outros. É graças a isso que experimentamos tão frequentemente o fenômeno da "profecia que se autorrealiza". Isso ocorre quando, por exemplo, uma pessoa diz "isso é uma nova moda" – e imediatamente, seja lá o que for, vai de fato se tornar uma moda. Temos até um provérbio a esse respeito: "Se um cão latir por um alarme falso, 10 mil cães vão latir como se ele fosse real". Sem dúvida tememos e também criticamos severamente esse "seguir cegamente" como um impulso imprudente e precipitado. Contudo, ao mesmo tempo, vez por outra nos vemos fazendo isso.

O que está por trás disso, afinal?

Nós temos uma expressão idiomática: "O fazendeiro vizinho". Quando o fazendeiro vizinho planta arroz, temos de plantar arroz também. Quando ele faz a colheita, corremos a fazer o mesmo. Em suma, parecemos não possuir nenhuma "independência", nenhum plano próprio.

Entretanto, de acordo com o sr. Izaya Bendasan[2], que se autointitula "um judeu japonês", esse comportamento é característico de "um cultivo de arroz no estilo de uma campanha militar" e reflete uma racionalidade específica (*O japonês e os judeus*). Por exemplo, quando a data da colheita é marcada, não pode ser alterada de maneira alguma. "Um dia de ócio é um mês de malefício" (ou de infortúnio ou de desgraça). Por essa razão, se o fazendeiro vizinho está fazendo a colheita e nós tiramos um dia de folga – ato que demonstraria nossa independência –, estamos abrindo as portas para o desastre. Um único dia de atraso e um tufão se aproximando nos deixariam com zero porcento da safra, enquanto nosso vizinho teria cem porcento de sua colheita.

Também temos o ditado: "*Namakemono no sekku-bataraki*" [O preguiçoso trabalha nos feriados para compensar o tempo perdido]. Esse

---

2 Izaya Bendasan era, na realidade, o editor e crítico Shichihei Yamamoto (1921-). Em 1958, ele fundou a Editora Yamamoto Shoten, que publicou as obras de Bendasan, dentre as quais *O japonês e os judeus*, em 1972. Yamamoto afirmava que o livro era a tradução de uma obra em inglês, e na época muitos intelectuais se deixaram enganar. Quando foi desafiado a mostrar o original, não pôde fazê-lo, obviamente, mas nunca admitiu nem o ardil nem o pseudônimo.

ditado já não tem o mesmo significado que tinha anteriormente. Hoje em dia, trabalha-se correndo, fazendo horas extras mesmo aos domingos, e continuamos a dizer "*Namakemono no sekku-bataraki*". Atualmente utilizamos essa expressão de maneira mais leviana, rindo de nós mesmos e dos outros. Originalmente, porém, ela significava que não se devia absolutamente trabalhar nos feriados, pois nos feriados, tanto no Ocidente quanto no Oriente, não apenas se devia descansar fisicamente, mas também cultuar a Deus (afinal, *holiday*, em inglês, significa o mesmo que *a holy day* – "um dia sagrado").

Há um dia, portanto, em que não se trabalha – adora-se a Deus. Ou, mais exatamente, dá-se as boas-vindas a Deus. Por exemplo, "feriado" designava o dia escolhido para se dar as boas-vindas ao deus dos campos de arroz. Se os fazendeiros se negassem a fazê-lo, isso equivaleria a um crime, que teria efeito negativo sobre a safra. Não é ruim apenas que o preguiçoso não trabalhe, mas também – e principalmente, na verdade – que ele não descanse no feriado. Nenhum cidadão respeitável trabalha nos feriados...

Esse tipo de estrita lealdade a uma agenda de grupo seguiu uma "racionalidade" original em nosso país. O ciclo das quatro estações é regular, e não se pode esperar uma boa colheita, a menos que se acate coerentemente tal agenda. O sr. Bendasan sugere que isso demonstra certo tipo de independência:

> Escolher um vizinho (como modelo) para si e fazer o que ele faz é uma excelente demonstração de independência. Além disso, ser capaz de imitar exatamente o outro é impossível a menos que se tenha habilidades iguais. Por outro lado, se alguém é capaz de se exercitar para atingir habilidades semelhantes às do vizinho, isso também seria um ato de independência – pelo menos no que diz respeito ao cultivo de arroz no estilo de uma campanha militar. Assim, os japoneses devem ter considerado os europeus 'os fazendeiros vizinhos' nos últimos cem anos.

Encontrar no "seguir cegamente" um exemplo de "independência" é um paradoxo que convém a nós japoneses. Contudo, mais uma vez, eu prefiro evitar tirar conclusões por algum tempo ainda. Apesar de já termos chegado à constatação de que a uniformidade produzida pelo "seguir cegamente" pode se tornar o arcabouço que assegura a estabilidade de uma civilização, que tal pararmos por aqui e contemplarmos novamente a questão da "imitação" e da "criação"?

Gambaru
(Dar duro, nunca desistir)

Saudações com um propósito

QUANDO CONSIDERO a sociedade japonesa de hoje e as pessoas que nela vivem, há uma palavra que me preocupa particularmente. Ou talvez eu devesse dizer um "problema", já que acho que se trata de um problema que se concentra numa palavra. É a palavra *gambaru* [dar duro, nunca desistir].

* * *

Ao consultarmos o *Kōjien*[1] em busca da palavra *gambaru*, encontramos o seguinte:

> o *kanji* ou ideograma é o equivalente fonético de *gambaru* e deriva de *ware ni haru* – 'impor, afirmar a si próprio'. Os significados dados a *gambaru* são: (1) impor, afirmar a si próprio e (2) perseverar e se esforçar ou servir sem desistir.

Ouço essa palavra sendo empregada frequentemente no sentido descrito em (2). Digo "sendo empregada", mas talvez devesse dizer

---

[1] O *Kōjien* é talvez o dicionário mais consagrado da língua japonesa publicado atualmente. Originalmente compilado nos anos de 1930, sua publicação foi adiada até 1955 por causa da guerra. Hoje, inúmeras edições depois, é o dicionário "padrão" do mundo acadêmico japonês.

"sendo excessivamente – ou até abusivamente – empregada". Especialmente em cartas e conversas entre jovens, quase não há ocasião em que ela não surja ao menos uma vez, se o assunto é de alguma importância. As meninas dizem, por exemplo: "*Gambatte ne!*" [Continue bem animado, por favor!], e os rapazes dizem: "Nós temos a ambição de alcançar isso e isso, portanto, vamos *gambaru* [dar duro e nunca desistir]!".

Certa vez, visitei os escritórios de uma organização cultural nacional de um sindicato de trabalhadores e fiquei surpreso ao ver quantos pôsteres havia nas paredes. Os pôsteres proclamavam palavras de ordem e *slogans* de encorajamento, simpatia e apoio. Ao passar os olhos por eles, constatei que as palavras *gambarō* ou *gambare* constituíam cerca de 60% a 70% do total. Naquele momento, de repente, surgiu uma pequena dúvida em minha mente: "O que diabos eles pretendem *gambaru* tão intensamente? E de que maneira?". Terá havido um excesso de sarcasmo em meus pensamentos?

O significado original de *gambaru* é "impor-se a si próprio e nunca capitular diante dos outros". Até bem recentemente, essa palavra não era empregada com tanta frequência. Além disso, quando era usada, tinha uma conotação um tanto negativa – pois *gambaru* implicava afirmar a si próprio como alguém fora do comum em relação aos outros membros da sociedade, o que era considerado ruim para a união social.

Gostaria de observar brevemente que, aqui no Japão, não temos o equivalente ao dicionário francês *Grand Robert* (o *Dictionnaire Alphabétique et Analogique de la Langue Française*, de Paul Robert); portanto, para nós, é difícil traçar as alterações de significado de uma palavra. Isso, obviamente, é muito inconveniente quando se pretende contemplar a cultura de uma nação. E é essa a razão por que, de certa forma, minha teoria sobre *gambaru* deve permanecer como uma opinião de amador. Eu gostaria de ter a oportunidade de consultar o especialista adequado para me informar sobre as alterações de significado de *gambaru*. Ao mesmo tempo, ainda espero ver futuras obras de estudiosos japoneses sobre a história do significado e do uso das palavras em nossa linguagem.

Contudo, na ausência desse especialista e dessas obras, seguirei por conta própria. Em minha opinião, foi após o início da Era Shōwa (depois de 1926) que a palavra *gambaru* adquiriu uma conotação mais bem-vinda, passando a ter um uso mais generalizado, tornando-se gradual e devastadoramente parte do vocabulário cotidiano – tanto que agora ela aparece como elemento fundamental no discurso relacionado aos esportes. Nos Jogos Olímpicos, um locutor da NHK, levado espontaneamente pelo calor do momento, gritou a plenos pulmões: "*Maehata*[2], *gambare!*". Esse simples grito impressionou toda a nossa nação: naquele momento, *gambaru* adquiriu direitos de cidadania.

Embora o segundo significado dado no *Kōjien* wwperseverar e se esforçar ou servir sem nunca desistir") seja o mais fraco dos dois, a palavra atingiu uma utilização ainda maior. Durante e após a Guerra, o significado de *gambaru* mudou para a ideia de se fazer algo com toda a energia possível. Desde a Guerra, com o individualismo tendo se tornado uma ideologia publicamente aprovada e com a vitalidade renovada vigente no país, *gambaru* tornou-se um verdadeiro sucesso.

* * *

Gambaru é fazer isso por si próprio ou em relação a "si próprio". Isso quer dizer que o "eu" individual é afirmado mesmo contra o saber "comum" ou da sociedade. Contudo, a expressão idiomática do pós-guerra "Vamos *gambaru* [dar duro, nos esforçar] juntos ou cooperativamente" significa que os membros da sociedade devem encorajar uns aos outros e que cada um deve se autoafirmar no reconhecimento mútuo dos outros, que fazem o mesmo. Em outras palavras, *gambaru* refere-se a um tipo de individualismo que "vai atrás" ou "segue de perto" – e que deriva de certa "simpatia mútua" entre os indivíduos.

Durante a Era Taishō (1912-26), havia uma canção popular que dizia: "*Ore mo iku kara, kimi mo ike*" [Eu vou e, portanto, você irá tam-

---

2 Hideko Maehata ganhou a medalha de ouro para o Japão em uma das competições de natação nos Jogos Olímpicos de Berlim, em 1936.

bém]. Essa mentalidade de acompanhar ou seguir uns aos outros (essa consciência "mutuamente simpática") é, paradoxalmente, a base de apoio do individualismo da sociedade japonesa do pós-guerra. Se uma pessoa do Ocidente vir isso, provavelmente terá de cunhar um oxímoro tão paradoxal como "individualismo de massa" para batizá-lo corretamente.

Não obstante, nem sempre dizemos *gambare* ou *gambarō* com essa mentalidade conscientemente presente no espírito. De certa forma, nós empregamos essa palavra simplesmente porque é assim que nos sentimos. E como nos sentimos é assim: ao repeti-la, integramo-nos com o sentimento de grupo de nossa sociedade. E é então que sentimos o incentivo para realizar nosso esforço com o máximo de energia que possamos reunir. Além disso, como isso é uma coisa boa para uma pessoa fazer, dessa maneira estamos inconscientemente nos encorajando. É por isso que, quando os jovens vão despedir-se de um casal de recém-casados na estação, dizem *"Gambatte kite ne!"* [Deem duro e depois voltem!] inconscientemente, sem pensar duas vezes. E então me pergunto: será que isso não indicaria uma mentalidade inconsciente de grupo para a qual nem mesmo as atividades rotineiras podem ser levadas a cabo a menos que "trabalhemos duro"?

Nesse fenômeno também podemos encontrar uma estranha conectividade entre o indivíduo e o grupo, apesar de serem duas entidades que normalmente nunca se fundem. Será que a relação entre a imitação e a originalidade transcorre da mesma maneira? Fico a imaginar se seria assim.

*   *   *

A mentalidade inconsciente de grupo em nossa cultura possui certas inflexões territoriais. As variações nas expressões habituais são uma evidência disso. Como exemplo, consideremos as saudações diárias.

Por que saudamos as pessoas quando as encontramos? O conteúdo de nossas saudações é praticamente insignificante. Qual é o sentido de dizer *konnichi* [hoje] em "*Konnichi wa*" (que funcionalmente significa "bom dia", mas literalmente quer dizer "é hoje")? É bastante óbvio que hoje é *konnichi*.

Já recebi algumas vezes a saudação "*Oban desu*" (literalmente "é noite", mas funcionalmente "boa noite"). É noite porque caiu a noite; isso é evidente. É tão óbvio quanto dizer que um cachorro ficará de frente para o Oriente quando seu rabo estiver voltado para o Ocidente. Quanto a isso, a expressão é, de fato, um tanto ridícula. Ainda assim, quase todos os dias dizemos essa saudação ridícula com uma expressão séria no rosto. O que você acha disso?

O filósofo espanhol Ortega y Gasset levava as saudações em grande consideração. Ele explica sua origem da seguinte maneira:

> O homem – nunca nos esqueçamos disso – já foi um animal selvagem e, potencialmente, ainda continua a sê-lo... Devido a isso, a aproximação entre um homem e outro sempre implicou uma possível tragédia. O que hoje para nós parece ser uma coisa simples e fácil – um homem se aproximar de outro – foi até muito recentemente uma operação perigosa e difícil. Foi necessário, por isso, inventar uma técnica de aproximação, que evolui durante todo o curso da história da humanidade. Essa técnica, esse mecanismo de aproximação, é a saudação*.

Um ser humano encontra-se com outro. Nesse exemplo, eles devem constituir uma situação comum, ou melhor, devem reconhecer a existência de tal situação em sua relação um com o outro. Cada um deles tem seus próprios costumes, e cada um assume que ambos agirão de acordo com seus próprios costumes. Esse é o significado da saudação, que poderia parecer supérfluo, até mesmo risível, mas que de fato não o é nem um pouco.

---

* José Ortega y Gasset, *El hombre y la gente* [O homem e a gente], 6. ed., Madri, Alianza Editorial, 1996. Esta citação consta da tradução para o inglês de Tomiko Sasagawa Stahl e Anna Kazumi Stahl, e foi traduzida a partir dela. (N. T.)

Talvez os encantamentos (no sentido de palavras de um feitiço ou de um desejo) possam ser considerados o ponto de partida das saudações. "Bom dia" é o resíduo de um encantamento que expressava o nosso desejo comum de que o dia fosse bom. Esse tipo de prece compartilhada conectou as pessoas e conduziu a complexos sistemas de costumes. Os franceses fazem uma saudação particular àqueles que vão começar a comer: "*Bon appétit*". Para nós, é extremamente peculiar que eles digam uma prece pelo apetite de alguém. De outro lado, algumas de nossas saudações certamente parecem tão peculiares quanto as dos franceses.

Consideremos agora as diferenças entre determinadas cidades do Japão no que diz respeito às saudações. Certa vez, um homem de Tóquio estava hospedado num hotel em Kyoto. Quando disse que iria sair por um breve período, recebeu a saudação: "Volte cedo, por favor". Num primeiro momento, isso o fez sentir-se constrangido. Então, ele ficou irritado quando tal pensamento lhe passou pela mente: "Cedo ou tarde, quando eu decidir voltar, essa escolha será *minha*!". Mas com isso ele revelou sua má interpretação: "Volte cedo, por favor" é como uma prece que se diz a um viajante que vai iniciar sua jornada. A frase em si não contém nenhum significado sério ou literal. Em Tóquio, o sistema de saudações desenvolveu-se de maneira muito mais simplificada do que em Kyoto, cidade que ainda mantém antigas tradições. É por isso que em Tóquio as pessoas têm dificuldade em aceitar as coisas que os habitantes de Kyoto dizem em suas saudações.

Certa vez, num vilarejo pobre da Bretanha, ouvi um velho reclamar: "Os jovens nos dias de hoje nunca dizem '*Bonjour*'. Não pude deixar de sorrir com isso: "Então, aqui também acontece a mesma coisa!".

O significado ou o sentido que o velho associava àquela saudação não eram mais reconhecidos pelos jovens. Isso não significa necessariamente que eles não reconhecessem o sistema de costumes, mas sim que na sociedade contemporânea o sistema de leis passou a controlar os indivíduos – e a protegê-los por meio desse controle – a tal ponto que o sistema de costumes foi reduzido ao mínimo.

Aparentemente, as leis têm um certo tipo de antagonismo aos costumes que não está explicitamente incluído em suas prescrições jurídicas. Existe uma tendência a tomar o que parece significativo nos costumes e a transformá-lo em lei, isto é, a expressá-lo em forma de prescrições legais. E então, que tipo de sociedade, que tipo de gente pode resultar disso? Tendo-se perdido os costumes, dos quais as saudações fazem parte, tudo que pode resultar é que, quando se é inesperada e repentinamente abordado por outra pessoa, grite-se "Polícia!" em lugar de se dizer "Bom dia" ou outra saudação.

Isso me traz à mente um nítido exemplo. Uma vez, numa rua de Paris, vi uma mulher gritar "Polícia!" em resposta imediata a um jovem que, na verdade, só havia feito uma piada com ela. Bem, talvez esse seja um caso extremo, e não um caso exemplar, mas, de qualquer forma, minha intenção é ilustrar como os jovens não veem nenhuma ausência de "polidez" em atitudes que parecem revelar frieza ou desinteresse subjacentes para com desconhecidos ou mesmo em relações triviais. E isso se deve à nova tendência de depender da lei como base de apoio social. Em outros tempos, ao contrário, como a lei não protegia os indivíduos dessa maneira, todos trocávamos saudações com um sorriso. Tampouco havia um limite estrito ao conteúdo da saudação. Em Kyoto, por exemplo, ainda estão em uso saudações bastante peculiares, como "Aonde você vai?" – "Bem, vou logo ali um pouquinho". Embora isso absolutamente não responda à pergunta, a outra parte fica satisfeita com a resposta e arremata: "Ah, vai mesmo?". O conflito entre o antigo e o novo sistema me faz lembrar de um episódio em *Konnichi wa Ojisan* [Olá, Tio], romance de Nada Inada[3]. Ele reflete perfeitamente o estado moderno das coisas: um homem idoso, num edifício de apartamentos, reclama que as moças que vivem ali nunca dizem "*Konnichi wa*". Mas, ao mesmo tempo, elas ficam perturbadas com o idoso dizendo "*Konnichi wa*" a todo mundo o tempo todo.

---

3 Nada Inada (1929-) é um romancista, ensaísta e psiquiatra que vive e trabalha em Tóquio. Tem obtido grande sucesso como médico e escritor. *As obras completas de Nada Inada*, em doze volumes, foram publicadas em 1982.

Quanto maior é a dependência da lei, mais minimizado ou mais desintegrado torna-se o sistema de costumes. Por exemplo, o homem que achava "Volte cedo" algo estranho para se dizer não consideraria "*Gambatte kite*" [Vão dar duro e depois voltem] nem um pouco insólito. A razão disso é que nossa mentalidade inconsciente de grupo atribuiu cegamente um valor a *gambaru* [dar duro ou fazer um esforço extremo].

O costume que se iniciou com *gambaru*, depois se alterou com "*Otagai ni gambarō*" [Vamos dar duro juntos]. Atualmente, constatamos uma nova mudança: as pessoas estão dizendo "*Gambaranakuccha*" [Eu tenho de dar duro], que se murmura para si mesmo quando se está só. Isso é muito interessante como indicativo das modificações ocorridas no inconsciente das pessoas num breve período histórico. Na verdade, investigar a estrutura desse "inconsciente" em períodos históricos curtos ou longos, ou mesmo em termos de espaço, é o meu propósito, se posso chamá-lo assim, nestes ensaios aleatórios, que passam por aqui e ali e falam sobre isso e aquilo.

Aizuchi
(Oferecer concordância, ecoar)

Apoiar pela concordância

EM INGLÊS existe a expressão "linguagem corporal" (*body language*). Na verdade, já está florescendo uma ciência dedicada ao estudo da linguagem corporal. Contudo, ela ainda se encontra em seus estágios primitivos. Por exemplo, quando os especialistas nessa área observam uma pessoa que sempre mantém os braços cruzados, acham que ela demonstra claramente ter uma personalidade beligerante.

A "linguagem sem palavras", os tipos de movimentos e gestos de uma pessoa, ainda faz parte de um campo acadêmico não desenvolvido. Contudo, estão mais enraizados no ser humano do que qualquer palavra e são um sinal inequívoco das conexões entre o *kokoro* [coração] e a sociedade.

Talvez os gestos revelem a dimensão mais profunda da psicologia de um indivíduo. Além disso, é bastante evidente que, quanto mais inconscientes são os gestos, mais cuidadosamente eles mereceriam ser observados. Ao mesmo tempo, os gestos também são cultura. Eles compreendem uma herança cultural pertencente aos diversos grupos de uma sociedade. Um indivíduo possui seus próprios gestos, mas, se os fundamentarmos, há gestos comuns ao grupo e à sociedade à qual esse indivíduo pertence. Assim como os seres humanos estabelecem sua comunicação por meio da troca de palavras e da participação e da transmissão de uma cultura verbal, o indivíduo torna-se um ser social e um membro da sociedade pela imitação inconsciente dos movimentos e gestos dos outros.

Depois de chegar a esse pensamento, eu me pergunto: através de que tipos de gestos expressamos nossa cultura japonesa e nossa "japonesidade"? Em termos mais precisos: em nossa mútua imitação de nossos gestos, que tipo de cultura criamos? É essa a questão que surge a essa altura.

* * *

Por enquanto, gostaria de considerar os gestos particulares à medida que eles me vierem à mente e então avaliar os significados que damos a eles. Não pretendo estabelecer aqui um "sistema de gestos". Em outras palavras, não estou em busca de um sistema de significados gestuais. Tampouco quero tirar conclusões precipitadas por conta apenas da natureza interessante do assunto de que estou tratando. Não é meu estilo fazer proposições arrogantes e dizer coisas como: "De maneira geral, todos nós, japoneses...". Questões de estilo à parte, tratar as coisas dessa maneira não me seria de nenhuma utilidade em minhas investigações. Será mais produtivo escolher gestos particulares e propor questões com este tipo de atitude: "Que tipo de gesto é esse?" e "O que esse tipo de gesto significa?"; e, no final, apresentar o que descobri constituir o problema geral dos gestos.

Talvez eu não descubra no espírito do conhecimento ou da sabedoria nenhuma resposta "verdadeira" para as questões que coloco. Ou pode ser que tudo o que temos sejam nossas questões, ou seja, a atividade de propor questões.

O gesto japonês que me vem primeiro ao pensamento é *aizuchi*, usado para concordar com o interlocutor. Sinto-me atraído, antes de mais nada, pelo interessante aspecto metafórico dessa palavra. No *Kōjien*, o significado de *aizuchi* é explicado como o martelar concorrente e recíproco de dois ferreiros que trabalham juntos. Hoje, o som agradável dos martelos dos ferreiros batendo um após o outro há muito já desapareceu de nosso cotidiano. Assim como as alegres cenas do esmagamento coletivo de arroz na tradição do *mochi tsuki* [feitura do bolo de arroz] no Ano-Novo. Essas coisas estão desaparecendo rapidamente.

Contudo, a palavra *aizuchi* ainda evoca a sensação agradável que associamos ao trabalho em comum de duas pessoas esmagando o arroz cozido no vapor. Um de nós despeja o arroz-doce cozido no almofariz, coordenando nossos movimentos com os do outro, que o esmaga ritmicamente. O primeiro, creio eu, tem um prazer especial em sua tarefa, maior que o de seu parceiro, que esmaga o arroz com o pilão. É como se o lado passivo ou subordinado do trabalho, que é o papel cooperativo, fosse ao mesmo tempo o mais difícil e o mais agradável.

Em suas *Notas de minhas observações do Japão*, a suíça Madame Gascardt critica o modo vago como os japoneses respondem às perguntas:

> É de fato impossível obter um "sim" ou um "não" como resposta de um japonês... Ele diz apenas: "*So-o ne-e...*" [Bem, talvez...] e coça a cabeça. Eu, pelo menos, não consigo fazer a menor ideia do que ele quer dizer, persistindo dessa maneira na ambiguidade. Que gente mais complicada são os japoneses!

A observação que ela faz não é única nem original. Contudo, exatamente por isso, ela aponta para uma característica dos gestos japoneses ou da cultura japonesa que é incompreensível aos povos de outros países. Geralmente, apesar de nós mesmos não termos consciência disso, sempre que prestamos atenção ao que alguém diz concordamos em resposta. Alguns de nós podem responder com uma concordância apenas mental, enquanto outros a expressam com gestos exagerados. Pelo fato de isso constituir um comportamento inconsciente, a pessoa que realiza os gestos dificilmente se apercebe do que está fazendo.

Os produtores de rádio e de TV têm de "treinar" os amadores que vão participar dos programas para que eles diminuam essa exibição inconsciente de concordância. As expressões gesticuladas e faladas de concordância – por exemplo, a repetição de *sō* e *hai* (ambos significando "sim") – são um tormento para os olhos e uma irritação para os ouvidos. Para um observador distante e imparcial, esses gestos parecem refletir uma atitude incoerente de simpatia. Eu digo "observador imparcial" e incluo nisso o meu próprio olhar, como se eu fosse um forasteiro, tão forasteiro quanto um europeu.

Um homem de negócios estrangeiro vem ao Japão para negociações comerciais. Ele começa a vender seu peixe com tremendo entusiasmo. Só o seu puro entusiasmo já causa uma forte impressão em nós e, em resposta a isso, o homem de negócios japonês faz um gesto de concordância. Ele faz isso de modo inconsciente, literalmente sem pensar a respeito, como é o nosso costume. Contudo, esse gesto é interpretado pelo ocidental como um sinal claro de alguém comunicando um "sim" em resposta ao conteúdo de sua ardorosa apresentação. Assim, ele pega um documento e espera que ele seja assinado naquela hora, consolidando o acordo, que já lhe parece tácito. Mas o homem de negócios japonês, vendo aquilo, balança a cabeça e informa ao visitante que, na verdade, não concorda nada com ele. Bem, o estrangeiro é tomado totalmente de surpresa e registra mentalmente o quanto os japoneses não são sinceros e como podem mentir e enganar tão desavergonhadamente.

* * *

O mal-entendido que acabei de descrever revela um problema que, na verdade, é bastante sério. Nós, japoneses, estamos constantemente diferenciando o domínio da lógica do domínio das emoções. Dizer "sim" ou "não" a respeito de uma questão concreta é algo que pertence ao domínio da lógica. Fazer um gesto de concordância é uma expressão social baseada nas emoções. Por estarmos envolvidos nessa dualidade, vivemos no mundo humano, mas nem sempre revelamos imediatamente toda a verdade nua e crua.

Na Europa, usa-se a palavra "tato" para se referir ao momento em que se realiza a boa ação de levar em conta os sentimentos do outro.

Apesar de nos darmos por satisfeitos ao dizer apenas "Europa" nesse contexto, na verdade existem muitos outros países em que esse sentimento também é demonstrado – e alguns países europeus em que isso não acontece. Por exemplo, nos Estados Unidos e na Suíça encontra-se muito pouco "tato", ao passo que em Viena e em Paris ele se encontra em tanta abundância que o comportamento é quase comparável à nossa delicadeza japonesa nas relações interpessoais. Como podemos explicar isso? Tanto os EUA quanto a Suíça são países em que diferentes raças e idiomas se misturam e vivem em constante contato. Já em Viena e em Paris, uma cultura unificada é a condição prévia para o sentido de sociedade. Isso quer dizer que lá as pessoas têm uma compreensão tácita uns dos outros, e é a existência dessa compreensão que torna possível uma pessoa agir com plena atenção aos sentimentos de outra.

Por outro lado, nos EUA, onde as pessoas têm origens étnicas bastante diversificadas, é impossível conseguir um acordo ou a harmonia de opiniões sem recorrer ao domínio da lógica. Esse tipo de situação é cada vez mais predominante e inevitável no mundo moderno, em que vivem povos tão complexos e variados. E o modo "sim ou não" norte-americano deverá se tornar o pré-requisito da comunidade internacional em vez do europeu.

Contudo, mesmo quando a tarefa de se estabelecer a nova precondição para a comunidade internacional tiver sido realizada, daqui a várias décadas ou vários séculos, não se poderá dizer que o tato sutil terá perdido inteiramente seu valor. Na verdade, ninguém pode estar certo de que o nosso *aizuchi* [oferecer concordância] não seja visto então como uma forma original de um cordial trabalho cooperativo.

Hedatari
(Distância, estranhamento, frieza)

Manter distância ou não

Quando nós dizemos "*hedatari o kanjiru*" [tomar ou manter distância de alguém], estamos nos reportando à psicologia individual das relações interpessoais. Quando dizemos "*wakehedate o suru*" [diferenciar ou estabelecer distinções entre si próprio e os outros], estamos nos referindo à psicologia social das relações interpessoais. Seja qual for o caso, a palavra *hedatari* é, por si só, interessante. Ela exprime uma ideia nada simples de distância e expressa numa única palavra as relações humanas tal como são afetadas ou efetuadas pela distância, ao mesmo tempo que alude à psicologia associada à distância.

Eu lecionei por muitos anos e acho interessante, embora um tanto peculiar, que os estudantes sempre queiram manter certa distância do professor. Quando há apenas vinte ou trinta estudantes numa sala de aula que poderia acomodar cem, eles se sentam "dispersos aleatoriamente", mas todos ao longo da parede mais distante. Esses estudantes sentem uma certa "distância" do professor e expressam esse sentimento por meio da distância física.

Evidentemente, em um grande auditório onde a voz do professor não consegue atingir a parede mais distante, a situação torna-se mais complicada. Os estudantes escolhem seus assentos com muito cuidado, bem nos limites da distância que a voz do professor pode alcançar, ao mesmo tempo que mantêm o devido afastamento dele.

O professor, contudo, poderá preferir que os estudantes se aproximem dele tanto quanto possível. Nesse caso, ele convidará os alunos a se sentarem mais perto, gesticulando-lhes com a mão. A palavra *maneku* [acenar em chamamento] comunica a ideia de convidar os outros à nossa casa. Em si, essa palavra é a expressão da vontade de reduzir a distância interpessoal. Dizemos também, ao oferecer um presente, *ochikazuki no shirushi ni* [como um sinal de nosso estreito relacionamento]. A própria frase expressa a eliminação da distância interpessoal no momento em que necessitamos ficar fisicamente próximos para poder trocar o presente entre nós. Nosso relacionamento torna-se "mais estreito" à medida que ficamos, literalmente, mais próximos um do outro fisicamente.

Nos dramas de costume sobre os tempos antigos, sempre há cenas em que o nobre senhor diz "*Kurushūnai chikō*" [Não fique tão apavorado, chegue mais perto] ou "*Mo sotto chikō*" [Aproxime-se um pouco mais] aos seus criados, que estão se curvando em profundas mesuras do outro lado das telas de papel. Esse deve ter sido o cenário original da expressão *chikazuki* [aproximar-se].

No Japão, nós nos aproximamos dos outros com temor. É o temor de eliminar a distância como marcadora da diferença entre as posições sociais. Geralmente, considera-se uma distância física interpessoal a expressão do reconhecimento das diferenças de nível social. Portanto, quando um superior convidar um subordinado a aproximar-se, dizendo "*Mo sotto chikō*", este chegará mais perto, porém lentamente e com temor, avaliando a real extensão da indulgência de seu superior o tempo todo.

Evidentemente, isso só ocorre no começo. Uma vez que tenham se tornado íntimos e se acostumado um com o outro, o subordinado terminará por *futokoro ni haitte shimau* [escorregar dentro de seu bolso]. Eventualmente, poderá se tornar o *kaitō* [braço direito] ou *sokkin* [assistente] de seu superior. *Kaitō* e *sokkin*, no que se refere à distância física, implica poder cochichar nos ouvidos de um superior.

* * *

Nós, japoneses, consideramos indecentes os costumes ocidentais de apertar as mãos e de se abraçar. Não é por acharmos o contato físico imundo. É que não podemos nos sentir à vontade com tanta proximidade logo no início, como aquela que se expressa agarrando-se as mãos ao se encontrar alguém. Isso não faz parte da cultura que consideramos nossa.

Os ocidentais, desde o princípio, apertam-se abruptamente as mãos numa expressão de intimidade. Por meio dessa ação, remove-se a distância física. Em seguida, eles gradualmente restabelecem a distância em relação à outra pessoa. Nós, japoneses, primeiramente mantemos a distância e, então, gradualmente, nos tornamos *narenareshiku* [íntimos, próximos]. Isso quer dizer que, no Ocidente e no Japão, a intimidade e a distância ocorrem em ordem inversa. No Ocidente, o primeiro princípio social é o da intimidade e da amizade, enquanto para nós é o da hesitação e da reserva, de um respeito pela distância social.

Na realidade, quando suas verdadeiras intenções não coincidem com o princípio social prescrito, os ocidentais também mantêm alguma distância dos outros. De outra forma, eles também se sentiriam incomodados. Em tais casos, novamente eles dão um passo para trás após apertarem as mãos. De acordo com um estudioso chamado Edward T. Hall, o que é considerado uma distância interpessoal "adequada" varia conforme as diferenças culturais. Por exemplo, os latino-americanos falam com o rosto bastante próximo um do outro, ao passo que os norte-americanos não toleram isso. Na verdade, eles odeiam isso e, sempre que podem, criticam os latino-americanos, alegando que eles "respiram no pescoço uns dos outros", "amontoam-se entre si" ou "salpicam perdigotos no rosto do interlocutor". Por outro lado, os latino-

-americanos também se queixam dos norte-americanos, descrevendo-os como "distantes, frios, reservados e desagradáveis"*.

E quanto a nós, japoneses? Já que não foi feita nenhuma pesquisa sistemática sobre esse tema, não posso falar em termos estritos a respeito. Contudo, acredito que possamos dizer que não parecemos ser do tipo norte-americano. Por outro lado, também detestamos permanecer dentro da distância "cuspível". Em suas raízes, talvez nossa divergência em relação ao tipo norte-americano se deva ao ritmo frenético com que alteramos as distâncias interpessoais conforme avaliações momentâneas de intimidade, reserva, superioridade ou inferioridade, e assim por diante. Não nos foi transmitida uma distância social válida de uso geral. Em vez disso, a distância "adequada" depende de circunstâncias subjetivas. Nos velhos tempos, ela era determinada pela posição social, mas hoje nós precisamos avaliar situações mais complicadas – e fazer isso com muito cuidado. Consequentemente, nossas maneiras de tomar e de manter distância tornaram-se mais sutis e complexas.

Ao mesmo tempo, juntamente com as variantes de *hedatari* [distância] nas diferentes culturas ou sociedades, há também uma variação relativa ao gênero. Isso é particularmente notável em nosso país. Os homens jovens, mesmo os amigos mais íntimos, no máximo se empurram e se xingam, provocando em voz alta, a uma distância considerável. Essa é a maneira de eles expressarem intimidade.

O comportamento das mulheres jovens apresenta um marcante contraste quanto a isso. Percebemos a completa eliminação de *hedatari* quando as jovens mulheres inocentemente se tocam nos ombros ou nos braços, passeiam pelas ruas de braços dados, trocam roupas, usam as vestimentas e os acessórios umas das outras e conversam com expressões faciais abertas. Essa é a maneira de as mulheres jovens expressarem intimidade.

Nas novelas da TV, frequentemente há cenas em que uma jovem se atira sobre outra pessoa e começa a chorar. Essa outra pessoa pode ser

---

* Edward T. Hall, *The silent language* [A linguagem silenciosa], Nova York, A Fawcett Premier Book, 1959. (N. T.)

um homem ou uma mulher. Esse comportamento expressa a demanda de uma eliminação absoluta da distância entre as duas pessoas, que a mulher pede ao outro, esperando sentir-se confortada pela união com esse outro. Pode-se dizer que isso é típico das mulheres.

O *kaitō* [braço direito] e o *sokkin* [assistente] pertencem à cultura masculina e, nesse domínio, a distância e a proximidade são expressões das relações sociais de uma pessoa. Em contraste, no caso de uma mulher que chora no colo de outra pessoa, essa imposição de não distância é uma expressão das relações pessoais. Além disso, esse é simplesmente o modo de as mulheres se relacionarem.

Em um caso, constatamos um senso de distância fundamental para uma atuação social e, no outro, percebemos outro senso de distância – ou sua negação –, no qual a preocupação é com a união humana. O que chamo aqui de "senso de distância" é uma certa administração do espaço.

O espaço não existe apenas como espaço. Determinada cultura pode defini-lo de determinada maneira. Com o mesmo gesto, os seres humanos criam seu espaço e, de certa forma, suas relações pessoais são determinadas por ele.

Tei-Shisei
(Uma atitude modesta)

Mantendo um "perfil baixo"

É INTERESSANTE NOTAR que a política da Dieta de Ikeda[1], de um crescimento econômico de perfil alto, teve sua contrapartida de apoio na postura política marcadamente modesta de sua administração. Evidentemente, o próprio sr. Ikeda nunca utilizou a palavra *tei-shisei* [atitude modesta] para se referir a isso. Em vez disso, ele falava em *sei-shisei*, a "atitude correta".

Nós temos expressões como *eri o tadasu* (endireitar-se, mas referindo-se literalmente a endireitar a gola do próprio quimono) ou *izumai o tadasu* [sentar-se na postura ereta]. Essas frases derivam de uma terminologia mais antiga e tradicional. Ao encontrar uma autoridade ou enfrentar uma situação séria, alguém deveria "se endireitar", isto é, assumir a postura ereta. Naqueles tempos, não havia uma expressão como "atitude correta". Essa é uma frase recentemente cunhada, que compete com o termo similarmente novo *tei-shisei* [atitude modesta].

Quantas vezes, desde a infância, não nos foi dito "*Sesuji o nobase*" ["Endireite suas costas" ou "Sente-se/fique em pé direito"]? Re-

---

1 A referência é à política extremamente bem-sucedida de grandes gastos públicos, redução de impostos e baixas taxas de juros adotada pelo parlamento japonês – a Dieta – durante a administração do primeiro-ministro Hayato Ikeda (de julho de 1960 a novembro de 1964).

lembrando isso agora, podemos ver que era uma educação para uma "atitude correta", tanto em termos de postura quanto de comportamento. A atitude adequada para o prestígio nacional de um Japão em crescimento era e tem de ser a "atitude correta", isto é, com as costas endireitadas. Pode-se dizer que é uma ideologia da atitude manifesta na postura.

Contudo, a realidade é que nós, japoneses, como descreveu o escritor Riichi Yokomitsu[2], estamos sempre nos curvando para a frente e arqueando as costas. Quando estamos entre europeus, essas nossas características se tornam bastante óbvias. Os europeus projetam seus queixos para a frente, o que faz sua postura parecer agressiva ou beligerante, sem que eles tenham a intenção consciente de causar esse efeito. Se não tivessem essa atitude, não seriam capazes de prosseguir sua vida neste mundo, que é um lugar tão difícil. Nós, japoneses, contraímos o queixo, baixamos o nosso perfil.

Conheci um francês que, por morar no Japão, percebeu essa diferença e refletiu sobre o porquê de os japoneses contraírem o queixo. Ele observou que, a menos que assim o fizessem, os japoneses se sentiriam menos capazes de continuar vivendo bem neste mundo. Em outras palavras, essa postura também refletia certa atitude sobre como ser melhor capacitado para viver no mundo. Eu acrescentaria, além disso, que a diversidade de posturas mostra também que há diferentes versões deste "mundo difícil em que vivemos". Tanto os europeus quanto os japoneses adotam a postura e a atitude "adequadas" de acordo com suas respectivas visões de mundo.

* * *

De acordo com *The naked ape* [*O macaco nu*], de Desmond Morris, uma postura rebaixada expressa uma atitude conciliatória. Trata-se de

---

[2] O romancista Riichi Yokomitsu (1898-1947) destacou-se no panorama literário japonês durante os anos de 1930. Em 1936, ele viajou extensivamente pela Europa, o que resultou na produção de duas de suas mais importantes obras: *Diário europeu de viagem* e *Ryōshu* [Melancolia de um viajante], seu grande romance. Talvez tenha feito nessa ocasião as observações relatadas por Tada.

um dos "sinais de apaziguamento" oferecidos diante de ameaças inimigas. Morris explica isso da seguinte forma:

> Compartilhamos com os outros primatas a reação submissa básica de encolher-se e gritar. Além disso, formalizamos toda uma variedade de demonstrações de subordinação. O próprio encolhimento evolui para o rastejamento e a prostração. Em menor intensidade, ele também se expressou no ajoelhar-se, no curvar-se e na reverência. O sinal fundamental, nesse caso, é o rebaixamento do corpo com relação ao indivíduo dominante. Quando ameaçamos, inflamo-nos até atingir nossa altura máxima, tornando nossos corpos o mais altos e largos possível. O comportamento submisso, portanto, deve seguir o curso oposto e trazer o corpo para baixo tanto quanto possível*.

O homem primitivo não mostrava nenhuma piedade para com um inimigo. Derrotar o inimigo significava matá-lo. Contudo, à medida que a cultura humana se tornou mais refinada, deixou-se de matar o inimigo e passou-se a utilizá-lo como escravo. Nessas circunstâncias, o escravo "imita" seu "precursor", que, em tempos mais antigos, teria sido morto: em outras palavras, ele se prostra perante seu conquistador. O biólogo Spencer via nisso a origem de todas as "saudações". O fundamento das saudações encontra-se na tradição das idades primitivas do homem – a parte mais fraca desempenharia o papel do morto impotente. E ainda hoje gestos similares podem ser observados claramente como resquícios desses costumes arcaicos.

Para o homem primitivo, ser alto e largo significava também ser grande. Para ilustrar a situação, imaginemos dois homens, A e B. A é um homem pequeno com uma alta posição na sociedade. B é alto, mas

---

* Desmond Morris, *The naked ape*, Nova York, McGraw-Hill, 1967. Esta citação consta da tradução para o inglês de Tomiko Sasagawa Stahl e Anna Kazumi Stahl, e foi traduzida a partir dela. Há também uma edição brasileira dessa obra: *O macaco nu*, 17. ed., Rio de Janeiro, Record, 2004. (N. T.)

tem baixa posição social. Se perguntarmos ao homem primitivo qual deles é o maior (ou o mais alto), ele responderá que é o homem A. De fato, dado que A tem uma envergadura superior e é mais impressionante, ele parece "maior". Mesmo na França dos dias de hoje, utiliza-se a palavra *grand* tanto para "alto/avantajado" quanto para "grande", o que mostra quão arraigado deve ser esse tipo de crença ou suposição.

A posição ereta e elevada que Morris descreve como "inflar-se" é sempre um gesto de "ameaça". Em reação a ela, a posição rebaixada sinaliza "apaziguamento" ou "submissão". Portanto, a pessoa que faz a ameaça parecerá ser a mais alta, enquanto a submissa parecerá mais baixa.

Certa vez, Sei Itō[3] criticou o estilo de Tōson Shimazaki por ser semelhante a curvar-se. A opinião de Itō é de que o próprio estilo das obras literárias de Shimazaki expressa uma atitude de imploração, como se dissesse: "Por favor, deixe-me continuar vivendo neste mundo". Será que Tōson era uma pessoa de "perfil" assim tão "baixo", mesmo entre nós, japoneses? Certamente, esse tipo de "perfil baixo" ou atitude prostrada tem um aspecto inferior, servil; ainda assim, misteriosamente, tem sobrevivido no código de valores de nossa cultura.

Terá sido em consequência da longa história do sistema feudal no Japão? Ou poderia ser essa simplesmente uma das características da alta densidade populacional de nossa população (em sociedades assim tão densas, as pessoas não conseguem conviver se estão sempre medindo força umas com as outras)? Devemos nos lembrar, contudo, de que as condições de densidade populacional são semelhantes na Europa. É curioso notar que o costume de adotar uma postura rebaixada foi extinto ou reprimido na Europa, ao passo que manteve seu valor social e cultural aqui no Japão.

* * *

---

3 Separados por uma geração, Sei Itō (1905-69) e Tōson Shimazaki (1872-1943) dividiram as atenções da cena literária japonesa durante os prolíficos anos de 1930. O último grande romance de Shimazaki, *Yoake Mae* [Antes da aurora], de 1935, ilustra sua famosa tendência a fazer descrições tediosas da mundaneidade e a dizer meias verdades extremas, o que talvez tenha inspirado a crítica de Itō a seu estilo literário, à qual Tada se refere.

Há um maneirismo europeu particularmente difícil de ser imitado por nós, japoneses: quando outra pessoa entra no aposento, os presentes imediatamente se levantam de seus assentos. Segundo a nossa maneira de pensar, por estarmos sentados, já mantemos uma "postura rebaixada" com relação à pessoa que entrou; portanto, acreditamos que podemos e devemos permanecer como estamos. Contudo, para um europeu, estar sentado implica estar à vontade. A outra pessoa – a quem deve ser demonstrado respeito – encontra-se em pé e, enquanto ela estiver em pé (e, portanto, suportando uma postura de maior esforço físico), aqueles que a recebem não podem se sentar à vontade em torno dela. Por isso, os europeus se levantam e até mesmo aprumam as costas. Essa é a "atitude correta" para eles.

Será que nesse caso há meramente uma diferença entre uma "cultura do sentar-se" e uma "cultura do levantar-se"? Para nós, japoneses, "sentar-se" é uma postura rotineira, mas não significa uma comodidade especial. Assim, quando alguém a quem devemos demonstrar respeito entra no aposento, nós nos inclinamos para a frente e para baixo, curvando-nos repetidamente. Essa é a maneira de demonstrar polidez em nossa cultura – e ela sinaliza um "apaziguamento" ou uma "submissão" ao outro. Mesmo quando estamos sentados, nós fazemos esse gesto – e o fazemos permanecendo em nosso assento. É por isso que, quando outra pessoa entra no aposento, nós não nos levantamos, como fazem os europeus. Nós permanecemos em nosso assento e, exatamente por isso, demonstramos o nosso respeito. Essa é a nossa atitude, que os europeus também acham difícil de entender.

Há outra expressão em japonês que é interessante nesse mesmo contexto: *koshi ga hikui* [ter o quadril baixo]. Nós descrevemos uma pessoa modesta, que mantém um perfil baixo, como alguém que "tem o quadril baixo". A palavra *koshi* [quadril] é um termo bastante significativo. Essa simples palavra expressa a atitude da postura rebaixada e, ao mesmo tempo, também indica a parte do corpo onde se encontra o centro de energia do ser humano. Em consequência, *koshi no hikui hito* [alguém com o quadril baixo] não significa uma pessoa que se mantém sempre em posição inferior ou servil. Pelo contrário, se a oportunidade surgir, ou se ela for provocada, essa postura lhe permitirá reagir com um contra-ataque ou preparar rapidamente uma investida. De outro lado, a pessoa que adota a "postura alta" está com a coluna ereta e o quadril estendido para a frente. Apesar de essa postura continuamente sinalizar uma ameaça, a pessoa não está realmente preparada para utilizar sua força, pois não está centrada. Pode-se dizer, então, que em muitos casos a "postura alta" equivale a um blefe.

À luz do acima exposto, a *tei-shisei* [perfil baixo ou postura rebaixada], pela qual nós, japoneses, somos tão famosos na Europa e nos Estados Unidos, é na verdade uma postura que não pode ser considerada desatenta ou indefesa. Além disso, esse aparente paradoxo também pode ser notado no fato de sermos uma nação que demonstra uma atitude política de perfil baixo, enquanto mantemos um perfil bastante alto nas questões econômicas. Se o Japão moderno é constituído por uma combinação tão complexa de posturas altas e baixas, não é de espantar que outros países não percebam sinais de apaziguamento, submissão e modéstia na atitude de nosso governo.

* * *

A atitude "nunca desatenta" não é prevalente apenas entre nós, japoneses. Muito possivelmente, é um hábito cultural do Oriente em geral. Em *O idiota*, de Dostoiévski, há um personagem chamado Lebedev que, embora permaneça sempre em atitude de perfil baixo, diz, intencionalmente e com um propósito cruel oculto: "o falecido sr. Fulano de Tal é isso e aquilo" bem em frente da pessoa a quem está se referindo como o "falecido". Isso, naturalmente, é algo bastante perturbador para o indivíduo em questão, que ainda está bastante vivo. Lebedev é esse tipo de pessoa, e reconhecemos nele características especificamente não europeias, com o que pretendo dizer "asiáticas".

Nekorobu
(Reclinar-se, deitando)

Senhoras reclinadas lendo rolos de papel

NA CATEGORIA de "péssimas maneiras", não há nada pior que a posição reclinada. É uma posição feia e abjeta: todos sabemos que é assim que a consideramos. E, no entanto, *por que* ela é "feia"? Por que se reclinar é uma demonstração de "má-educação"? Qual a causa ou o fundamento dessa avaliação? Quando paramos para nos perguntar isso, percebemos que não temos uma resposta pronta e clara.

Isso me traz à mente uma anedota que ouvi certa vez sobre um escritor que tinha uma vida reclusa. Não vou citar seu nome porque não tenho absoluta certeza de que a história seja verdadeira, por ser uma informação de fonte indireta. Contudo, a descrição impressionou-me de uma maneira fora do comum. Esse escritor possuía uma almofada longa composta por dois *zabuton* [almofadas de sentar] e, sempre que tinha uma visita, oferecia esse lugar a seu hóspede para que se reclinasse. Com isso, imediatamente o anfitrião passava também a deitar-se. Bem, se o objetivo era ficar à vontade, de fato nada poderia ser melhor do que isso! O escritor estava convencido de que *anraku* [conforto] a qualquer preço era a melhor hospitalidade que ele poderia oferecer a um hóspede.

Contudo, suponho que, quando levados a uma sala de estar formal, com seus móveis costumeiros, ao ouvir nosso anfitrião dizer polidamente "*Sā, dōzo*" [Por favor, por favor], não sentimos que isso seja um contexto adequado para sermos convidados a adotar uma postura ou atitude tão relaxada, mesmo que em nome da hospitalidade do anfitrião. Em especial quando a mobília é estofada com tecido branco ou algo parecido. Nessas circunstâncias, sentimo-nos constrangidos por sermos deixados à vontade de maneira tão imprópria. Eu fiquei tão impressionado com a ideia de um *zabuton* extralargo quanto com a da hospitalidade extraordinária. Naturalmente, seria mais apropriado dizer *korobi-buton* [almofada de reclinar] em vez de *zabuton*.

* * *

Isso me faz recordar uma passagem que me chamou a atenção recentemente, quando li o romance *Saigetsu* [Aquelas lágrimas], de Ryōtarō Shiba[1]:

> Saigō silenciosamente convidou Itagaki a entrar na *zashiki* [sala de estar] interior. "Por favor, deite-se aqui – eu farei o mesmo." Dizendo isso, Saigō colocou ambas as mãos estendidas sobre a almofada e girou seu corpo sobre ela, alongando-se. Em Satsuma, as pessoas têm o costume de oferecer um travesseiro para um hóspede ou um amigo íntimo para que eles possam conversar enquanto ficam deitados juntos, o anfitrião e o hóspede.

Esse Saigō, claro, é Takamori Saigō[2]. Na cena, Taisuke Itagaki disse: "Não, não posso relaxar tanto assim", portanto eles terminaram por não conversar deitados. Eu não sabia que existia tal costume em

---

1 Romancista contemporâneo, Ryōtarō Shiba (1923-96) começou escrevendo romances históricos quando era um jovem repórter em Osaka. A maioria de suas obras é humorística, como *Saigetsu*, que mostra como as pessoas se comportam em tempos turbulentos.
2 Sacerdote budista com tendência para as coisas práticas, Saigō (1827-77) foi uma figura fundamental durante a Restauração Meiji. Depois disso, liderou um levante em sua província natal, Satsuma, atacando o Estado centralizado moderno que havia ajudado a criar. A rebelião só terminou com seu suicídio, em 1877. Na cena supracitada, o convidado é Taisuke Itagaki (1837-1919), um dos mais importantes políticos da Era Meiji, cuja grande contribuição foi o estabelecimento de uma assembleia representativa nacional.

Satsuma, apesar de isso provavelmente ter sido ignorância de minha parte. Se for assim, então o escritor que mencionei na anedota inicial é de fato tradicionalista, exatamente o oposto de alguém com "péssimas maneiras": ele estava dando continuidade a uma tradição de Satsuma.

Mesmo que a cena seja pura ficção, acho a ideia de Shiba muito interessante: Saigō, o protagonista oriundo do coração do Japão, aparece com as piores e mais abjetas maneiras – ou seja, sugerindo a seu hóspede que se deite. (O sr. Shiba me disse, contudo, que em sua cidade natal, Yamato-Kōryama, as pessoas têm esse costume.)

Um de meus personagens favoritos das lendas japonesas é *Monogusa Tarō* [Tarō, o garoto preguiçoso]. Ele era um menino preguiçoso demais para ir pegar o *mochi* [bolo de arroz], mesmo que estivesse morrendo de fome. Agora me pergunto: que tipo de postura *ele* assumiria para conversar? Isso é algo que eu realmente gostaria de saber. Será que ele se deitava de costas? Ou será que se apoiava no cotovelo quando se deitava no chão?

Nós temos uma palavra, *gorone* [cochilar deitado, cochilar vestido com as roupas]. E, a partir dessa palavra, criamos outra, *tele-ne* (combinação do termo acima com a palavra "televisão"). Imagine um típico assalariado japonês, num domingo, deitado no *tatami* sobre o chão ou apoiado em um dos cotovelos, assistindo à televisão. Pode-se dizer que essa é a quintessência do "ficar à vontade" para o japonês médio que não tem muito dinheiro. Obviamente, se ele estivesse deitado de costas, estaria apenas olhando para o teto – e isso não seria *tele-ne*. Para manter uma postura apropriada para esse mínimo de contato social que é o assistir à televisão, ele deveria pelo menos fazer o esforço de apoiar-se no cotovelo quando estivesse deitado no chão.

É curioso pensar que é a TV que torna esse esforço necessário. Todos sabemos que é falta de educação encarar outra pessoa quando se está bem na frente dela. Contudo, no caso da TV sempre estamos bem à sua frente, não? Um problema de hábitos culturais é revelado pelo fato de que sentimos que devemos assistir à TV sentados e olhando de frente para o aparelho, como se estivéssemos nos relacionando com uma pessoa que tivesse se apresentado a nós com uma postura frontal. Nesse caso, o aparelho de TV é que deveria se adaptar a nós, e não nós a ele. Com isso quero dizer que, se a "verdadeira" postura de um ser humano é ficar deitado, então a TV deveria vir em um estilo que nos permitisse vê-la deitados. Contudo, não importa o quanto eu tente pensar a respeito, a lógica disso retrocede. Como se diz frequentemente no sentido abstrato, o homem não deveria ser utilizado pela máquina; ele é quem deveria utilizá-la. Não obstante, os aparelhos de TV são feitos de tal maneira que adotar uma postura especial para assisti-los torna-se "a coisa apropriada" e mais bem-educada a se fazer.

Se é esse o caso hoje, então que posturas as pessoas teriam adotado nos tempos antigos, quando liam rolos de papel e livros de histórias? Isso atiçou minha curiosidade. Os rolos de gravuras ficavam sobre mesas e as pessoas olhavam para eles, mantendo-os abertos com a mão esquerda enquanto os desenrolavam com a mão direita. Pelo menos, essa parece ser a teoria estabelecida. Contudo, o estudo detalhado de evidências históricas publicado recentemente pela sra. Etsuko Tamura (Estudo sobre *Kowata no Shigure* [Aguaceiros de outono em Kowata], Bijutsu Kenkyū, julho de 1971) derruba a teoria anterior. Para resumir seus achados, era enquanto ficavam deitadas de bruços que as damas da corte imperial olhavam para os rolos de gravuras. Os rolos, naturalmente, eram estendidos sobre os *tatami*. Apesar de isso poder ter parecido bastante mal-educado, outras pessoas olhavam furtivamente as senhoras enquanto elas se deitavam para ler nessa postura. Há exemplos de cenas como essas em várias pinturas. Descrições dessas damas nessa postura também podem ser encontradas no *Kowata no Shigure*. De outro lado, quando estudavam as escrituras budistas, elas abriam o texto sobre uma mesa e liam-no em atitude de respeito – pois essa atividade era completamente diferente da de olhar para rolos de gravuras ou ler livros de histórias.

Hoje, consideramos natural que a leitura de um livro seja feita sobre uma mesa. Mas nos iludimos. Não estamos trabalhando tão diligentemente, estudando tão solenemente o tempo todo. Em particular hoje, quando os livros perderam toda a sua significação espiritual, é tolice persistir na ideia de que deveríamos sempre ler livros em uma mesa. Na verdade, mesmo entre os escritores, há sempre um que só consegue escrever quando está deitado.

No que diz respeito a esse assunto, o tabu contra o deitar-se surgiu recentemente. Talvez ele já tivesse simpatizantes, algumas poucas pessoas terrivelmente sérias que se apegavam ao ridículo costume de proibir que alguém se deitasse. Podemos rir delas por terem pensado dessa forma, mas a consequência disso foi que o tabu se espalhou entre o povo em geral. Honestamente, eu não consigo atinar o porquê disso, mas é um fato incontestável: deitar-se se tornou um tabu.

Qual é a postura em que o ser humano fica mais à vontade? Há um *designer*, o sr. Akira Satō, que fez uma pesquisa sobre isso. Ele desenvolveu sua especulação como a seguir:

> O que estou tentando fazer? Estou pensando em uma cadeira. Mas para que servirá essa cadeira? Para a sala de estar de uma residência. O que é uma sala de estar? É um lugar onde uma família pode desfrutar relaxadamente de seu círculo familiar. Qual é a relação entre estar relaxado e uma cadeira? Estar confortável. Qual postura é a melhor para estar confortável? Eu estava pensando até agora enquanto sentava no chão de pernas cruzadas, mas fiquei um pouco cansado, logo estendi minhas pernas. Mesmo fazendo isso, me senti cansado após alguns momentos, portanto me sentei com minhas pernas estendidas de lado – e finalmente me deitei sobre o chão de *tatami*. (*Guia para a construção de uma casa.*)

O resultado do experimento completo foi este: o sr. Satō descobriu que não há uma postura "melhor" ou "mais fácil" para o ser humano. A essa altura, ele iniciou o *design* de uma inovadora cadeira que pode ser ajustada para acomodar qualquer postura. Em tudo isso, o que mais me interessou foi o fato de que o experimentador "finalmente deitou-se no chão de *tatami*".

* * *

Durante muitas eras nós repetimos o adágio: "O repouso é divino; os tolos se levantam e vão trabalhar". Contudo, nós também conhecemos a expressão "*nekubi o kakareru*" [ser assassinado durante o sono]. A posição deitada é a mais fácil para se estar, mas a que mais dificulta um movimento a partir dela. Sem dúvida alguma, é a postura mais vulnerável. Se alguém fosse tão corajoso quanto *Monogusa Tarō* (um preguiçoso), talvez pudesse passar a vida inteira deitado. Mas as pessoas comuns não podem chegar a tal ousadia. Escolher deitar-se ou não equivale a decidir se vai aderir ou não aderir à condição social de cautela constante. Pode ter sido essa a razão de Takamori Saigō ter escolhido o deitar-se como a posição ideal quando quis ser franco e gentil com seu hóspede e amigo.

Consigo imaginar três tipos de situações que normalmente conduzem ao deitar-se.

Uma delas é – apesar de mencioná-la aqui parecer algo um tanto quanto rude – a de cães que brigam. Quando um cão enfrenta outro em algum tipo de briga e perde o confronto, deita-se de costas com a cabeça estendida para a frente. Esse é o sinal usado pelo cão para conceder a derrota. Oferecer a cabeça desprotegida e nua é um sinal de desarmamento. Inesperadamente, ocorre-me que pode haver alguma associação entre o *korobi* [cair no chão] dos *korobi bateren*[3], os cristãos reincidentes do Japão do século XVI, e essa imagem ou postura de rendição.

O segundo exemplo que me vem à mente é o de um criado de baixo nível que, ao se ver em um estado de desesperada penúria, grita "*Sā*,

---

3 O termo *bateren* é uma aproximação fonética da palavra espanhola *padre*. Originalmente neutra, tornou-se pejorativa à medida que a evangelização cristã entrou em conflito com o Estado. Portanto, *korobi bateren* refere-se aos sacerdotes apóstatas que aderiram às campanhas anticristãs do Shogunato Tokugawa.

korose!" [Bem, então venha e me mate!]. Esse é um contexto no qual o autoabandono do *nekorobi* [deitar-se] é utilizado como se fosse uma ameaça ao seu contrário, como *igami no Gonta* [o briguento Gonta[4]]. O estado psicológico de um suicida é bastante semelhante a isso. O terceiro exemplo que apresentarei é o mais comum: o *tele-ne* [deitar para assistir à televisão]. Nos Estados Unidos dos anos de 1970 havia pessoas chamadas *swingers*. Elas eram "quadradas" durante o dia, mas se transformavam em *hippies* à noite. Ouvi dizer que essas pessoas eram conhecidas como *swingers*. Atualmente, a maioria dos assalariados do Japão contemporâneo rapidamente adota a postura *hippie* do deitar-se ao chegar em casa. Durante o dia, eles se confinam contra a vontade à cadeira de funcionário ou à de chefe de seção. As cadeiras são o instrumento do esforço e do trabalho dedicado, o estado mais oposto ao do relaxamento. Fico pensando se a postura noturna do deitar-se, característica desses homens, não seria uma espécie de ação compensatória.

Embora seja desnecessário dizer, todos os três exemplos acima não são tão espontâneos e intencionais quanto o *nekorobi* [deitar-se] de Saigō. E, por falar nisso, o que resultaria da comparação entre esses dois ideais de postura, o de *Monogusa Tarō* e o de Saigō? Na realidade, não se trata de duas posturas. Em vez disso, a questão é a de uma imagem ideal só nossa em que os dois extremos, a preguiça e a atividade, estejam unidos em um. A razão da grande popularidade de Saigō – que de outra forma seria impossível de explicar – pode estar relacionada a esse aspecto de sua personalidade – o fato de que ele se deitava.

---

4 Gonta é um personagem louco e selvagem do repertório dos teatros Kabuki e Jōruri. O termo é universalmente aplicado a "cabeças-quentes", fedelhos mimados e outros tipos que gostam de brigar.

Akushu

(Apertar as mãos)

Cumprimentando e presenteando

Quando eu estava traduzindo *Os jogos e os homens*, de Roger Caillois, o autor enviou-me seu "Prefácio à edição japonesa". Ao lê-lo, fiquei surpreso por ele dizer que admirava o povo japonês por suas virtudes de "dar e oferecer presentes", assim como pelo *ikebana*, a arte de arranjo floral, e pela cerimônia do chá.

Em primeiro lugar, minha surpresa deveu-se ao fato de que nós, japoneses, não consideramos a moderna troca de presentes uma virtude. E era ainda mais impressionante que um estrangeiro tivesse feito tal observação. Contudo, depois de pensar um pouco mais a esse respeito, recordei-me de uma experiência que tive certa vez: eu estava indo visitar um amigo e convidei uma senhora francesa para acompanhar-me. Sem pensar duas vezes, levei comigo um *shō* (1,8 litro) de arroz, porque havia conseguido um tipo muito raro e especial de arroz do distrito de Gōshū e gostaria de *osusowake* [compartilhar o presente] com meu amigo. Ao regressarmos da casa dele, a senhora estrangeira dirigiu-me um comentário (ela hesitou um pouco antes de falar, imagino que por modéstia feminina e por um certo constrangimento). Ela disse:

Não tenho a intenção de ofendê-lo por perguntar isso, mas qual foi a ocasião para que o senhor oferecesse o presente hoje, ou qual a razão em seus costumes ou em sua psicologia para que o senhor desse um presente ao seu amigo? Essa é uma das coisas que eu acho tão peculiares em vocês, japoneses, esse costume de dar presentes.

Então foi a minha vez de hesitar, já que sua pergunta havia me apanhado de surpresa; era a última coisa que eu esperava ouvir. Compartilhar o arroz com meu amigo havia sido uma ação completamente inconsciente de minha parte. Tive de parar por um momento, de maneira a poder tornar consciente a ação inconsciente – e então tentar pensar em como explicá-la. Entretanto – o que era ainda mais difícil –, eu também tinha de achar uma maneira de explicar o sutil significado de *osusowake*. E isso é quase impossível.

* * *

De outro lado, os países estrangeiros, especialmente os Estados Unidos, têm o mais alto volume de troca de presentes de Natal do planeta. É verdade que, no caso deles, o costume de dar presentes é determinado pelo calendário. O que vale dizer é que não há quase nenhuma conotação do tipo *osusowake* nesse costume. De acordo com a teoria de um antropólogo, a troca de presentes no Natal é um evento que equivale a uma espécie de compensação, encenada uma vez por ano, de maneira a contrabalançar a psicologia do *kakutoku* [aquisição] e retornar à psicologia da idade clássica, a do *zōto* [troca]. Em outras palavras, os ocidentais passam o ano inteiro ocupados apenas em adquirir e, então, uma vez por ano, dão coisas de graça, sem nenhuma expectativa de recompensa, em expiação por seus pecados.

Acabo de utilizar a expressão "em expiação" sem muita reflexão a respeito, pensando em *tsumi horoboshi* [por expiação] no sentido japonês. Contudo, de acordo com o psicólogo Norman O. Brown, a relação entre o ato de dar presentes e os pecados de cada um é bastante profunda. Segundo ele, a cultura da era moderna concentra-se em "adquirir, obter". Além disso, a linha que conecta as eras pode ser traçada em termos de uma consciência dos pecados. Em outras palavras, as pessoas da idade clássica trocavam presentes para compartilhar o peso ou a carga dos pecados cometidos. Elas sentiam um gozo espiritual no autossacrifício manifesto pelo ato de negar a posse ou a propriedade. E, com esse ato, conquistavam um certo tipo de poder. Originalmente, o presente era visto como uma prenda ou uma oferenda a Deus. Primeiro, eles o ofereciam a Deus e, então, compartilhavam-no com os outros, diminuindo com isso a sensação de pecado ou o sentimento de estar em dívida. O que desapareceu na era moderna foi o ato compensatório, não o pecado em si. O pecado foi purificado, condensado, cristalizado e, atualmente, tomou a forma da própria riqueza. "Dinheiro é riqueza condensada; riqueza condensada é culpa condensada.*"

Para nós, é muito difícil compreender o sentido ocidental (pelo que sei, Brown nasceu no México) dos termos "pecado" ou "culpa". Entretanto, eles indicam aquilo que constitui o núcleo da cultura ocidental. É necessário me concentrar nesse assunto, muito embora preferisse deixá-lo de lado. De qualquer modo, acho bastante interessante e apropriado presumir que a instância original do ato de dar presentes era fazer oferendas e originava-se do sentimento dos pecados cometidos, e que foi a partir daí que surgiu o ato de presentear as outras pessoas, de onde nasceu o comércio, que se desenvolveu através das eras até chegarmos à riqueza, à moderna mentalidade da "aquisição".

Em algum momento, o mundo inteiro utilizou o *chinmoku kōeki* [escambo silencioso] e, no momento em que a permuta era realizada, as pessoas agiam com plena consciência da existência do Deus que as governava. Em nosso país, as pessoas costumavam colocar seus bens no topo de uma passagem entre as montanhas e fazer a troca em silêncio. De acordo com os folcloristas, na região de Daibosatsu-Tōge, por exemplo, havia um rochedo natural que assomava sobre o mercado e,

---

* Norman O. Brown, *Life against Death*, 2. ed., Middletown, Wesleyan University Press, 1986. Esta citação consta da tradução para o inglês de Tomiko Sasagawa Stahl e Anna Kazumi Stahl, e foi traduzida a partir dela. (N. T.)

segundo se acreditava, governava-o. Essa formação rochosa representava Deus ou uma instância material da presença divina.

Em outras palavras, originalmente Deus estava presente. Sem Deus, eles não teriam realizado nenhum comércio, e o fenômeno ou o costume da troca de presentes não poderia ter sido criado.

Em nosso país, o equivalente ao costume ocidental de dar presentes no Natal deve ser o *o-toshidama* [o presente em dinheiro dado às crianças no Ano-Novo]. O *toshidama* teve origem nas oferendas feitas a Deus pelos seres humanos. No início de cada ano, dava-se como presente uma bola (*dama*), que simbolizava a energia vital. Esse ainda é o significado subjacente do *toshidama* nos dias de hoje. Mesmo que o presente fosse feito por mãos humanas, uma vez que tivesse sido oferecido a Deus e passado a pertencer a Ele, tornava-se um presente divino. Assim, esse presente passava a conter as bençãos divinas, e as pessoas sentiam uma nova emoção em relação a ele. A folclorista Kiyoko Segawa perguntou ao povo local de algumas aldeias o significado de "dar e receber". Eles responderam: "Nós temos feito assim há muito tempo". Ou diziam: "Assim não vamos pegar resfriado" ou "Assim não vamos ficar com dor de dente" (*Nihonjin no I-Shoku-Jū* [As vestimentas, os alimentos e os abrigos do povo japonês]). No final das contas, o significado dessa prática se reduzia a um costume duradouro e a um benefício humano.

* * *

Esse tipo de costume parece antiquado para as pessoas das cidades. Contudo, fico em dúvida: será que mesmo os que experimentam a genuinidade do "temos feito assim há muito tempo" acreditam conscientemente em Deus? Quanto eles realmente acreditam no que fazem? Quanto a isso, não tenho certeza. Nós, que vivemos na cidade, ainda mantemos o costume tradicional de retribuir o gesto de receber um presente dando outro presente – um maço do papel de escrever japonês *outsuri* ou *otame*. Há também traços de "dar e receber" nesse ato, que deve trazer em si a memória da unidade alcançada em Deus e através de Deus.

A ideia de fazer oferendas em Deus e através de Deus logo se tornou um hábito ou costume, um resquício da atitude anterior, e, então, foi se transformando em um benefício mundano, em comércio e, finalmente, em riqueza. Em nossa era clássica, o gesto de oferecimento era de extrema importância, ao passo que a riqueza material envolvida, nada mais que um produto do trabalho humano, era algo superficial em relação ao ato, não passando de um complemento. Hoje, os elementos estão em ordem inversa de significação: os índices de riqueza ou de produção são de importância central e o ato de dar presentes é um ato residual, um complemento superficial. Poderíamos até dizer que se tornou uma mera memória. Ou, já que o presente conhecido como *okurimono* na verdade se tornou um sinônimo de "desconto", talvez não seja nem mesmo uma memória.

O que eu gostaria de destacar aqui é que, se a cultura do *okurimono* desaparecer, a atitude de oferenda também se extinguirá. E então, no caso do desaparecimento dessa ação, que atitude unificadora adotaremos? Naturalmente, é impossível reverter o curso da história e retornar aos tempos anteriores ao escambo silencioso. Em vez disso, deveríamos tatear em busca de uma atitude de unificação para a próxima sociedade antes de nos queixar da corrupção do ato de dar presentes ou de propormos a abolição completa e imediata de todas as formalidades.

* * *

Estive comentando a troca de presentes, mas, para dizer a verdade, era em *akushu* que eu estava pensando. Apertar as mãos é algo que tem grande significado no âmbito das relações ou dos gestos sociais entre os seres humanos; ainda assim, essa significação, em sua maior parte, não tem sido reconhecida. Recentemente, K. Balding colocou o ato de "apertar as mãos uma com a outra" em uma posição central ao considerá-lo "o aspecto mais importante das técnicas de resolução de conflitos" (*O significado do século XX*). Apesar disso, ele descreve a ação como constituindo apenas um elemento – embora importante – em um contexto mais amplo com um propósito específico, sem oferecer nenhuma elucidação sobre o ato em si. Ortega y Gasset também expressa seu pesar por encontrar pouca ou quase nenhuma referência sobre o assunto em enciclopédias ou livros de referência, e particularmente pela ausência de informações sobre as origens do gesto. Depois de externar seu desgosto, ele sugere que o ato de "apertar as mãos" é uma forma desenvolvida de obediência e uma saudação do sujeito (*El hombre y la gente*). Eu acho, contudo, que apertar as mãos é um costume oriundo das transações comerciais e, portanto, bastante diverso dos gestos relacionados ao curvar-se. O costume de fazer comércio com outra pessoa surgiu como estado subsequente à forma de cultura na qual cada um oferecia a Deus o que havia pilhado. Um comercializava com o outro e, então, passou-se a reconhecer esse outro como "uma pessoa", e não como "um inimigo". Quando essa forma de cultura nasceu, surgiu com ela uma nova cortesia: a dos laços que unem uma pessoa à outra. Pelo menos essa é a suposição que faço ao reconstituir a história das formas culturais em busca de indícios de algo parecido com o "apertar as mãos". Como indica Iwao Nukada[1] em *Musubi*, o "laço" foi para a civilização uma força motivadora tão grande quanto o fogo e as palavras. Imagino que as pessoas da época devam ter olhado com assombro quando um poder completamente novo foi gerado pela conexão de uma coisa com outra. E é essa a razão concreta de ainda conservarmos a cortesia de amarrar um pacote de presente com um cordão *mizuhiki*[2]. Da mesma maneira, o ato de atar ou amarrar passou a ilustrar a conexão que poderia surgir entre as pessoas, em vez de entre as coisas. Depois, isso se transformou gradualmente no gesto de apertar as mãos uma na outra; um sinal de progresso, certamente.

Por que as pessoas se apertam as mãos de um modo que não faz sentido algum? Segundo Ortega y Gasset, a razão disso reside apenas

---

[1] Iwao Nukada é um etnólogo da Universidade Tsukuba, em Tóquio.
[2] Cordões coloridos minuciosamente amarrados, geralmente vermelhos e brancos ou dourados e prateados, com os quais as pessoas costumam decorar envelopes e pacotes de presentes no Japão.

no assim chamado "costume". As pessoas apertam as mãos umas das outras inconscientemente – quer dizer, vinculadas pelo mero costume, um costume que, certa vez, permitiu aos indivíduos assegurar uns aos outros que estavam desarmados e que não eram inimigos.

"Costumes não têm sentido algum" – é isso que a maioria dos jovens do mundo inteiro pensa. Lembro-me, por exemplo, de ter lido que Flaubert, quando jovem, escreveu uma obra questionando o fato de as pessoas terem costumes especiais para o início de um ano. Vale a pena notar que, quando um novo costume precisa ser imposto em substituição a um já estabelecido, os meios empregados para isso são os da lei e da violência. Penso na saudação da *Jugend* de Hitler, a juventude hitlerista, com um braço rigidamente elevado à frente do corpo. Essa saudação não tinha, em si, nenhum encanto pacífico; era antes uma expressão que sinalizava poder e ameaça.

Quando um costume é abandonado, o modo como se chega a essa mudança determina a maneira como a próxima sociedade estabelecerá seus vínculos e laços. Em que tipo de vínculos e laços as pessoas estarão pensando quando deixam de apertar as mãos, de curvar-se em mesuras ou de trocar presentes? Ou estarão elas recusando a própria ideia dos vínculos sociais em geral?

Fureru
(Contato físico, tocar-se)

Mantendo a proximidade

QUANDO CAMINHO pelas ruas de Londres, surpreende-me que, quando meus ombros tocam ao acaso os de outra pessoa, ela sempre diga: "*Excuse me*". Primeiramente supus que isso se limitaria à particular polidez dos ingleses, mas não é bem assim. Em Paris também, tão logo os passantes se roçam uns nos outros por acidente, imediatamente dizem: "*Pardon*". O que isso indica?

E o que dizer dos Estados Unidos? De acordo com Edward T. Hall, os norte-americanos também parecem ter esse tipo de cultura. Ele diz:

> Um pouco disso tem origem no fato de nós, americanos, seguirmos um padrão que desencoraja o toque físico, exceto nos momentos de intimidade. Quando andamos em um bonde ou em um elevador lotado, nós 'nos contemos', tendo sido ensinados desde a infância a evitar o contato corporal com estranhos.*

Em outras palavras, na Europa e nos Estados Unidos parece existir uma cultura que leva uma pessoa a evitar o contato físico com outras

---

* Edward T. Hall, *The silent language* [A linguagem silenciosa], Nova York, A Fawcett Premier Book, 1959. (N. T.)

em termos relativamente universais. Não possuímos esse elemento em nossa cultura. Em vez disso, o "toque" que eventualmente pode ocorrer entre as pessoas é importante para nós. Embora a importância disso possa permanecer implícita, é comum, no dia a dia, ver um homem dar um tapinha nas costas de um colega ao dizer: "Que tal irmos tomar alguma coisa hoje à noite?", ou ver uma moça em um assomo de riso tocar outra com o corpo.

* * *

De maneira geral, não temos um tabu do contato físico. Por essa razão, não sentimos nada de especial ou digno de nota ao roçar os ombros nos de outra pessoa nas ruas (evidentemente, desde que não se trate de um choque desnorteante contra o outro). Isso não quer dizer, contudo, que nós, japoneses, sejamos mal-educados.

Do nosso ponto de vista, parece estranho que os ocidentais fiquem tão extraordinariamente nervosos quanto a se tocarem entre si. No Ocidente, é um gesto comum encolher os ombros. Um ocidental encolhe os ombros quando se sente desgostoso, quando encontra-se em dificuldades ou está em dúvida. Acho que esse encolhimento de ombros é simbólico de sua recusa do contato físico.

Ouço dizer que na Europa, e mesmo na Inglaterra – que é conhecida como a terra dos "cavalheiros" –, surgiu, recentemente, um movimento com o *slogan* "Do touch" [toque!]. Esse movimento foi criado com base na ideia de que as pessoas deveriam tocar-se entre si de maneira positiva (isto é, ativa e consciente). De acordo com uma recente pesquisa realizada em Londres por membros desse movimento, as pessoas têm vontade de se tocar. "Tocar", nesse contexto, não se refere simplesmente a "estar em contato" com os outros, nem está relacionado a atos de desejo amoroso. As pessoas querem apenas ter contato físico. E, como esses povos foram educados com uma disciplina que os fez evitar tocar os outros desde a infância, acabaram ficando com uma lacuna ou um vazio em seus corações. Mesmo entre os ingleses – dos quais se diz que têm paixão pelo isolamento pessoal

– iniciou-se uma tendência em busca do aumento de contato físico. Percebe-se, então, que deve se tratar de um fenômeno bastante sério e interessante. Será que as pessoas deste mundo voltaram a gostar de se tocar, pele contra pele?

Não há dúvida nenhuma de que o progresso da civilização trouxe, como consequência, uma tendência generalizada a evitar o contato físico tanto quanto possível. Dito isso, somos imediatamente confrontados com a questão do porquê de as pessoas terem começado a agir dessa maneira aparentemente imprópria. Dos cinco sentidos, o tato é o mais maltratado de todos, junto com o olfato. O sentido do tato é associado a atos indecentes ou impróprios, enquanto o do olfato parece associado aos atos de um animal inferior, como os de um cão. Um ser humano – e certamente um europeu – tem em muito maior estima os sentidos da visão e da audição. Por que, então, terá sido iniciado um movimento para que o tato seja mais utilizado?

* * *

É consenso universal que o progresso humano ocorreu por meio da utilização de ferramentas. A simples observação mostra-nos que as ferramentas são extensões de nosso corpo. As tesouras são extensões de nossos dedos; os martelos são extensões de nossos braços; os automóveis, de nossos pés e de nossas pernas. Da mesma maneira, o telefone e a televisão são, evidentemente, extensões dos sentidos da visão e da audição. É uma marca do "progresso" humano que a civilização tenha se tornado mais complexa e mais gigantesca, assim como mais eficiente, mediante a invenção de tais ferramentas de extensão dos sentidos. De outro lado, esses sentidos, que não podem ser estendidos por meio de tal maquinaria, têm sido desprezados e suprimidos. Eles foram considerados inadequados para os propósitos do progresso.

Uma das razões pelas quais os ocidentais têm aversão a roçar os ombros ou os braços uns nos dos outros é esta: eles concluíram que o mais importante era isolar o indivíduo dos outros. Em outras palavras, resolveram que era vital para o indivíduo, como entidade independente, manter uma margem suficiente de espaço entre si e os outros. Contudo, há outra razão: eles desenvolveram a atitude oculta de considerar o sentido do tato desprezível.

A arte de tocar outra pessoa implica envolver-se com o outro, isto é, compartilhar uma emoção profunda com o outro. Consequentemente, o toque é entendido como uma expressão de amor. Essa compreensão, contudo, não só se limita ao amor no sentido mais estrito, como também contempla o corpo de um ser humano como uma materialização de seu coração. Tocar o corpo de alguém, portanto, significa precisamente tocar o coração do outro. Quando alguém fica irritado, sua face torna-se vermelha – isso pode ser confirmado pela visão. No entanto, quando alguém fica excitado ou tenso, não se pode verificar pela visão que a temperatura de seu estômago está aumentando. É nesse sentido que tocar uma pessoa é a maneira mais segura de tocar seu coração. Em japonês temos a expressão "*kokoro ni fureru*" [tocar o coração], pela qual entendemos o gesto físico, que é, na verdade, "tocar o corpo".

* * *

Atualmente, tocar o corpo sugere algo sujo e indecente. Isso ocorre porque tocar o coração foi reduzido ao amor, e o amor, por sua vez, foi reduzido ao sexo. Esse efeito minimizante é o trabalho da civilização (apesar de também poder ser considerado um tipo de crime da civilização).

Como a liberação sexual é o grande assunto da época em que estamos vivendo, consideremos por alguns momentos essa questão. Tem sido dito que, hoje, a liberação sexual equivale a "enfatizar o clitóris em vez da vagina". Contudo, isso consiste em um passo adiante apenas na *particularização* do sexo, não em sua *liberação*. Em primeiro lugar, os sentidos relevantes para o sexo e o amor devem ser reconhecidos como pertencentes ao corpo *todo*, e só então esses sentidos serão liberados. De outra maneira, nossa liberação não será a de um ser humano *saudável*, será? É necessário que trabalhemos em um conceito de civilização que se diferencie daquele que valoriza a particularização dos sentidos humanos ou a industrialização do trabalho humano.

Nas eras moderna e contemporânea, as pessoas só atribuíram alto valor às coisas que podem ser submetidas à consciência e controladas. É por isso que floresceram várias das artes baseadas nos sentidos da visão e da audição. Embora elas possam ser valiosas, é necessário que reconsideremos o que foi suprimido. O fato de em nossa cultura o contato físico nunca ter sido um tabu é uma referência a essa região ignorada.

Niramekko
(O jogo de encarar)

Familiarizando-se

A MAIORIA das brincadeiras antigas está desaparecendo. O "jogo de encarar" é uma delas:

> *Daruma-san, Daruma-san,*
> *Niramekko shimasho.*
> *Warotara, make yo.*
> *Untoko, dokkoisho.**

Com esse último grito, as duas pessoas começam a se encarar. Se uma das duas conseguir se conter e não rir durante muito tempo, a outra deve fazer caretas engraçadas para tentar fazê-la rir. Esse jogo já foi algo com que todas as crianças japonesas gostavam de brincar, apesar de a canção ter variado de acordo com a localidade. Mas e hoje? É difícil fazer esse tipo de avaliação geral; portanto, não se pode fazer uma afirmação definitiva. Contudo, a popularidade do jogo de encarar parece ter diminuído abruptamente.

---

* Seu Daruma, seu Daruma,/ Vamos brincar de encarar./ Perde o que rir primeiro./ Agora vamos... começar!

Kunio Yanagita[1] foi quem primeiro ofereceu uma explicação sobre a origem do jogo e o vinculou à *hanikami* [timidez] dos japoneses. Ele entende que o jogo teve origem em uma forma de treinamento de alívio da tensão que surge espontaneamente quando uma pessoa encontra a outra pela primeira vez. "Uma pessoa podia se sentir relaxada com seus amigos, mas tinha de ser corajosa para encontrar outra pessoa pela primeira vez. Mesmo quando ambas as partes tinham um desejo em comum, sempre ocorria que o mais fraco olhava para baixo e era fitado de cima pelo outro. Geralmente, um grupo costuma ser mais forte do que um indivíduo; portanto, quando se fazia parte de um grupo maior, podia-se olhar para o outro sem hesitação. Ocasionalmente, no entanto, havia um homem excepcionalmente poderoso que podia encarar os outros com um olhar firme e direto. Esse poder vinha da força de vontade ou de um treinamento – e antigamente as pessoas transformaram esse treinamento em um jogo, que chamaram *mekachi* [dominar o outro com o olhar em um jogo de encarar]. É essa a origem do jogo de encarar atual (*A história das Eras Meiji e Taisho – Volume sobre as condições sociais*).

Essa perspectiva é significativa. Em primeiro lugar, ela inclui o importante papel desempenhado pelo grupo em oposição às circunstâncias individuais. Nossa expressão *"shū o tanomu"* [contar com o maior número] é o que me vem, então, à mente. O significado do grupo não se limita a disputas e debates. Hoje não somos mais tão tímidos ou inseguros, mas encontrar com uma pessoa pela primeira vez ainda é algo que enfrentamos com temor, ou ao menos com certo grau de preocupação. Há uma pequena aldeia que tem um ditado local, *"mishirigoshi"* [estar acostumado ou familiarizado um com o outro], que, na verdade, se refere a compartilhar uma refeição com uma pessoa com quem nunca se encontrou antes para eliminar a tensão produzida pela nova relação.

---

[1] Kunio Yanagita (1875-1962) foi alternadamente burocrata, jornalista, acadêmico e poeta, mas sua maior contribuição foi como folclorista. A partir de 1930, dedicou-se integralmente à pesquisa sistemática de elementos da tradição que explicam o caráter nacional japonês. Não é exagero dizer que ele fundou a disciplina de estudos folclóricos que existe hoje.

Depois disso, as duas pessoas tornam-se o que se chama de *mishi-rigoshi*, isto é, elas poderão, então, ser amigáveis uma com a outra. Por outro lado, isso também demonstra o quanto as pessoas ficavam tensas antigamente quando conheciam outras. Elas não conseguiam superar a dificuldade da situação sem compartilhar uma refeição.

Mesmo hoje, as pessoas – especialmente as mulheres – não estão acostumadas a conhecer outras pessoas. Assim, quando uma mulher marca um encontro comigo para me conhecer, quase sempre vem acompanhada. Não acho que a mulher traga alguém consigo para atuar como seu guarda-costas ou algo desse tipo, isto é, para proteger-se de mim como homem. Em vez disso, acredito que ela o faça para dividir com a outra o incômodo de ser fitada. Cada uma delas poderá, então, sentir-se muito mais à vontade.

Lembro-me de ter visto uma cena em uma revista, *Manga Sazae-san*[2]: ela representava uma mulher jovem em um encontro para a formalização de seu casamento arranjado. Durante o encontro – na realidade uma situação muito tensa –, ela ficou nervosamente arrancando fiapos do *tatami* no chão. Quando, em determinado momento, ela se conscientizou do que estava fazendo, já estava cercada de flocos de *tatami* por toda parte. Costumava-se ver coisas como essas todos os dias – isso acontecia o tempo todo. Um dos gestos mais deliciosos é o ligeiro movimento de mímica que uma mulher faz quando está tendo um encontro estressante, como no episódio anterior. Seu movimento é o de alguém que imita a medição da beira do *tatami* com o polegar e o indicador: ela mede a beira da esteira abrindo os dois dedos e, então, fecha-os novamente. É a reencenação de seu gesto habitual de medir o tamanho de um *kimono*. Algumas mulheres também têm o hábito de entrelaçar os dedos e então girar os polegares um sobre o outro repetidamente, com as mãos sobre o colo. Seria isso uma reencenação de

---

2 A tira em quadrinhos *Sazae-san* [Sra. Sazae], criada pela cartunista Machiko Hasegawa (1920-92), foi publicada durante 25 anos no *Asahi Shinbun*, um dos maiores jornais nacionais, com uma tiragem em torno de milhões de exemplares. A jovem dona de casa e sua numerosa família ainda divertem os japoneses de todas as idades em forma de livro e em uma série de desenhos animados para a televisão.

rebobinar a linha de um carretel? De qualquer modo, encontrar-se com uma pessoa pela primeira vez é uma situação difícil, e a melhor maneira de eludir a sensação de sua dificuldade é reencenar os gestos de um trabalho habitual. Dessa forma, ela pode recorrer à sensação de facilidade que tem quando executa suas tarefas laborais. Paradoxalmente, nesse caso, o trabalho que se está acostumado a fazer funciona como um ato de relaxamento. O esforço de sentar-se imóvel e ser fitado por outra pessoa – tudo isso gera preocupação em uma escala que o torna mais difícil ou mais irritante do que as obrigações de trabalho. É por isso que, nessas circunstâncias, as pessoas podem ter o desejo de se evadir no trabalho.

Para sair pela tangente, uma vez me surpreendi com uma estudante que se aproximou de mim e disse: "Eu gosto muito do seu programa na televisão". Quando eu perguntei o porquê, ela me disse que na sala de aula não se sentia à vontade me encarando, mas, quando eu estava na televisão, segundo ela, era diferente; ela se divertia tanto assistindo a mim que podia até contar o número de rugas no meu rosto. O que há de "divertido" nisso? Certamente, considero o fato de alguém me assistir com tanta atenção um elogio. Contudo, é também isso que torna a exposição do meu rosto na televisão algo tão insensível. Na verdade, é um ato bastante *hajishirazu* [desavergonhado]. Porque aparecer na TV é reivindicar uma existência baseada puramente no ato de ser visto, como um objeto para o olhar dos outros. Eu sou visto, mas não preciso olhar para aqueles que me veem. Tenho de dizer que considero isso uma situação vergonhosa.

Antigamente, essa situação se limitava aos atores. E os atores deveriam ter passado pelos estudos e treinamentos adequados. Hoje todos podem reivindicar, ou querem reivindicar, "uma existência baseada puramente no ato de ser visto" e ser o objeto do olhar dos outros. Essa não é uma mudança alarmante em uma cultura?

No passado, estar oculto pelo próprio grupo, ser apenas um entre muitos era uma precondição normal para alguém se sentir à vontade. Isso se tornou gradualmente impossível com o desenvolvimento das grandes regiões metropolitanas. Atualmente, um homem é jogado entre pessoas que lhe são absolutamente estranhas e tem de ganhar seu sustento misturando-se com elas. Agora ele se encontra em uma situação nova e preocupante. Originalmente, o *mekachi* [jogo de encarar] era jogado por adultos em festas onde se bebia saquê, mas as circunstâncias em torno do desenvolvimento original de um jogo dessa natureza estavam fortemente relacionadas com a prosperidade na época de Edo, que era uma das cidades mais proeminentes do mundo.

"*Kaji to kenka wa Edo no hana*" [Fogo e brigas são as flores de Edo].

De fato, o fogo metaboliza a matéria – e brigar metaboliza os seres humanos. As pessoas apareciam em grande número, e era essa a prosperidade da Grande Edo. *Mishirigoshi* [estabelecer relações compartilhando uma refeição] era então impensável – era demasiado vagaroso. A ordem do dia era acertar um golpe rápido no outro. De certa forma, as brigas substituíam o *mishirigoshi*.

* * *

"*Kodomo no kenka ni oya ga deru*" [Os pais se revelam nas brigas de seus filhos]. Esse é um dos ditos jocosos que usamos desde os tempos antigos. As brigas entre as crianças eram vistas como uma espécie de treinamento e eram permitidas em nome do crescimento e do desenvolvimento dos jovens em companhia de outras crianças. Apenas depois de passar por tais brigas é que elas poderiam crescer. Isso é algo que todos tinham como verdadeiro, como um item da sabedoria do senso comum, pelo menos até tempos recentes. Não me recordo de quando foi, mas, certa vez, dei uma palestra sobre a função educativa das brigas infantis e me lembro de que um estudioso do exterior expressou sua admiração pelo que eu havia apresentado. Isso me fez pensar, porque me levou a perguntar: será que essa função é tão imperceptível ou latente na Europa e nos Estados Unidos que pode ter passado despercebida aos excelentes estudiosos que existem por lá?

No Japão, há muito tempo as brigas e disputas têm tido uma função educacional para os adultos. Não era assim tão raro que, só após discutirem e brigarem, duas pessoas pudessem se irmanar e ser francas uma com a outra.

Para mim, *mekachi* e *niramekko* são as formas evoluídas e refinadas dessas brigas educacionais. Assim como Kunio Yanagita nos mostra, pode-se constatar que o jogo de encarar certamente funcionava como treinamento para cultivar a força de vontade.

Contudo, ainda é um jogo que se pratica. E um jogo não é algo que se faz com intenções tão sérias em mente. Primeiro, as pessoas experimentam a *hanikami* [timidez] e então passam para a *kenka* [briga] ou o *niramekko* [jogo de encarar]. Após esse estágio, as tensões desfazem-se instantaneamente e as pessoas podem se tornar francas e sinceras, abrindo seu coração uma para a outra com risos e alegria. O aspecto interessante do jogo de *niramekko* é que ele leva esse processo até o ponto extremo: "*Waratte uchitokeru*" [rir e abrir o coração]. Eu acredito que essa atitude de candura é sinal de que uma nova cultura está por surgir, uma cultura com uma natureza diferente da cultura original da *hanikami*.

Considerando tudo sob essa perspectiva, cheguei à conclusão de que a razão pela qual o jogo de *niramekko* entrou em declínio é o fato de hoje todo o processo do primeiro encontro, isto é, aquela progressão da timidez até a franca candura e abertura do coração, ter perdido o significado.

Hanikami
(Timidez, pudor)

Olhando para baixo, timidamente

"Recentemente, Sōjin Ueyama retornou ao seu lar no Japão após uma longa permanência no exterior e observou que o olhar das pessoas em Tóquio tinha se tornado muito intenso. Isso tem sido assunto para debates entre alguns literatos." (Kunio Yanagita, *A história das Eras Meiji e Taishō – Volume sobre as condições sociais*.) Essa nota de Ueyama foi escrita em torno do início da Era Shōwa (1926), portanto, a intensidade do olhar dos toquiotas tem meio século de história. Isso faz que já seja uma história bastante antiga.

Um olhar intenso. Isso seria uma atitude agressiva ou antagonista? Talvez sim, mas acho que há diferentes explicações para o fato de o olhar japonês (especialmente o dos homens) ter se tornado intenso.

Embora talvez seja incorreto apresentar minha conclusão logo no início, acredito que esse olhar mais intenso reflita algum tipo de *hanikami* [timidez]. Ou, poder-se-ia dizer, é em si mesmo uma forma de *hanikami*. Esse olhar é uma expressão facial tensa que se usa para superar um medo.

Hajirai [pudor] também pode ser uma forma ou manifestação de *hanikami*. De todo modo, a *hanikami* também é subjacente a esse comportamento. É esse o meu pensamento a respeito – ou ao menos minha suposição.

O olhar intenso é um hábito cultural comum, especialmente entre os homens urbanos, assim como acontece com o *hajirai* entre as mulheres urbanas. E, subjacente aos dois, ou como sua precondição, encontra-se o hábito cultural mais universal da *hanikami*.

A expressão ou o gesto mais oposto à *hanikami* é o de encarar abertamente os outros. Essa já foi a expressão típica dos lordes, magistrados e líderes de aldeia. O tipo de olhar que indicamos quando dizemos *"kitto misueru"* [encarar alguém de modo forte e intenso] era típico da classe governante. Assim, a maioria dos japoneses apenas experimentava a sensação de ser o objeto de tal olhar. Além disso, quando se era demasiadamente fitado ou encarado, a única liberdade que se permitia à maioria das pessoas era a de desviar o olhar do governante.

* * *

Podia-se olhar para baixo, abaixar ou desviar o olhar. Essas eram as maneiras de as pessoas comuns se encontrarem. No mundo ocidental, de outro lado, é grosseria desviar o olhar. Fiquei surpreso ao descobrir que, mesmo quando se assoa o nariz, é educado fazê-lo olhando para a frente. Nós, japoneses, sempre olhamos para o lado em situações como essa. E isso não é feito com a intenção de se afastar do outro, mas como uma variação gestual de se desviar o olhar.

O termo *hanikami* é naturalmente associado a esse tipo de gesto. E, quando o aspecto da *jōsei-rashii* (delicadeza; literalmente "coisa de senhoras") lhe é acrescentado, torna-se *hajirai*. A atitude de se abrigar do olhar do outro é tanto mais ostensiva quanto mais virginal é a mulher. Essa atitude se tornou mais manifesta com o avanço da urbanização, quando a mistura das pessoas na sociedade atingiu grandes proporções. Acredito que as moças simples das regiões rurais dos tempos antigos não exibiam tais atitudes ou gestos recatados quando conheciam estrangeiros de outra localidade, mesmo que sentissem a mesma ansiedade.

Gostaria de ressaltar que a *hanikami* não denota nenhum valor especial nem nada do tipo. Ela se refere meramente ao estado emocional/psicológico. E as pessoas que são sensíveis e experimentam rapidamente tais sentimentos são conhecidas como *hanikami-ya* [pessoas recatadas]. Isso pertence ao estágio da sociedade anterior ao avanço da urbanização e, naquela época, era uma maneira de ser amplamente observado; isto é, as pessoas desse tipo eram numerosas e comuns entre nós.

Não seria isso, se é que posso me expressar assim, um sentimento próximo ao do medo? Há muito tempo, costumava haver, em revistas ou publicações semelhantes, anúncios que proclamavam coisas como: "*Sekimen kyōfu-shō chiyu-hō*" [Como curar a ereutofobia (fobia à ruborização)]. Hoje, contudo, não vemos mais esse tipo de anúncio. Será que as pessoas já se libertaram do medo?

* * *

Também acho que algumas de nossas manifestações artísticas, como o *ikebana*, arte de colocar um arranjo floral japonês em uma alcova, surgiram de nosso costume de não olhar diretamente no rosto ou nos olhos das outras pessoas. "*Me no yariba ga nai*" [Não ter para onde voltar os olhos] é, para nós, a situação mais problemática em que podemos nos encontrar. Levar um hóspede a sentir-se dessa maneira é a coisa mais ofensiva que um anfitrião pode fazer. Por isso, colocamos o arranjo floral na alcova, e nosso convidado, olhando para ele, pode sentir o estado de espírito/a maneira de ser do dono ou da dona da casa ou de quem quer que viva nela, fazendo isso com bastante naturalidade, sem ter de olhar abertamente para a pessoa. Esse é o modo típico da comunicação social japonesa e poderia ser chamado de forma comunicativa do tipo "almofada". O cômodo para o qual usualmente se conduzia o visitante era o *zashiki*, sala de visitas localizada bem no interior da casa, onde ficava pendurado o rolo de tela ornamental e onde era exibido o arranjo floral *ikebana*. O padrão costumava ser esse. Entretanto, no final do período Taishō (1926), foi introduzida uma inovação: uma sala de visitas de estilo ocidental chamada *ōsetsuma*, diretamente adjacente ao *genkan*, o vestíbulo de entrada. Naquela época, tal novidade era conhecida como "um estilo de vida aberto". Por que essa mudança ocorreu? Havia três razões para isso.

Primeiramente, o *oku* [o espaço mais interior da casa] começava a ser associado ao sentimento de privacidade, isto é, pertencente à área privada da casa.

Em segundo lugar, a *kyaku-ma* [sala de visitas] passou a ser usada como um espaço que demonstrava uma transição para a ocidentalização. Sentia-se necessidade de mostrar aos outros uma certa capacidade de adaptação; assim, mesmo que o *oku* ou cômodos interiores mantivessem o puro estilo japonês, o *omote* ou cômodo frontal (em outras palavras, o que tinha contato mais próximo com a sociedade exterior) podia manifestar um estilo apropriadamente ocidental.

Em terceiro lugar – e isso corresponde à observação de que o olhar dos toquiotas se tornou mais intenso –, o costume de olhar para o lado, para um arranjo floral *ikebana* ou coisa similar, foi gradualmente suplantado pela ideia de que era "moderno" as pessoas se encontrarem de maneira direta e frontal, com dignidade.

Dessas três razões, suponho que a última tenha sido a mais importante em termos de função educacional. Em referência à *ōsetsuma*, um conjunto de peças de mobília foi convencionalmente incluído em seus primórdios e continua sendo colocado lá até hoje. Também teve continuidade o fato de muitas pessoas insistirem em se encontrar com os outros sem *hanikami* – e isso nada mais é do que a prova incontestável de que elas ainda pensam que se libertar da *hanikami* equivale a ser "moderno".

Mesmo atualmente as mulheres não conseguem se sentir verdadeiramente relaxadas em uma sala de visitas projetada de acordo com o estilo mais direto e aberto de conhecer os outros; e até mesmo os homens mais fracos e sensíveis fumam excessivamente nessas circunstâncias. E por falar em fumar excessivamente, considero uma peculiaridade dos japoneses o fato de fumarmos muito durante as refeições em restaurantes ou em situações públicas semelhantes. Acredito que isso deva ser outra manifestação de *hanikami*, isto é, outra maneira de evitar ou abrandar a tensão produzida pelo encontro com as pessoas. Apesar disso, na sociedade atual, a *taiwa* [conversação] é realizada de maneira relativamente forçada ou imposta. Tenho visto artigos de jornal que anunciam que os pais e seus filhos já não conversam uns com os outros. Isso parece algum tipo de piada. Originalmente, não se esperava que pais e filhos tivessem um relacionamento que incluísse uma *taiwa*, ou que os levasse a ter uma *taiwa* entre si, sentando-se à mesa um perante o outro. A imagem de mãe e filha tendo uma séria *taiwa* sobre sexo certamente faria as pessoas antigas explodirem em gargalhadas. Apesar disso, hoje as conversas francas e íntimas, mesmo entre pais e filhos, têm sido encorajadas.

No contexto desse debate sobre a conveniência de olhar diretamente ou não para os outros, deveríamos recordar que já tivemos o velho costume, oriundo de tempos feudais, de, em público, *kibishiku misueru* [encarar com severidade] uma *fukutsu-mono* [pessoa de caráter indomável]. Em acréscimo a essa encaração pública havia um grupo social que punia privadamente o *fukutsu-mono*. Era o grupo *yakuza*, os gângsters japoneses. Antes da guerra, era bastante comum ver problemas causados por alguém que tivesse encarado outra pessoa ou por alguém sendo encarado. Nesse caso, a frase "*men o kiru*" (gíria para "encarar ofensivamente") deve significar que essa encaração ocorreu sem a discrição da *hanikami*.

* * *

Apesar de esse costume ser passível de punição, tanto em público como em âmbito privado, as pessoas começaram gradualmente a se olhar no rosto. Contudo, como em uma reminiscência dos tempos passados, ainda sentimos um certo medo ao fazer isso. Essa poderia ser a razão de os olhares das pessoas terem se tornado mais intensos, isto é, como se isso fosse um esforço para reprimir esse medo. Acho que a intensidade de nosso olhar atual não é um ataque aos outros, mas a temibilidade redirigida para dentro de si e contra si próprio.

A interpretação que descrevi acima é resultado de minhas próprias reflexões sobre o assunto. Se, de outro lado, eu desconsiderasse o meu próprio ponto de vista e o examinasse sob outra perspectiva, poderia apresentar outra possibilidade. Mesmo que seja muito trabalhoso reiterar tudo, tomemos como condição inicial o fato de que, hoje, duas pessoas na rua provalvemente são mais estranhas entre si do que o inverso. O que liga uma à outra não é nem um costume nem um sentimento, mas o sistema de leis. Na medida em que as leis são obedecidas, uma pessoa pode ser um *kojin* [indivíduo privado]. Se ela é protegida por leis perfeitas, como eu já disse anteriormente, pode ser um *kojin* em vez de um *tai-kojin* [um indivíduo confrontador], sem ter de tomar atitudes vinculadas aos costumes. Em tais condições, é admissível que uma pessoa tenha um olhar tão intenso que possa parecer desdenhoso. Talvez esse tipo de expressão facial seja o que era formalmente conhecido como *me no kowasa* [terror do olhar]. É notável que o gênero não faça diferença nesse caso. Uma pessoa andando na rua pode exibir um *kowai me* [olhar intenso], seja ela homem, seja mulher.

Warai
(Riso)

Ria e engorde!

NÓS TEMOS um velho ditado: "*Warau kado ni wa fuku kitaru*" [Ria e engorde]. Isso significa que a boa sorte vem para a família que sorri para a vida.

Os seres humanos buscam a felicidade e evitam o sofrimento. Isso é universal. Mas rir ou sorrir é uma questão cultural. As pessoas não riem sempre ou apenas porque estão felizes, e nem sempre choram por estarem tristes. Não há uma linha reta conectando diretamente o sentimento de felicidade ao gesto de rir ou sorrir. Na verdade, os modos de expressão exterior que se desenvolveram no longo curso da cultura de uma nação é que formaram o riso particular de cada país.

O riso não é algo que sempre transcende as fronteiras nacionais. Às vezes rolamos de rir com algo que absolutamente não faz os ingleses rirem, e vice-versa. Além disso, o riso japonês nem sempre significa a mesma coisa. Há diferenças sutis, de acordo com a localidade, e a natureza do riso também varia com a idade. Por exemplo, homens idosos observarão com espanto ou desagrado meninas que riem alto, sem nenhuma razão.

O riso é uma expressão humana complexa. É por isso que não tem sido possível estabelecer nem uma definição nem uma teoria do riso.

Bergson, em seu famoso ensaio sobre o riso[1], é da opinião que ele se origina de uma "filosofia de vida" que abomina a rigidez – o que é interessante como opinião. Contudo, não devemos pensar que isso é aplicável a toda e qualquer nação.

Não pretendo chegar aqui a um princípio geral sobre o riso. Gostaria apenas de continuar a desenvolver o estreito aspecto relacionado ao riso e à sorte. Quando dizemos "*Warau kado ni wa fuku kitaru*", por que relacionamos o riso à sorte? Essa é uma questão relativa à razão pela qual se poderia pensar que o riso traz a felicidade, e não o contrário.

* * *

No que se refere à sorte, me vêm imediatamente à mente os Sete Deuses da Sorte; todavia, foi Kunio Yanagita quem observou que esses deuses não estão necessariamente rindo. Por exemplo, *Daikoku*, como é representado nas peças do teatro *No*, mostra uma expressão facial que normalmente não seria associada aos Sete Deuses da Sorte, e *Bishamonten* é representado com um olhar realmente assustador.

De acordo com a teoria de Yanagita, os deuses são criaturas mal-humoradas. Eles dificilmente ririam para nós. Nós, seres humanos, portanto, é que chegamos a tais extremos para tentar fazê-los rir para nós. No que diz respeito a esse ponto específico, Yanagita explica o seguinte:

> Os japoneses dos tempos antigos eram valentes e destemidos, mas reconheciam a superioridade dos deuses. Além de dependerem diretamente deles, alguns deuses eram brutais e puniam os seres humanos de maneira indiscriminada. A única maneira que os seres humanos tinham de demonstrar sua completa submissão, de aplacar a ira dos deuses e de gratificá-los era *waratte morau* [fazer os deuses rirem]. Esse era o melhor e mais tolerável ato que os seres humanos podiam realizar. (Kunio Yanagita, *The origin of comic literature* [A origem da literatura cômica].)

---

[1] As ideias de Bergson sobre o fato de o riso ser um "corretivo" para "certa rigidez do corpo, da mente e do caráter da qual a sociedade gostaria de se livrar" podem ser encontradas em seu ensaio *O riso: ensaio sobre a significação da comicidade*, 2. ed., São Paulo, Martins Fontes, 2007.

Fazer os deuses rirem... O riso dos deuses é um riso de superioridade. Eles riem das pessoas, de quão estúpidas elas são. No momento desse riso, o poder dos deuses é completo, e então eles se acalmam. É esse o objetivo por detrás da intenção humana de fazer os deuses rirem. Ser ridicularizado é algo desagradável, mas não havia nada que as pessoas pudessem fazer a respeito, porque essa era a única maneira de gratificar e satisfazer os deuses. Ganhar valor ao perdê-lo. Para os deuses, toda a humanidade era uma trupe de palhaços.

O padrão de comportamento que faz os superiores rirem de seus inferiores é o mesmo no Oriente e no Ocidente. No mundo ocidental, contudo, a natureza ofensiva do riso é especialmente enfatizada. Isso dá origem a um riso satírico que ataca a fraqueza dos outros. O *rire amer* francês pode ser traduzido literalmente como "sorriso amargo", mas, em seu uso, seu sentido é mais o de um "sorriso amargo e agressivo" do que o do sorriso amargo ou torto da autozombaria que temos na linguagem japonesa. Em nosso país, à medida que nossa cultura foi se tornando cada vez mais complexa, tornou-se predominante um padrão de comportamento defensivo, dedicado a evitar ser ridicularizado.

Podemos, então, constatar que o assunto em questão – o riso – revela sua relação com nossa bem conhecida *Haji no Bunka* [Cultura da vergonha]. Porém, ao refletirmos sobre o riso, precisamos fazer uma distinção entre as idades clássica, moderna e contemporânea, em cada uma das quais o riso apresentou variações. Os japoneses da Era Clássica riam muito mais abertamente do que os dos tempos modernos. Isso quer dizer que seu riso era de caráter geral e popular, e que todos participavam da ridicularização de seus inimigos como perdedores, motivando tanto seus aliados quanto a si próprios.

Nesse caso, o riso implica entusiasmo e vigor. Obviamente, as pessoas riam porque se sentiam felizes; contudo, seu riso também continha outro aspecto: ao rirem, elas se enchiam de encorajamento e energia. E eu diria que este último aspecto é o verdadeiro significado do riso.

O riso é um método fundamental e primário de o ser humano manter a saúde. Quando entramos em uma discussão complicada, posteriormente nos referimos a ela resumindo-a na expressão gestual *kata ga koru* ("Pescoço duro", literalmente "ombros rígidos"). Em contraste, o *Manzai* [diálogo cômico] e a *Rakugo* [narração cômica] são mais relaxantes e agradáveis. *Kata ga koru* é uma expressão eficaz para explicar a natureza básica do que deve ser feito para levar a cabo tal discussão e tratar dos sérios assuntos a ela referentes. Confrontar uma questão difícil e refletir a seu respeito é um trabalho árduo, que nos induz à hesitação. Por outro lado, quando nos sentimos capazes de rir com facilidade, essa própria circunstância nos torna felizes e animados.

Certamente apreciaríamos estar em circunstâncias que nos permitissem rir livremente sem, no entanto, ferir ou ser ferido pelos outros. Mas, na realidade, o riso é algo que pode fazer uma relação pessoal desandar. Os perdedores também têm direitos, direitos que dizem respeito especificamente à perda e à derrota. Se nos lembrarmos disso, não poderemos nos permitir um riso direto e inocente. As crianças, como podemos observar, são cruéis, porque é um efeito cruel de sua inocência que elas não hesitem em rir de um perdedor.

Assim, nós, adultos, fazemos que nossos deuses riam livremente de nós, e então rimos com eles, unindo-nos, em nossa condição inferior, ao júbilo maior dos deuses e tendo uma participação ínfima em sua felicidade. A imagem – na teoria de Yanagita – de seres humanos que se humilham perante os deuses e se oferecem conscientemente a ser ridicularizados é algo que eu consideraria uma forma mais excepcional do que exemplar do riso. O "riso compartilhado", em contraste, parece-me ser o tipo predominante, não estou certo?

Se examinarmos os mitos relatados em *Ama-no Iwaya* em *Kojiki* [A antiga crônica do Japão], encontraremos a forma original do riso japonês. *Yaoyorozu-no-kami* [todos os deuses do céu e da terra] tinham de fazer *Amaterazu* [o Sol, a deusa-mãe da mitologia japonesa] rir para que o sol continuasse a brilhar. Para conseguir isso, começavam a rir muito. E então *Amaterazu* abria a *iwaya no to* [a porta da caverna de pedra]. Isso ilustra a psicologia do "riso compartilhado", embora aqui o vejamos ocorrer entre os deuses.

É verdade que, antigamente, as pessoas queriam muito que os deuses rissem, especialmente a deusa do sol. Quando o sol para de rir, toda a produção é interrompida. Contudo, para fazer um deus rir, primeiro temos de rir. Isso quer dizer que primeiro somos nós que rimos, convidando o riso do deus, e não nos depreciando como os inferiores risíveis do deus. Então, o deus, correspondendo, une-se a nós em nosso riso. Na realidade, era esse o plano.

De fato, a concepção dessas sonoras risadas em comum está vinculada à dança de *Ame-no-uzume*, deusa que dançava seminua. Tratava-se, portanto, de "rir de um inferior"? Não, de maneira nenhuma. O fato de assuntos relacionados a sexo serem motivo de sonoras risadas é um fenômeno comum a todas as nações que têm conseguido manter uma conexão com a mentalidade dos tempos antigos. O sexo está profundamente relacionado a coisas como o encorajamento, o vigor e a produção. Esse é o riso original dos seres humanos e o nosso. E é em virtude dessa comunhão em tais formas originais de riso que o sol brilha e, ao mesmo tempo, as pessoas sentem-se plenas de energia atravessando seus corpos.

É verdade, portanto, que pessoas que riem trazem boa sorte – "Ria e engorde".

O riso está profundamente vinculado ao sexo e à própria vida. Ele estimula a vida. Quando uma pessoa tenta rir, o objetivo desse riso evoca intensamente aquilo que, para ela, constitui o significado da vida. Se uma pessoa consegue rir de maneira bela ou generosa, sua vida deve ser bela e generosa. Contudo, quando há uma disparidade entre o desejo de rir e o estilo de vida que o riso visa a refletir, o riso resultante é, então, estranhamente rígido. Ao ouvir o riso de Yukio Mishima[2] (ele tinha uma risada bastante sonora), por exemplo, eu não podia deixar de notar seu caráter anormal, o que me fazia sentir profundamente desconcertado.

---

[2] Talvez Yukio Mishima, escritor japonês mais conhecido e traduzido mundialmente, seja mais famoso por seu estranho comportamento no final dos anos de 1960, que culminou com seu suicídio público em novembro de 1970. Felizmente, suas maquinações militaristas não surtiram efeito e atualmente sua reputação se deve mais a suas realizações literárias e menos a sua política ou seu riso.

Bishō

(Sorriso)

Mulheres cobrindo o rosto

CERTA VEZ, Lafcadio Hearn fez uma observação bastante perspicaz sobre as expressões faciais dos japoneses. Um dia ele estava andando de trem e viu três mulheres japonesas. Elas estavam cochilando e tinham o rosto coberto pelas mangas dos *kimonos*. Hearn escreveu: "*Marude nagare no yurui ogawa ni saite iru hasu no hana no yō da*" [Elas eram como flores de lótus em uma correnteza suave] (*KOKORO*, coração).

A mulher não tem como saber se seu rosto adormecido é belo ou não, mas teme que ele possa mostrar aos outros uma expressão negligente ou descuidada. Mostrar tal expressão constituiria um problema, e as mulheres dos tempos antigos seguiam, a qualquer preço, a regra de não permitir que isso ocorresse.

Cobrir a face com a manga do *kimono* é um gesto de não desnudar aos outros expressões como a que pode ocorrer em momentos de dor ou de timidez. Não é necessário dizer que esse gesto é uma expressão tradicional de discrição.

Hoje vemos pouquíssimas pessoas de *kimono* e, quando elas o vestem, fazem isso apenas em ocasiões formais. As moças de hoje não conseguem nem mesmo vesti-los sem ajuda. Bem, sendo homem, não me sinto nada à vontade ao tratar de assuntos como a conduta feminina. Contudo, podemos estar certos de que Hearn sentia que as faces cobertas com as mangas dos *kimonos* eram lindas. Além disso, vinculou esse gesto ao sorriso japonês, algo que acredito ter sido muito perspicaz.

* * *

Pouco antes de observar a cena no trem, Hearn recordou-se do seguinte:

> Um criado, que há muito tempo servia em minha casa, parecia-me ser o mais feliz dos mortais. Invariavelmente ele ria quando alguém se dirigia a ele... Mas um dia eu o espiei em um momento em que ele pensava estar só e seu rosto relaxado me surpreendeu. Aquela não era a face que eu conhecia. Linhas marcadas pela dor e pelo rancor a sulcavam, fazendo que parecesse vinte anos mais velho. Tossi suavemente para anunciar minha presença. Imediatamente, seu rosto alisou-se, suavizou-se e iluminou-se como por um milagre do rejuvenescimento. (Ibid.)

Como se pode compreender o rosto daquele homem? Devemos, de um ponto de vista crítico, considerá-lo falsamente obediente? Ou ver em seu fingimento uma forma de bajulação? Ou dizer, como de costume, que para nós se trata do "misterioso e inescrutável sorriso japonês"? Hearn segue por outra direção. E prossegue: "É de fato o milagre de um autocontrole altruísta perpétuo". Eu compartilho essa opinião. Acredito que o sorriso japonês seja principalmente um gesto de autocontrole. E, quando as circunstâncias exigirem um autocontrole ainda maior, até mesmo esse sorriso será coberto pela manga de um *kimono*. Com o passar do tempo, quando rir em voz alta começou a ser considerado pouco natural, passamos a controlar nossos sorrisos dessa maneira.

* * *

Kunio Yanagita fazia uma distinta diferença entre *emi* [sorriso] e *warai* [riso]. O riso tem voz, ao passo que o sorriso é silencioso. Às vezes, o riso pode ser desagradável para os outros. E alguns tipos de riso expressam o oposto de um sentimento caloroso ou afetuoso. De outro lado, "o sorriso não implica absolutamente esses tipos de sentimentos. Essa é uma das claras diferenças" (*Onna no sakigao* [Os rostos florescentes das mulheres]).

Na mesma obra, Yanagita descreve uma situação comum: em um grupo em que todos estão sentados juntos, algumas pessoas estão rindo; no entanto, há menos pessoas rindo verdadeiramente do que aquelas que estão apenas sorrindo em um gesto de alinhamento cordato com seus risonhos companheiros. O sorriso é, de certa forma,

> uma espécie de saudação às pessoas que estão rindo. Embora elas possam achar inconveniente rir em voz alta – e mesmo que se sintam melancólicas ou mal-humoradas no momento –, a expressão disso poderia provocar nos demais um sentimento desfavorável. É no momento em que as pessoas estão se divertindo e sentindo prazer consigo mesmas que necessitam dos sorrisos daqueles que estão à sua volta. Portanto, ninguém considera isso um exemplo a ser seguido cegamente.

Enquanto o riso é um fenômeno complexo que requer certa interpretação filosófica, o sorriso é um fenômeno que pede uma interpretação sociopsicológica extremamente sutil.

Por enquanto, deixarei de lado as questões sobre as diferenças específicas entre o riso e o sorriso. Em vez disso, gostaria de perguntar: será que o tipo de sorriso a que Hearn e Yanagita se referem é uma característica geral do povo japonês? Em certo sentido, acho que não. Tenho conhecido pessoas de outras nacionalidades que também têm algo semelhante a um sorriso em harmonia com os outros. Por exemplo, o *sourire* francês possui quase o múltiplo significado do nosso *bishō*.

Certa vez, ouvi dizer que uma mulher japonesa havia rido em uma festa formal na Inglaterra, provavelmente cobrindo a boca com a mão, e que o ato havia sido repreendido como extrema falta de polidez. Fico pensando, contudo, se essa história poderia ser verdadeira. Certamente, cobrir o rosto com a mão o tempo todo não é uma demonstração de boas maneiras. Contudo, alguém que acha falta de polidez o ato de esconder o riso deve ser bastante insensível no que se refere a todas as expressões faciais e mais profundas dos seres humanos, não?

* * *

Possivelmente, o sorriso, como saudação, é uma expressão facial universal; talvez seja comum a todos os países. Contudo, a palavra francesa *sourire* também inclui uma dimensão que significa "riso" para ridicularizar os outros, ao passo que o nosso *bishō* absolutamente não tem esse significado. Devemos prestar atenção a diferenças desse tipo.

Em outras palavras, entre nós, o "sorriso como saudação" tornou-se gradualmente o "sorriso de autocontrole", atualmente tão difundido e generalizado em nossa sociedade. Ele é caracterizado como um elemento distinto de nossa cultura nacional.

Portanto, interpretamos corretamente o significado do sorriso do outro de acordo com nossa própria cultura; nem sempre, porém, esse gesto pode ser corretamente interpretado por pessoas vindas do exterior, que têm uma cultura diferente.

Kunio Yanagita disse que o sorriso nunca é um gesto a ser "seguido cegamente". É verdade que, quando alguém sorri, está "seguindo" ou se alinhando com o outro. Ainda assim, trata-se meramente da manifestação visível de um modo social pelo qual o ato de seguir os outros é tão natural que chega a ser praticamente involuntário.

Já faz um bom tempo que temos sorrido sem parar. Especialmente para as pessoas superiores. Para nós, isso é quase uma segunda natureza.

O sorriso como saudação pode ser compreendido pelos estrangeiros. Mas o sorriso de autocontrole, embora às vezes possa impressioná-los favoravelmente, também pode confundi-los. Ainda mais confusa para eles é a transformação que o nosso "sorriso de autocontrole" sofre quando, voltado para dentro, se torna um sorriso (típico, embora mais complexo) torto e forçado.

* * *

Hearn via autocontrole no *bishō* – um sorriso ou pequeno riso. A própria palavra é interessante, devido à concordância entre *bi* [pequeno] e *shō* [curto]. É também o *ko* [pequeno] que temos em "*komata no kireagatta*" (literalmente "mulher de passos curtos", significando "uma mulher chique" ou "mulher de estilo elegante), ou em *kote o kazasu* [sombrear os próprios olhos com a mão]. Isso não significa que haja uma parte da mão chamada *kote* [mão curta]. Significa que se sombreia *chotto* [um pouquinho] com a própria mão, e esse "um pouquinho" indica um sentido de autocontrole e de autocontenção.

Com referência a essa última palavra, quando nós, japoneses, chamamos alguém, dizemos *chotto* [só um pouquinho], o que manifesta a intenção de mitigar a falta de polidez que há em convocar espontaneamente a presença de outra pessoa. Obviamente, hoje a palavra *chotto* já não é utilizada com tanta frequência. Na verdade, acho que apenas o *ko* [pequeno] de *konomaiki* [petulante] e de *kozakashii* [vistoso] permanecem em uso, ambos com conotação negativa.

A ênfase atual é direcionar-se para uma atitude agressiva em vez de uma atitude de autocontrole. Este último fenômeno cultural se encontra em retrocesso.

Sahō I
(Boas maneiras e etiqueta I)

Servir saquê na taça do outro

Quando cruzamos as fronteiras internacionais, não nos deparamos com nada mais desafiador do que o fato de cada país possuir suas próprias regras de boas maneiras e etiqueta e, sob esse aspecto, o de as nações serem bastante diferentes umas das outras. Suponhamos, por exemplo, que um japonês e um francês façam uma refeição juntos. Digamos, além disso, que seja uma refeição japonesa. Seria natural, então, que eles usassem pauzinhos (*hashi*). A maioria dos franceses sabe usar pauzinhos. Para eles, os pauzinhos são tão familiares nos restaurantes chineses de Paris quanto comer uma *baguette* com a refeição. Além disso, se lhes oferecessem um garfo e uma faca apenas por serem franceses, eles se sentiriam ofendidos em vez de bem atendidos, pois pensariam estar chamando a atenção para sua "ignorância". Portanto, para resolver a questão, seria perfeitamente admissível supor que duas pessoas dessas nacionalidades pudessem fazer uma refeição no estilo japonês (ou chinês ou vietnamita).

* * *

Pode parecer estranho mencionar isso, mas, para nós, japoneses, é constrangedor assoar o nariz ao ficarmos resfriados. E é ainda mais constrangedor ter de fazer isso durante uma refeição. Por isso, costumamos virar a cabeça para o lado e então assoar o nariz. Na verdade, para nós isso é mais um ato natural do que uma questão de etiqueta.

Em contraste, um francês assoa o nariz olhando direta e abertamente para a frente, e faz isso com toda a dignidade. Esse é o jeito deles. E, novamente ao contrário do que ocorre conosco, japoneses, para eles é falta de polidez virar as costas para os outros. Eis uma coisa que, para nós, é bastante difícil de compreender. Se tivéssemos de assoar o nariz olhando diretamente no rosto de outra pessoa, muitos de nós certamente prefeririam continuar fungando por causa do nariz entupido. De outro lado, fungar é a coisa mais desagradável que existe, o que deixaria as coisas ainda mais fora de controle, senão totalmente impossíveis de ser resolvidas.

Em uma refeição no estilo japonês, o aspecto mais problemático é a troca de taças de saquê. Temos regras de etiqueta especiais para cada circunstância, inclusive as que dizem respeito a como aceitar o resto do saquê de alguém superior, pois essas regras ou maneiras especiais também implicam reconhecer nossa posição social. Isso leva a situações muito complexas, às vezes praticamente impossíveis; por isso, mesmo entre nós, as maneiras à mesa estão se tornando muito mais simples. Apesar de tudo, ainda achamos natural oferecer saquê às outras pessoas à mesa. Um francês, por outro lado, não pensaria absolutamente dessa forma. Aparentemente, eles não consideram educado servir saquê na taça de outra pessoa, enquanto para nós esse gesto é atencioso e natural.

À mesa, buscamos oferecer aos outros o máximo de prazer e sentimos alegria ao fazê-lo; é esse o nosso sentido de boas maneiras à mesa. Portanto, podemos até mesmo fumar quando e como quisermos. No Japão, se alguém à mesa não fuma durante a refeição, certamente deve ser alguém que foi educado sob uma disciplina moral bastante severa. De outro lado, um francês nunca (*nunca* mesmo) fumaria antes de o último prato ter sido terminado. Então, no momento do cigarro final da refeição, ele oferece o maço primeiro aos outros. Levar o outro em consideração nesse momento faz parte das boas maneiras francesas. Contudo, durante a refeição, minha taça ou meu copo poderia permanecer vazio durante longo tempo, e eles permaneceriam completamente indiferentes a isso. Esse tipo de disparidade, produzido pela diversidade entre os costumes, não pode ser transposto. Quando se atém aos detalhes, há um número impressionante de diferenças. E nunca chegaríamos ao fim se resolvêssemos achar defeitos em cada pequena coisa.

O melhor é fazer vista grossa para essas disparidades e rir delas. Quando temos uma refeição japonesa com franceses, fazemos vista grossa para esses "erros" culturais e damos risada. Mas será que, quando temos uma refeição francesa com os franceses, eles também fazem vista grossa para os nossos "erros"?

Certa vez – não me lembro exatamente quando –, surpreendi-me ao ver centenas de estudantes secundárias realizando um encontro sobre boas maneiras à mesa em um hotel local. Elas estavam aprendendo a fazer uma refeição ocidental, e o evento era patrocinado por seu colégio pouco antes de sua formatura. Para mim, havia algo de impressionante naquela competição de jovens moças adoráveis que manejavam avidamente facas e garfos, seguindo as regras de etiqueta que lhes ensinavam. Será que somos realmente tão ansiosos e apreensivos acerca dos países estrangeiros?

Às vezes somos tão atentos e excessivamente cientes dos outros que acabamos nos exaurindo de modo a passar por cima dos nossos próprios sentimentos. Certa ocasião, à meia-noite, topei com um japonês completamente bêbado que gritava no saguão de um hotel no Havaí. Ele dizia estar perseverando em manter a paciência, mas que tipo de tratamento estava recebendo, afinal? E vituperava o seu protesto, gritando ainda mais, e eu não conseguia perceber que tipo de tratamento ele estava pedindo. Na verdade, o objeto de sua desaprovação não era nenhum ato ou evento concreto, mas apenas o fato de ele ter tido de suportar o *kimochi* [sentimento] de perseverar incessantemente. Fui compelido a dar um sorriso triste, mais compartilhando seu *kimochi* do que sentindo repulsa por seu comportamento embriagado. Mas então me perguntei: por que ele havia sido tão pacientemente perseverante durante todo aquele tempo? Na verdade, ele não precisava ter sido tão paciente. O fato é que ele tinha estado extremamente apreensivo quanto às diferentes regras de boas maneiras e de etiqueta com que ia se deparar quando cruzasse as fronteiras internacionais. E foi justamente por ser muito sensível a isso que ele acabou ficando em um estado de embriaguez, isto é, incorrendo em uma falta de educação universal.

Na raiz dessa falta de educação demonstrada por esse homem quando todos os seus sentimentos explodiram simultaneamente reside o fato de ele ter imposto a si próprio uma medida de controle. E ele havia feito isso por causa de certa sensibilidade para com as diferenças entre si mesmo e os outros. Em outras palavras, a sensibilidade do homem levou-o a se tornar excessivamente deferente em tentar seguir, mesmo contra a sua vontade, outra forma de etiqueta; então ele finalmente foi levado a uma explosão emocional, que assustou tanto o próprio homem quanto os demais. Há um mecanismo bastante complicado em ação nesse padrão de comportamento. Por que o autocontrole acabou levando a uma explosão?

* * *

Diz-se frequentemente que nós, japoneses, somos dotados de modéstia e autocontrole. De outro lado, também se diz que demonstramos intensa cólera e orgulho. É difícil imaginar essas duas imagens juntas, e talvez seja essa a razão de, não raro, os estrangeiros se referirem exageradamente ao "mistério dos japoneses".

Provavelmente, a chave para a questão acima é a seguinte: o autocontrole é, entre nós, uma declaração ou uma revelação de si próprio. Explicando melhor: o controle dos próprios sentimentos (isto é, as emoções) reflete a medida de seu valor como pessoa. Quanto mais seus gestos e seus movimentos manifestam esse controle, maior é o seu valor. Por conseguinte, o autocontrole torna-se uma revelação do valor da pessoa. (Os vietnamitas, quando se encontram em uma situação de confronto em relação a outra pessoa, também falam com um sorriso, por polidez. Isso também demonstra uma cultura do autocontrole. Contudo, será que o autocontrole dos vietnamitas poderia terminar com uma "explosão", como no nosso caso? Apesar de saber relativamente pouco a respeito, eu diria que esse não parece ser o caso. Portanto, deve-se questionar a qualidade do autocontrole em questão.)

Em minhas considerações anteriores na seção sobre o *bishō*, eu disse que o controle ou a dissimulação do riso acentuavam a beleza das mulheres jovens. Isso se deve ao valor que atribuímos ao controle de modo geral. Fico pensando, contudo, em qual seria o objetivo da etiqueta. Especialmente em nosso país, falamos de etiqueta como uma forma restrita, mas eu gostaria de explorar a possibilidade de haver formas universais de etiqueta, comuns a todos os países. Minhas considerações me levaram a apresentar essa questão a seguir.

Sahō II
(Boas maneiras e etiqueta II)

Em Roma...

TENHO A NÍTIDA impressão de que o Japão dos tempos modernos e atuais é, muito provavelmente, uma *nariagari shakai* [sociedade de pessoas que se autopromovem]. E isso me causa a mesma impressão de *busahō* [falta de educação] que um *nouveau riche* arrivista, impressão essa que é causada não apenas em mim, mas também nos outros. Tomemos como exemplo o mundo dos críticos: atualmente eles produzem um discurso extremamente contencioso, e o público gosta de ler o que esses críticos em pé de guerra escrevem. Eles não chegam às vias de fato, é preciso admitir. Ainda assim, seu tom dá a entender que eles estão tão preparados para uma luta que já estão arregaçando as mangas; pelo menos é o que imagino. Em seus textos abundam afirmações de desafio e de provocação. Para sermos mais benevolentes, talvez possamos descrevê-los como "entusiasmados".

Os ocidentais que vieram ao Japão no início da Era Meiji (1868-1912) se surpreenderam ao descobrir que os jovens japoneses clamavam incessantemente pelo fim das tradições e ignoravam-nas em suas próprias ações. Certamente, no mundo ocidental também havia muitos sentimentos antitradicionalistas. Contudo, os ocidentais ficaram surpresos ao encontrar por aqui o fenômeno social dos jovens unanimemente mobilizados contra a tradição. Naquela época, nós negávamos o passado, a família, a terra natal, as formas tradicionais, as maneiras e os costumes, bem como as figuras de autoridade, e fazíamos isso com gestos veementes, acreditando que mediante esses atos poderíamos estimular nosso ego. Ter maneiras e costumes não é nenhuma exceção no mundo. Ao contrário, é a forma de controle exercida sobre os gestos e as expressões que deve ser alvo de crítica.

Aqueles que mais tarde clamaram pelo ultranacionalismo após a ocidentalização não tiveram a audácia de defender as formas de etiqueta, apesar de tudo. Em vez disso, a batalha foi travada no nível das ideias. Os gestos dos ultranacionalistas eram mais mal-educados que os dos ocidentalistas, o que, na verdade, não é um fenômeno tão raro assim. De qualquer modo, tratava-se, em resumo, de uma questão de ganhar ou perder, e em tais circunstâncias as pessoas raramente se preocupam em ter "boas maneiras", uma dimensão que valoriza um controle tão minúsculo.

* * *

Etiqueta, contudo, é uma questão diferente. Em que ela é diferente? Qual é a diferença entre etiqueta e boas maneiras? Não existe uma boa resposta para essa pergunta. Sabemos apenas que a etiqueta foi introduzida pelo mundo ocidental.

A etiqueta foi um item importante na ocidentalização. Seu domínio era uma das condições para alguém ser um cavalheiro. Pela simples razão de a etiqueta existir no mundo ocidental, se nós não fôssemos versados nela, seríamos ridicularizados. Até mesmo a pronúncia errada da palavra – dizer "equiteta" em vez de "etiqueta" – já era o suficiente para tornar alguém alvo de zombaria. Em certo momento, isso chegou a ser uma tendência generalizada.

Nós nos rebelamos contra nossas maneiras e costumes, contra as formas de controle consciente e sistemático dos gestos e através deles, e as negligenciamos. Entretanto, por causa dessa negligência – e porque o mundo sempre tem um novo conjunto de boas maneiras a oferecer –, nos vimos sendo ridicularizados se fôssemos incapazes de seguir o novo código de costumes. Portanto, acabamos nos encontrando na triste situação de ter de treinar *sahō* de qualquer maneira.

* * *

No fundo, a etiqueta é uma forma particular de boas maneiras. Por essa razão, antes de discutir se deveríamos ou não seguir a etiqueta, ou se deveríamos ou não seguir o velho adágio "Em Roma, faça como os romanos", eu preferiria considerar a questão de saber se as boas maneiras são regras universais ou se elas aderem a culturas particulares.

Surpreendentemente, descobri que a própria etiqueta era, na origem, um assunto localizado e individualista. A palavra francesa *etiquette* ainda carrega o significado de "rótulo" e parece ter sido, originalmente, o rótulo identificador de uma bolsa a tiracolo que continha documentos jurídicos e coisas afins. De certa forma, o termo se referia a algo relacionado a uma classificação ou lista catalográfica. Como foi, então, que passou a significar "maneiras educadas"?

É conhecido o fato de que Filipe, o Bom, príncipe da Borgonha no século XV, sofria de tanta agonia e desgosto por não conseguir chegar ao trono que, para compensar isso, elaborou em seu palácio um sistema de formalidades como jamais se tinha visto em nenhum outro palácio. Esse sistema de formalidades era a etiqueta. Ele inventou uma etiqueta tão complexa e tão repleta de minúcias quanto um catálogo jurídico. Essa etiqueta foi introduzida na Áustria no século XV, por ocasião do casamento da princesa daquele país com o príncipe de Borgonha, e, depois disso, na Espanha. O que devemos ter em mente é que na verdade essa coisa chamada *etiqueta*, que amedronta os ignorantes e lhes destrói os nervos, nasceu de sentimentos de inferioridade e de desgosto. Isso quer dizer que a etiqueta, em si, não possui nem autoridade nem ortodoxia.

Posso ter feito essa afirmativa, mas minha intenção não é menosprezar a etiqueta em si. É suficiente termos em mente que a etiqueta teve origem em circunstâncias particulares e restritas – e aspira à universalidade.

É por isso que ocorrem coisas como esta: um aristocrata estava almoçando com um não europeu; como este último era completamente ignorante das maneiras à mesa naquela situação, bebeu a lavanda que se encontrava sobre a mesa. Por causa disso, o aristocrata, que era bem versado em etiqueta, bebeu o restante da lavanda.

* * *

Essa história é bastante conhecida. De um lado, esse aristocrata parece ser um homem um tanto sarcástico. De outro, quando duas pessoas pertencentes a grupos com maneiras diferentes se encontram, insistir na própria etiqueta não é mais que demonstrar inferioridade. Em outras palavras, forçar a imposição de uma etiqueta equivale a fazer o mesmo com a própria cultura – e isso mascara certa insegurança e certa inferioridade ocultas.

A etiqueta não está necessariamente relacionada com a eficiência – ela está mais relacionada com a beleza. A etiqueta é o acúmulo de regras referentes ao que é agradável e desagradável no comportamento, nos próprios gestos e nos dos outros. É bastante compreensível que a etiqueta seja extremamente diferente de uma cultura para outra. Na realidade, é bastante estranho treinar-se em etiqueta, forçar a imposição de uma etiqueta como algo universalmente aplicável e sobrepor-se à própria cultura.

Sahō pode pertencer a um grupo não muito grande, como uma família ou uma cidade natal. Ou, em escala maior, a cultura de uma nação também pode ser indicada pelo termo *sahō*, ou "etiqueta". A "sobre-etiqueta", que substitui e se sobrepõe à etiqueta, não é algo que veremos no mundo por algum tempo. Nem temos razão alguma para lhe dar as boas-vindas.

Ikebana
(Arranjo floral japonês)

Um mundo feminino

EMBORA TENHA decidido chamar este livro de *Shigusa no Nihon Bunka* [*A cultura gestual japonesa*], tenho de admitir que esse título é um tanto contraditório, pois uma das características do gesto japonês é que, no Japão ou na cultura japonesa, os gestos e os movimentos são quase invisíveis. Em outras palavras, eles são parcimoniosos ou controlados. A ausência de signos visíveis ou conspícuos é um dos atributos do gesto japonês.

Quando estou andando de trem ou em alguma situação parecida, costumo observar em segredo os gestos das pessoas que conversam entre si, e minha conclusão tem sido sempre de que, na verdade, nós não fazemos gestos exagerados. Mas então, outro dia, reparei em duas senhoras de meia-idade que estavam na minha frente, conversando muito animadamente e gesticulando bastante. Elas atiravam as mãos para a frente, viravam-nas, colocavam-nas sobre o peito... Seus movimentos manuais eram bastante animados e chamativos. Observei atentamente as duas mulheres e perguntei a mim mesmo: "Será que nós, japoneses, mudamos tanto assim?". Mas meu pensamento baseava-se em uma primeira impressão despreocupada e apressada, pois, ao continuar a observá-las, comecei a perceber que a língua que falavam não parecia ser japonês. Digo "não parecia" porque, obviamente, eu não poderia ser ousado o bastante para me aproximar delas apenas para conseguir ouvir sua conversa. E é por essa razão que, absolutamente, posso não estar certo e que devo dizer apenas que elas não *pareciam* ser japonesas; na verdade, pareciam ser chinesas.

Àquela altura, fui fulminado pela sensação de *yappari* [justamente como eu pensava]. Em outras palavras, senti uma sensação de alívio, mas também de desapontamento – em suma, uma estranha mistura de emoções. Justamente como eu pensava, os gestos japoneses são parcimoniosos.

Em vez de gestos copiosos, contudo, temos o *ikebana*. Estarei sendo rude demais por dizer isso dessa maneira?

* * *

O *ikebana* é a transmutação dos gestos do povo japonês. Alguns poderão se opor, mas eu acredito nisso. Quando olhamos para o *ikebana* da foto, vemos nele os gestos sutis da mulher que o criou. O arranjo expressa os gestos que ela não pode fazer abertamente. Também poderíamos dizer que "lemos" seus gestos no *ikebana*.

As mulheres são belas – ou pelo menos supomos que assim o sejam. E as próprias mulheres sabem que se espera delas que sejam belas. Nesse ponto o que estamos considerando é universal. O que é único no Japão é isto: se as mulheres fazem exibição de sua beleza, então já não são mais belas. Em outras palavras, quando elas ostentam sua beleza, pavoneando-se e vangloriando-se dela, sua beleza já não pode ser considerada bela.

Deixo de lado quanto a isso considerações sobre a imagem real, apetrechos de toalete, escolha de padrões e a maneira como uma mulher pode vestir seu *kimono* (ou enfeite). O foco de minha atenção são os gestos. É considerado bom que os gestos sejam o mais discretos e reservados (ou modestos) possível. Por que é bom ser reservado? Porque estamos imersos em uma cultura que abomina a fanfarronice e prefere o comedimento.

Esse tipo de coisa é bastante natural, se é que posso usar essa palavra. Por exemplo, se imaginamos uma modesta mulher japonesa, que mantém seu olhar voltado para baixo, em meio a mulheres ocidentais acostumadas a exibir sua beleza, então as mulheres japonesas podem parecer *ijirashii* [patéticas, tocantes e doces]. Mesmo que a mulher japonesa em questão nunca chegue a ser o ideal japonês, ainda assim dará essa impressão. Em primeiro lugar, ela jamais fará movimentos chamativos ou gestos amaneirados. Em vez disso, fará apenas movimentos pequenos e leves. Seus gestos são dificilmente perceptíveis, sendo mais precisamente sutis e de extrema elegância.

* * *

Tenho colocado *miburi* [movimento, ação] no mesmo grupo que *shigusa* [gestos] e utilizado as palavras *miburi ya shigusa* [movimentos/ ações e gestos]. Mas, na verdade, no Japão, *miburi* pressupõe *ōgesana miburi* [movimentos ou ações exagerados], ao passo que *shigusa* conota *yasashii shigusa* [gestos gentis]. *Miburi*, então, refere-se a um gesto descontrolado, ao passo que *shigusa* é um gesto controlado.

Apesar de não conseguir me lembrar exatamente de quando isso aconteceu, lembro-me de uma ocasião em que fiquei surpreso ao observar *shigusa* em uma atendente que estava servindo saquê aos clientes de uma espécie de casa de chá. Ela tinha de servir saquê a vários clientes. Contudo, era impossível, para ela, deslocar-se com facilidade, pois a sala era muito pequena. Assim, ela serviu o saquê aos clientes, um após o outro, inclinando o corpo levemente em direção à posição de cada um. Ela apoiava o corpo levemente inclinado com a mão esquerda, que sustentava com alguns dedos estendidos. Fiquei comovido com aquele gesto doce, tão inesperadamente sutil – e tão belo.

Talvez o gesto de apoiar o peso do corpo sobre alguns dedos estendidos tenha sido uma ação inconsciente e inevitável. Ainda assim, quando a *yasashisa* [doçura, gentileza] se revela, mesmo em um ato desses, sentimo-nos tocados por ela, independentemente das circunstâncias. É precisamente quando o que é inevitável e inconsciente encontra sua expressão em conformidade com as *bunka no kata* [formas valorizadas por nossa cultura] é que reconhecemos a *yasashisa* [doçura, gentileza].

Qual a relação entre o movimento inevitável e as *bunka no kata*? Esse problema deveria ser considerado em futuras investigações, que abrangeriam a análise das danças japonesas e outros estilos posturais de dança. Parece-me, contudo, que me desviei muito de meus propósitos atuais. O ponto-chave da questão é que os gestos exagerados são censurados. Eles são inadmissíveis, pelo menos no que diz respeito à estética.

* * *

A ação realizada por um corpo deve ser um *yasashii shigusa* [gesto doce e gentil]. Sob uma perspectiva semelhante, apesar de se tratar de uma questão totalmente diferente, um gesto pode ser separado do corpo que o faz ou do qual ele provém; falamos, então, do gesto que é transferido para um objeto. Nesse caso, encontramos a beleza manifestada em si mesma. Estou me referindo, é claro, ao *ikebana*.

Os ocidentais adoram "jogar" flores em vasos. As mulheres ocidentais também adoram ver sua beleza comparada à das flores. A dama pode ser uma rosa, ou talvez uma adorável frésia. Mas as mulheres ocidentais jamais fazem o mesmo que as mulheres japonesas: cortar o galho de uma ameixeira e curvá-lo – apesar de o galho de uma árvore ser quase impossível de curvar –, e fazê-lo custe o que custar, porque está colocando nisso a plena expressão de seus sentimentos: o gesto daquele galho de ameixeira levemente curvado refletirá seu próprio coração. Muito diferente é o caso das mulheres ocidentais: elas preferem expressar seus sentimentos em seu rosto, seu corpo e suas mãos.

Exibir a própria beleza é um ato que consideramos impróprio e vulgar. É uma exposição crua do ego. Em contraste, ao se tomar o galho de uma ameixeira com o qual se compara ou o qual representa a si mesmo, pode-se observar a si mesmo objetificado no galho e fazê-lo com os próprios olhos, aplicando em seguida suas habilidades manuais para arranjá-lo de modo distinto. É esse o processo por meio do qual o eu interior controlado é objetificado em uma forma fornecida pela cultura e é, além disso, levado a culminar na beleza.

O *ikebana* é a manifestação do eu interior socializado ("socializado" no sentido em que o eu interior é infundido nas formas de sua própria cultura). Ao socializá-lo – e só então –, permite-se ao eu interior exibir *miburi* [movimento, ação]. Ao mesmo tempo, encontramo-nos no território vago do *shūdan-teki kojin* [o indivíduo dentro do grupo] ou do *kojin-teki shūdan* [o grupo constituído por indivíduos], cujas categorias já considerei no início destas reflexões coligidas. Pois o *ikebana* é uma arte situada no território do folclore e coisas do gênero, naquele domínio em que as maneiras e os costumes do povo encontram-se realmente enraizados. O *ikebana* é uma das "belas-artes", no sentido ocidental do termo; contudo, apesar disso, é também uma realização, no sentido japonês. E é por essa razão que, no Japão, todos aprendem *ikebana*, não importa o quanto se possa ter talento ou não. Na verdade, talvez o aspecto principal dessa questão seja o fato de que aprender *ikebana* é permitido a todos.

O *miburi* do *ikebana* é estático – apesar de alguns movimentos vigorosos poderem ter sido feitos antes de o arranjo floral ter sido terminado. Não obstante, enquanto *ikebana* – em outras palavras, enquanto expressão pessoal –, ele permanece completamente imóvel em *aru kata* [uma forma particular]. Um movimento invisível poderá ocorrer de galho a galho, mas ele cessará nas extremidades. Nessa tensa serenidade, encontramos uma forma fundamental para a cultura japonesa, a forma pela qual o todo é coordenado pelas extremidades, pelos detalhes.

Cuidado meticuloso e refinamento nos detalhes. Às vezes, isso produz uma perspectiva empobrecida do todo. Isso é característico dos projetos paisagísticos dos jardineiros japoneses. Eles não partem de uma visão do todo para todas as partes. Em vez disso, eles se movem dos detalhes para a totalidade.

Como a minha preocupação neste livro é a beleza (ou a estética) dos movimentos físicos, estou mais interessado em gestos refinados e detalhados do que em movimentos maiores e concludentes que realizam a coordenação do todo.

Tsunagari
(Conexões)

O intermediário

Há mais de dez anos, tive a oportunidade de expressar meus pensamentos sobre o *ikebana*. Apesar de o texto ser um pouco longo, gostaria de citá-lo aqui:

> Em nosso país, o *ikebana* é mais do que simplesmente belo. Ao encurvar os galhos de uma ameixeira, uma esposa expressa ao marido seu amor, que é delicadamente inclinado. Seu marido se encontra bem ao lado, mas ele não dirige seu olhar diretamente para ela; em vez disso, ele fita os galhos de ameixeira no *tokonoma* e neles lê os pensamentos e sentimentos de sua esposa. O *ikebana* é [...] um costume de comunicação permanente, cuja função é mitigar e reparar as dificuldades das comunicações domésticas. Além disso, é nas formas do *ikebana* que os pensamentos e sentimentos próprios de alguém, transpostos, por sua vez ganham forma. O *ikebana* nasceu das condições fundamentais que o definem como uma arte. ("A consciência literária da pequena burguesia", em *As artes da cópia*, Michitarō Tada.)

Foi há cerca de dez anos que contemplei esses temas. Meus pensamentos se concentraram em duas ideias: uma a respeito do significado da *katachi* [forma] e a outra envolvida com a da *tsunagari* [a conectividade] entre duas pessoas. Tive de suspender o trabalho na linha de pensamento que havia iniciado. Agora, no entanto, gostaria de retomá-lo e de voltar a desenvolvê-lo.

Em primeiro lugar, considerarei a *tsunagari*.

Em minha maneira de ver, o *ikebana* conecta uma pessoa com outra. Agora retrocedamos um pouco para partir de uma perspectiva mais ampla sobre as mulheres e a comunicação, já que os arranjos florais do *ikebana* geralmente são criados por mulheres. Desde os tempos antigos, tem sido considerado melhor que a mulher fique em silêncio. Contudo, essa existência silenciosa tende a resultar em um forte meio de conexão entre as pessoas quando a mulher dedica-se ao *ikebana*. Ao estabelecer uma conexão entre o convidado e o anfitrião, a silenciosa presença da mulher é capaz de expressar coisas mais significativas.

O *ikebana* é um exemplo disso.

Em geral, o meio que conecta uma pessoa com outra (por exemplo, o *ikebana*), ou o ser humano que conecta um ao outro, desempenha um papel inesperadamente significativo em nosso país. O objeto ou a pessoa, posicionado entre os indivíduos para facilitar a conexão entre eles, tem várias e interessantes funções espaciais. Da mesma forma, esse papel ou função é utilizado para sustentar as conexões sociais humanas ao longo do tempo ou, em outras palavras, para assegurar sua continuidade.

Há certas figuras conhecidas como *Suwari Nakōdo* [o intermediário sentado] ou *Tanomare Nakōdo* [o intermediário solicitado], termos geralmente empregados com conotação negativa, porque o intermediário precisa conectar uma pessoa com outra de maneira literal; do contrário, carecerá de *seii* [sinceridade]. Essa conotação deve ter surgido nos tempos modernos. Em vez de um intermediário, a figura se parecia mais com a do casamenteiro, no sentido ocidental.

Um casamenteiro também conecta duas pessoas. Porém, no caso do intermediário, o serviço fornecido é menos importante que a ação física – o ato de posicionar-se fisicamente entre uma pessoa e a outra, como o símbolo da *tsunagari* [conexão] que ele está forjando. Em outras palavras, o mero fato de *suwatte iru* [estar sentado] já é significativo. De certa forma, o intermediário é uma versão humana e terrestre do Deus do Casamento.

* * *

Por que temos necessidade de algo tão estranho quanto um intermediário? Será que essa necessidade é tão grande ou tão forte que é por isso que, quando um homem e uma mulher se casam por amor e com sinceridade (isto é, quando eles se casam sem um intermediário) chamamos essa união de "ilícita"? Essa é uma questão que me trouxe numerosos tormentos quando eu era jovem.

Quando os presentes de noivado são trocados, dizemos "*iku hisashū*" [para todo o sempre]. E então, no casamento, dizemos "*goen*" [destino, carma]. Essas elocuções são sugestivas. Pelo poder do eterno destino, uma pessoa é conectada definitivamente com outra. Sob o mesmo signo, o grupo também é estabelecido, como família e como sociedade. Para dizer isso de modo inverso, sem o destino eterno não se poderia estabelecer nenhuma família, nenhuma sociedade. Devemos compreender que o destino não existe dentro de pessoa alguma. Em vez disso, trata-se de um fenômeno misterioso que faz sua aparição através do meio entre uma pessoa e a outra. O destino sempre é, portanto, uma coisa estranha e singular.

Quando utilizei a palavra "intermediário", estava me referindo a uma pessoa. Contudo, por detrás dessa pessoa há um mistério incompreensível e inimaginável. A figura do intermediário é imaginada preferencialmente como a de um tipo de ser não humano, porque aquele que conecta uma pessoa com outra parece abranger toda a complexidade da ideia de homem-natureza-sociedade.

Por que dizemos "*Ko wa kasugai*" [Uma criança é uma penca de afetos]? Isso significa que a relação entre um homem e uma mulher conecta-se de maneira mais segura quando eles têm um filho? Subjacente a essa expressão comum há o reconhecimento de que a conexão de uma relação é reforçada por uma criança. Uma criança é inocente, ela é *shizen* [natural]. E com esse *shizen* sendo um intermediário, a relação torna-se firme. Isso é algo que poderíamos chamar pelo nome de Deus.

Os apelidos convencionais utilizados pelas famílias nos dão exemplos interessantes desse fenômeno. Nessa situação, a família considera o recém-nascido o seu centro. Os membros da família nomeiam-se entre si com termos que denotam sua posição em relação ao recém-nascido: "irmão mais velho", "irmã mais velha", pai, mãe e coisas desse tipo. Assim, a mulher chama o marido de "*otōsan*" [pai]. A mãe chama seu filho mais velho de "*oniichan*" [irmão mais velho]. Tudo isso posiciona o novo bebê no centro, como se fosse por meio dessa pessoa que essa família se conecta.

* * *

Nas peças de teatro de época, dramas de costumes e encenações semelhantes, costuma haver cenas em que um homem e uma mulher se aproximam um do outro sob a lua brilhante, que resplandece sobre as margens do rio Sumida ou outro cenário. O casal, erguendo o olhar para a lua, finalmente se vê unido em seus sentimentos, e os dois se dão as mãos. Em uma cena como essa, a lua é o intermediário entre as duas pessoas. Já me referi a esse modo de comunicação como o tipo "almofada". Na realidade, essa "almofada" é o vilão da história (há uma armadilha nela).

A lua, o bebê recém-nascido e o *ikebana*: após tê-los colocado lado a lado em uma lista, percebemos que todos eles contêm uma certa ideia de natureza, que projetamos em formas particulares. A lua é a própria natureza, que contempla nosso destino. O *ikebana* é a natureza artificial ou fabricada pelo homem, o que equivale a dizer "socializada". E o recém-nascido, por fim, é o semblante da natureza no mundo humano.

Em um certo sentido, porém, todas essas formas de natureza são produtos de nossa projeção, são nossas próprias conceituações da natureza: (1) o caso do *ikebana* como uma forma de natureza fabricada pelo homem é bastante óbvio; (2) o bebê é o produto de nosso labor e intenção, da relação sexual; e (3) o último exemplo, o da lua, há muito tem estado presente como um elemento em nosso sistema de símbolos. Todos eles são, em certo sentido, artificiais. Entretanto, eles também são a *shizen* [natureza], que nos contempla como seres humanos e ao nosso mundo. O *ikebana*, além disso, é *shizen* no sentido de que ele é fabricado e, então, ao deixar as mãos do arranjador, volta a ser *shizen*, contemplando-nos do fundo do quadro. E é perante esse *ikebana* (e através dele) como uma "almofada" que o anfitrião e o hóspede se dão conta, pela primeira vez, de que seus sentimentos mútuos estão se comunicando.

O *tsunagari*, ou intermediário, deveria ser o mais silencioso possível. Pois é graças a esse silêncio que uma espécie de fluxo surge no espaço – e a continuidade chamada "cultura" evolui no tempo.

Katachi
(Forma, padrão)

Autoexpressão através da forma

TEMOS PALAVRAS como *sugata* [figuras] e *katachi* [formas]. Qualquer discussão cujos temas sejam aparência e postura acabará nos conduzindo à palavra *katachi*, a qual tem, em si, numerosas implicações.

A sabedoria do *ikebana* é a de que sua forma pode ser alterada com relativa facilidade. Uma pessoa pode alterar o modo de curvar os galhos de acordo com seus sentimentos naquele momento. E é apenas no final, ao olhar para o arranjo de todas as direções, que se decide a sua forma final. Sem dúvida, a forma é criada de acordo com as regras de conduta e boas maneiras. Contudo, essas regras devem ser abandonadas em algum momento. Esse abandono do prescrito tem valor como marca de expressão individual. Mas alguém poderá perguntar: ainda assim, pode surgir *bi* [a beleza] quando o *ikebana* segue as formas prescritas, mas inclui o abandono dessas regras? Essa questão, na verdade, ilustra a dificuldade envolvida na compreensão da cultura. A palavra *katachi* pode ser analisada a partir de suas duas partes, *kata* [padrão] e *chi* [solo, terra]. O *ikebana* é composto de elementos como *ten* [céu], *chi* [terra] e *jin* [homem, pessoa]. Mas ele também pode ser pensado em termos destes elementos: *shin* [o caule principal ou colocado em primeiro lugar], *soe* [o caule secundário] e *hikae* [o terceiro caule]. Isso é *kata* [forma], que também pode ser *kata* [padrão]. De acordo com Noboru Kawazoe[1], porém, é a ideia de *chi* que é central, e não o *kata* (*Cultura e arquitetura japonesas*).

O sr. Kawazoe, citando ideias que descrevi em meu artigo "*Shō-shimin no Bungaku-ishiki*" [Sensibilidades literárias da pequena burguesia], publicado em *A teoria das artes da cópia*, desenvolveu os aspectos a seguir:

De acordo com o mitólogo Takeo Matsumura[2], *Chi* era um dos deuses cujo *status* o situava junto aos *kami* [deuses] e aos *mitama* [espíritos]. Apesar disso, a existência de *Chi* antecede a dos *kami* e a dos *mitama*. Por exemplo: *Orochi* ("o Espírito da Montanha", também "cobra" ou "serpente"), *Tachi* ("Espírito do Campo de Arroz"), *Michi* ("Espírito da Água") e *Ikatsuchi* ("Trovão") reconheciam a existência de *Chi*, como seus próprios nomes claramente ilustram. Além disso, em documentos clássicos, o ideograma *chi* também é utilizado em palavras que denotam "sangue", "leite" e "vento". O vento leste era chamado *kochi*, e um vento rápido ou uma ventania era chamado *hayachi*, e novamente encontramos a utilização do mesmo ideograma, *chi*. A esses exemplos poderíamos ainda acrescentar *inochi* [vida] e *chikara* [força ou poder]. É bastante claro, portanto, que os antigos japoneses deram o nome de *chi* à energia original e fundamental da vida.

Quer suas considerações etimológicas de que o *chi* em *katachi* deveria denotar "a energia original e fundamental da vida" sejam corretas, quer não, a teoria é extremamente interessante. As ações e maneiras japonesas são ensinadas através de *kata* [forma], e é essa *kata*, conectada a *chi*, que faz surgir *katachi*.

Utilizo a palavra "conectada", mas, na verdade, a questão maior é: *como* e *de que maneira* eles chegam a se conectar? *Kata* é forma ou

---

1 Noboru Kawazoe (1926-) é um crítico de arquitetura e editor da revista *Shin Kenchiku* [Nova Arquitetura]. Ele tem estimulado o mundo arquitetônico por meio da promoção de debates sobre os valores tradicionais e de seu apoio à escola metabolista. Kawazoe desenvolveu e publicou uma grande variedade de teorias sobre a civilização.
2 Em 1923, Takeo Matsumura (1883-1969) apresentou sua dissertação sobre os conflitos religiosos entre os deuses da Grécia antiga ao Departamento de Literatura Inglesa da Universidade de Tóquio. Professor conferencista de estudos religiosos na Universidade Imperial de Tóquio durante a maior parte de sua vida, escreveu amplamente sobre mitologia e seu papel na vida antiga e na vida moderna. Também se destacou na literatura juvenil.

formalidade, isto é, o recipiente e o molde. Seria *chi* o conteúdo que colocamos nessas formas, ou seria *chi* a energia original e fundamental da vida?

Como Masakazu Nakai[3] certa vez demonstrou com uma análise detalhada, *kata* [forma] também tem um papel essencial em transformar coisas do passado na realidade do presente. As pessoas de hoje aprendem as formas que os mestres das artes marciais ou os artífices das artes cênicas criaram há muitas eras. Isso ilustra como alguém pode se esforçar para representar valores oriundos do passado ao aprender suas respectivas formas.

O foco de atenção de Masakazu Nakai é *katagi* [espírito ou caminho], não *katachi*, mas por isso mesmo sua abordagem nos sugere *katachi* como corolário. Nakai classificou os sinais ou indicadores de *katagi* nos quatro grupos seguintes: (1) *katagi* conforme aparece em termos como *jusha-katagi* [espírito confucionista ou caminho confucionista] e *asobi-nin katagi* [um espírito de *playboy*], os quais descrevem tipos contemporâneos, variantes; (2) nas palavras *kuge-katagi* [o caminho dos nobres da corte], *bushi-katagi* [o caminho do samurai], *chōnin-katagi* [o caminho dos moradores da cidade] e *shokunin-katagi* [o caminho dos artesãos], que possuem uma dimensão subjacente cujo sentido está relacionado a perspectivas históricas e ideológicas; (3) o *katagi* utilizado em termos como *musume-katagi* [o caminho das moças], *musuko-katagi* [o caminho dos rapazes], *oyagi-katagi* [o caminho do pai], *rōjin-katagi* [o caminho do ancião] e *inkyo-katagi* [o caminho do aposentado], que representam tipos humanos em suas variações ao longo do tempo; e, finalmente, (4) o *katagi* de *Edo-katagi* [o espírito do povo de Edo] e *Kamigata-katagi* [o espírito do povo da região de Kyoto e Osaka], que se refere à variação humana no espaço.

Katagi, portanto, é a classificação dos tipos de acordo com sua diferença determinante, tal como por vocação, posição social, idade, gê-

---

[3] Masakazu Nakai (1900-52) foi um esteticista e teórico da cultura das Eras Taishō e Shōwa. Durante muitos anos, lecionou na Universidade Imperial de Tóquio, introduzindo o conceito de beleza "técnica" na antiga estrutura de beleza natural e artística.

nero etc. Mas como *katagi* se relaciona ou se conecta com *katachi*? No meu entender, *katagi* existe em primeiro lugar como forma social; só depois poderá aparecer um tipo individual e transitório.

Por exemplo, uma das diferenças mais marcantes surgidas em nossa sociedade após a guerra foi a ausência de diferença entre as coisas. O velho age como o novo, as mulheres se vestem como os homens; na verdade, se isso continuar, em breve não se fará distinção entre o dia e a noite, nem entre a primavera e o verão. Esse fenômeno está profundamente conectado ao desaparecimento de nossas características socialmente determinantes. À medida que essas características perdem sua validade, a palavra *katagi* perde sua base concreta. E, quando *katagi* deixa de existir, é a própria forma do indivíduo que se torna vaga e incerta. Que tipos de formas e figuras preferimos? É isso que está se tornando incerto.

Masao Maruyama[4] criticou o desaparecimento das formas no mundo acadêmico.

> No que diz respeito ao aprendizado, por exemplo, uma *Juku* (escola preparatória para exames) era uma *Juku*, uma *Hankō* (escola de um clã feudal) era uma *Hankō*, e, nesses locais, os estudantes eram ensinados através das formas de aprendizado, aplicadas criteriosamente [...] Uma cortesã é uma cortesã, mesmo nos movimentos que faz ao entrar sob o mosquiteiro. Costumavam existir formas meticulosas e precisas, que eram aprendidas no decurso de um longo tempo, e apenas aquelas que atingiam a maestria da forma finalmente tornavam-se cortesãs do mais alto nível [...] Elas poliam e refinavam as formas. Não houve nenhum outro período em que o sistema da cultura como um todo tenha atingido uma perfeição tão completa quanto durante a Era Edo. (*A história oral do período do pós-guerra*, editada por Shunsuke Tsurumi.)

---

4 Masao Maruyama (1914-96) foi um especialista em ciência política de reputação internacional. Em seus sessenta anos de carreira, foi da Universidade Imperial de Tóquio para Harvard, para Oxford e finalmente para Princeton, em 1975. Nos anos de 1960, foi uma figura central no tumulto intelectual sobre o acordo de paz entre o Japão e os EUA.

Os trezentos anos de Edo constituíram o período durante o qual as pessoas, com seriedade e foco incessantes, forjaram essas formas culturais. Pode-se evocar qualquer aspecto ou elemento da cultura japonesa: ele será um produto desse período, como o é a maioria deles. Naquela época, o Japão possuía uma sociedade supostamente "fechada", que permitiu à nossa cultura estabelecer como legado um extraordinário sistema de tradição. Tanto *katagi* quanto *katashi* são exemplos disso.

Desde o Período Meiji e particularmente após a Segunda Guerra Mundial, nossa sociedade tem presenciado a desintegração dessas formas. Masao Maruyama utilizou o termo *kata nashi* [informe] para caracterizar nossa sociedade atual. Há razões específicas para isso. Em primeiro lugar, hoje temos a chamada sociedade do tipo "aberta". Além disso, a produtividade aprimorou-se rapidamente, fazendo dessa uma sociedade em que as mudanças nas pessoas e nas coisas tornaram-se pura e simplesmente brutais. Se a nossa é uma sociedade para a qual "ortodoxo" é apenas outro sinônimo para "antiquado", *katagi* não significará nada mais que "um fantasma do passado".

Hoje, as pessoas não dão atenção à *kata*, mas ainda perseguem agressivamente o *chi*. Então a questão que surge é: o que controla o *chi* em uma sociedade "informe"? Os jovens têm a ilusão de que, ao obliterar as formas ortodoxas, estão em uma busca genuína do *chi*. Contudo, esse *chi* surge antes de seu confronto, por conta própria, com o poder maior das forças terríveis existentes na sociedade atual do que do desafio à tradição e à ortodoxia.

A forma funcionava como uma proteção para o romantismo, ao mesmo tempo que controlava e continha o romantismo. Por quanto tempo será possível suportar o assim chamado "informe"?

Suwaru I
(Sentar-se I)

Ficar acomodado

PARA NÓS, a postura mais familiar na vida cotidiana é a de estar sentado. Temos a sensação de que sentar é normal e ficar de pé é anormal.

Na escola primária – o que para mim foi há muito tempo –, sempre que éramos travessos ou negligentes, tínhamos de ficar de pé. Mesmo agora, as crianças que são desobedientes ou frívolas na escola são obrigadas a ficar de pé. Aqui no Japão, "*tatte iru*" [ficar de pé] é uma forma de punição. Seria interessante comparar isso aos costumes de outros países. Embora careça de dados para fazê-lo, certa vez ouvi dizer, por exemplo, que em uma escola primária da Inglaterra as crianças eram punidas ao serem mandadas sair da sala, isto é, quando lhes era negada a participação na aula, embora isso tivesse como resultado passar o período todo brincando na caixa de areia. Parece aceitável que o brincar fosse uma forma de punição, mas não seria antes uma forma de pressão generosa?

De qualquer modo, obrigar as crianças travessas a ficar de pé é algo que não constitui punição na Europa. Quando visitei uma vila agrícola na Grã-Bretanha enquanto trabalhava em um projeto de pesquisa, passei por maus bocados por causa disso, pois tive de ficar de pé por uma hora durante uma entrevista. Sem dúvida, aquilo me causou desconforto porque eu estava cansado, mas na verdade, a ideia de ser colocado em tal circunstância era repugnante para mim, como japonês. Isso porque para os japoneses é usual cumprimentar os outros em posição sentada. O costume habitual em um primeiro encontro é oferecer ao convidado um *zabuton*, uma almofada, e pedir-lhe que se sente, antes de mais nada.

Nós, japoneses, nos sentamos sobre o *tatami*, o chão, ao passo que os europeus sentam-se em cadeiras. Tal fato, é claro, constitui uma diferença evidente e é compreensível que as pessoas se impressionem com isso. Apesar de tudo, eu gostaria de chamar a atenção para o fato de que, embora haja uma diferença notável entre uma cadeira e um *tatami*, não há diferença no que se refere ao sentar-se, ou seja, em baixar os quadris.

* * *

A teoria de Noboru Kawazoe é a seguinte:

> A cadeira não era, originalmente, uma peça de conveniência para a vida humana. Era uma certificação e uma garantia de autoridade e prestígio. Pode-se tomar como exemplos as pinturas do Egito antigo: as pessoas ali sentadas nas cadeiras são o faraó e a rainha, ao passo que o secretário trabalha de cócoras e as damas de companhia sentam-se no chão. Quem se sentava em uma cadeira era o filho ou representante de Deus, ou seja, o próprio Deus que se achava presente nele. A cadeira era, para se dizer o mínimo, o símbolo definitivo do dignitário. (*Kuroshio no Nagare no Naka de* [Em meio à corrente negra].)

Foi só após a Renascença que a cadeira passou a ser considerada um elemento de conforto na vida cotidiana. Porém, mesmo após essa mudança, restou uma aura de santidade em torno da cadeira. Sentar-se em uma cadeira significava que um homem adquiria um *status* próximo ao de Deus; assim, o homem e Deus podiam integrar-se através da posição assumida pelo homem sobre a cadeira. Os funcionários públicos começaram a assumir tais posições sentando-se em cadeiras, e foi esse o advento do público como a encarnação de Deus.

Em nosso país, o "assoalho elevado" do palácio era, ele próprio, uma cadeira nesse sentido. Era uma expressão de santidade e autoridade, perante a qual os súditos se prostravam no chão. O *tatami*, originalmente uma esteira dobrável sobre a qual uma figura de autoridade podia se sentar, era, por assim dizer, uma cadeira entre as cadeiras – o símbolo do dignatário no palácio.

Nós, japoneses, éramos muito mais autoritários do que os europeus no que se refere a esse simbolismo. Por isso é ainda mais interessante notar que, quando o *tatami* tornou-se um elemento básico da arquitetura e passou a ser utilizado para cobrir toda a superfície do assoalho, assumiu uma função democrática. Havia casos em que a nenhum servo do sexo masculino ou do sexo feminino era permitido ficar sobre o *tatami*, mas na grande maioria das vezes as pessoas viviam no mesmo nível (no que se refere à altura do assoalho). Em outras palavras, era como se todos estivessem sentados em tronos.

Não foi assim que as coisas ocorreram na Europa. O número de cadeiras era limitado, e o *status* superior ou inferior se manifestava em tipos específicos de cadeiras.

Aproveitando o assunto em questão, gostaria de dizer que a distribuição bastante estrita das posições sociais no Japão poderia ter sido responsável pela aparência de um suposto "mobiliário da igualdade". Em outras palavras, se não houvesse uma distribuição de *status* claramente definida, todos os presentes teriam se sentado sobre o mesmo *tatami*, situação a que teria sido, de fato, demasiado democrática.

Portanto, como foi explicado, atualmente consideramos bastante comum o fato de todas as pessoas se sentarem sobre o *tatami*. E, a partir dessa condição comum de estar sentado, surgiram e são executados vários gestos costumeiros e modos de comportamento: o olhar atento, maneiras de se curvar e saudações específicas. A posição física de alguém se sentar sobre o *tatami* basicamente estrutura todas as suas futuras posições, movimentos e gestos.

Ao sentar-se sobre o *tatami*, torna-se um tanto complicado virar-se. Além disso, também é difícil olhar em volta. Fica-se relutante em levantar-se, mesmo para ir buscar algo que na verdade se encontra bastante próximo. (*Pensamentos sobre o sentar*, Hidehiko Hori[1].)

Essa é uma impressão comum; contudo, não é necessariamente a postura sentada que deixa alguém relutante em olhar à sua volta ou levantar-se e pegar algo que se encontra próximo. Pelo contrário; é quando se está deitado que a postura torna as ações inconvenientes. Por essa razão, a postura sentada é a mais acomodada.

* * *

Embora eu utilize a palavra "acomodada", é errado pensar que o sentar-se possui apenas essa significação – a de que alguém se sentaria meramente para ficar "acomodado". Sentar-se é uma postura intermediária entre ficar de pé e reclinar-se. Comparado ao reclinar-se, o sentar-se é mais sociável; comparado ao ficar de pé, expressa mais energia vital e é uma postura mais próxima do que associamos com a origem da vida. Kenji Ekuan[2] correlacionou as três posturas primárias com as origens dos diferentes tipos de existência da forma conforme a seguir: *ga* [reclinar-se], *ho* [caminhar] e *za* [sentar-se] correspondem, respectivamente, à origem da vida, à origem da existência animal e à origem da existência humana. Eu faria uma leve modificação nessas correspondências. Não tenho objeção à teoria de que a postura reclinada seja a que mais reflete a origem da vida. Já discuti meus pensamentos sobre esse tema na seção *Nekorobu* deste livro. Discordo, contudo, das interpretações de *ho* [caminhar] e de *ritsu* [ficar de pé], pois as considero posturas demonstrativas de uma atitude social antes de constituírem a origem da existência animal. São posturas utiliza-

---

[1] Hidehiko Hori (1902-87) tornou-se professor da Universidade de Tóquio em 1958 e, mais tarde, presidente da instituição. Crítico da sociedade e da cultura da Era Showa, escreveu vários livros e artigos sobre a teoria da vida. Suas ideias sobre as mulheres e o envelhecimento ganharam amplo apoio popular.
[2] Kenji Ekuan (1929-) é um influente *designer* industrial que reside e trabalha em Tóquio.

das para unir ou organizar um grupo na sociedade. *Za* [sentar-se], em minha opinião, é uma postura de expectativa, e não uma postura que reflete a origem da existência humana em contraposição à existência animal. Sentar-se é uma posição de espera entre a origem da vida e o desenvolvimento da sociedade. Portanto, é razoável concluir que se *taido* [atitude] refere-se à atitude (ou postura) apropriada para se realizar uma ação, a *taido* apropriada para a cultura de uma nação é mais bem expressa pela postura sentada. Em outras palavras, essa postura fornece à cultura sua estrutura fundamental.

Tendo desenvolvido esses pontos, gostaria de retornar a uma consideração sobre o significado do sentar-se sobre o *tatami*.

Suwaru II
(Sentar-se II)

Sentar no chão

DIZEM QUE DŌGEN[1] PREGAVA: *"Shikan taza"* [sentar, apenas sentar, mas com seriedade]. Apesar de elas não me inspirarem nenhum sentimento religioso, ao ouvir essas palavras sinto-me totalmente convencido. Se conseguirmos nos sentar, apenas nos sentar e limitar nossa mente a um mundo bem pequeno, tornaremo-nos capazes de atingir um estado "acomodado" ou "à vontade".

Segundo os boatos da época, Yasujirō Ozu[2], diretor de cinema, sofria de indigestão porque sempre trabalhava deitado de bruços durante longos períodos. Ou talvez tenha sido seu operador de câmera. De qualquer maneira, por que o homem ficava deitado sobre o próprio estômago por tanto tempo? Fiquei pensando a respeito, e a resposta é que esse era o seu ângulo favorito; portanto, o problema residia no gosto estético de Ozu. O cinema e o equipamento cinematográfico, obviamente, vieram do mun-

---

1 Dōgen (1200-53) foi uma figura controversa da Era Kamakura. Em 1223, como sacerdote da seita Sodo, foi à China estudar a dinastia Sung. Quando retornou ao Japão, em 1227, após escapar da perseguição do Estado, renunciou ao mundo e a partir de então dedicou toda a sua energia a escrever e a propagar sua mensagem.

2 Os filmes de Ozu são famosos por retratar a vida familiar japonesa e, em termos técnicos, pelo efeito sereno provocado por sua câmera, sempre imóvel durante as filmagens. Ele começou trabalhando para Shochiku em 1923, com vinte anos de idade, como assistente de câmera, possivelmente deitado no chão.

do ocidental. Os ângulos de câmera comuns são aqueles que oferecem uma perspectiva como a de alguém que está de pé ou de alguém sentado sobre uma cadeira. Contudo, esses ângulos não são apropriados quando se deseja que as representações de cenas japonesas e o interior de cômodos japoneses expressem um sentimento de acomodação.

Ozu tinha grande sensibilidade para a delicada beleza do Japão. Ele descobriu que, quando fazia tomadas de um ângulo muito baixo, como se visse o interior de um cômodo de uma posição prostrada, todos os objetos ficavam "acomodados". Por causa disso, ele estava sempre se deitando de bruços para olhar através das lentes. O resultado disso foram alguns danos causados ao seu estômago. É pura lenda, é claro, mas acredito nisso. Todos os espaços e objetos japoneses interiores, como o recanto *tokonoma* do quadro de uma alcova, um arranjo floral *ikebana* e o conjunto de prateleiras escalonadas de uma alcova, são elaborados para atender à perspectiva visual de uma pessoa sentada no chão. O olhar de uma posição sentada é, por assim dizer, um dos padrões da cultura japonesa.

À parte a significação religiosa de *shikan taza*, o ato de sentar-se e a moral que envolve a postura sentada, sua estética, a sensação física de conforto etc. são todos *suwatte* (também "sentar-se") na vida cotidiana. E todos eles estão bem "acomodados" em nossa cultura.

* * *

Seria relevante perguntar, a essa altura: quais eram as formas costumeiras da posição sentada nos tempos antigos? As pessoas sentavam-se de pernas cruzadas? Ou se sentavam eretas? Sem dúvida, sentar-se ereto é uma expressão moderna, mas não faz muito tempo que a expressão "sentar-se de pernas cruzadas" passou a ser amplamente utilizada. Nos tempos antigos, as pessoas aparentemente diziam apenas *iru* e *oru* (ambos significando "ser, estar"). De acordo com Kunio Yanagita, a postura de sentar-se ereto teve origem na cortesia de se curvar enquanto se ajoelhava. Costumava-se ajoelhar perante um nobre. *Suwaru* [sentar-se] evoluiu a partir desse gesto de *kiza* [ajoelhar-se].

Portanto, para que pudesse haver uma clara distinção entre ambos, era proibido descansar os quadris sobre os pés ao se ajoelhar. No entanto, quando as pessoas começaram a receber convidados com maior frequência em suas casas, esse gesto *kiza* gradualmente desapareceu, e as pessoas começaram simplesmente a *suwaru*. Yanagita escreve o seguinte sobre as mudanças nessas posturas:

> [...] especialmente quando convidados eram recebidos na residência de uma família estabelecida em Edo, o chefe da família tinha de fazer ao convidado a cortesia de ajoelhar-se em casa da mesma maneira que na vida pública. Um convidado honorável, é claro, era recebido com essa cortesia. Contudo, perante o gesto de seu anfitrião, que se ajoelhava dando as boas-vindas ao convidado, este último dificilmente poderia permanecer de pé e sentir-se, por assim dizer, "à vontade". Portanto, ambas as partes ajoelhavam-se uma para a outra. Entrementes, as mulheres e crianças adquiriram o costume de estender o dorso dos pés quando se ajoelhavam, levando os joelhos inteiramente ao chão e então repousando os quadris sobre os tornozelos. É essa a origem da postura atual de se ajoelhar em uma posição sentada. Em outras palavras, *suwaru* foi primeiro *sueru* [colocar os quadris]. Em dialeto, também se dizia *nemaru*. (*Mininji Saji* [Assuntos folclóricos e trivialidades].)

Assim, desde o período histórico em que o estilo de vida relacionado à residência urbana dos *samurais* teve início, *iru* [ser, estar] passou a ser *suwaru* [sentar-se], e esta última postura se fixou como um costume nacional.

Como falamos sobre a origem do ajoelhar-se, vale a pena observar que o costume de sentar-se ereto foi introduzido pela dinastia Tang.

No final da dinastia Chin, que equivale ao início da Era Meiji no Japão, um visitante chinês no Japão viu que o povo japonês utilizava uma postura habitual na qual "colocavam ambos os joelhos no chão, mantinham os quadris eretos e permaneciam assim, sentando-se eretos, com a parte traseira dos quadris repousando sobre os tornozelos". Ao ver isso, ele ficou bastante impressionado por descobrir que esse antigo costume da dinastia Tang tinha sido transmitido ao Japão. [...] Dizem que foi por volta do início da dinastia Sung Setentrional que sentar-se em cadeiras se tornou popular. (Yoshio Imamura[3], *Apresentando questões sobre o estudo da literatura clássica*.)

Portanto, conforme foi vividamente descrito, o sentar-se ereto é uma postura da mesma cepa que o ajoelhar-se. Isso significa que, embora o sentar-se tenha se tornado uma postura de *rei* (polidez ou "boas maneiras"), é uma posição física mais fácil e mais acomodada que a de ajoelhar-se. No que se refere à teoria do *raku* [conforto, ficar à vontade], sentar-se ereto é uma postura intermediária entre ajoelhar-se e sentar-se de pernas cruzadas.

Como posição para o corpo, não é nem totalmente confortável nem demasiado rígida. Além disso, desde que os japoneses optaram por incorporar essa postura intermediária, muitos padrões de conduta moral surgiram em torno dela. Notavelmente, não se trata de um caso no qual primeiro havia uma moral para a qual essa postura foi posteriormente desenvolvida. Essa postura de acomodação, ou de feliz meio-termo, logo substituiu a função da postura formal de costume, e foi a partir desse início que nasceu a moral. Esse tipo de sequência evolucionária é uma característica fundamental de nossa mentalidade.

Ao sentar-se na postura ereta, a força do corpo é centrada abaixo do ventre. Dizem que essa posição permite o surgimento de um poder singular. Por que se diz isso? Frequentemente as pessoas expressam a percepção de que, ao nos sentarmos na postura ereta, nossos sentimentos *ochitsuku* [se estabilizam]. O que se pretende dizer com isso é que nos tornamos capazes de obter tranquilidade e paz de espírito. Mesmo assim, eu me pergunto: se a paz de espírito ou a tranquilidade

---

3 Yoshio Imamura (1925-) é especialista em literatura chinesa, crítico e antigo professor do Departamento de Literatura da Universidade Metropolitana de Tóquio.

são a preocupação principal, não seria o deitar-se a postura mais estável por excelência? Não, porque o sentir-se fisicamente acomodado é insuficiente: o que se requer é uma postura que produza *chikara* [poder, energia]. E é então que a moral entra em ação.

Por que o sentar-se ereto tornou-se a postura do comportamento formal, e não o ajoelhar-se ou o sentar-se de pernas cruzadas? Uma das possíveis razões para isso é que, nessa posição, as pernas da pessoa ficam enfiadas debaixo do corpo, completamente fora do alcance da visão. Correndo o risco de me desviar do assunto, gostaria de observar que, na residência de um *samurai*, era preferível que toda a mobília e os utensílios cotidianos fossem mantidos arrumados e ocultos. Em outras palavras, o que há é *mu* [nada]. Esse *mu* é, na verdade, uma postura de expectativa, de alerta para qualquer necessidade inesperada. Diante de uma emergência, os residentes conseguiriam resgatar o que fosse necessário do lintel ou do guarda-louças. A razão pela qual é bom retirar todas as coisas desnecessárias e manter a casa inteira imaculadamente limpa é que é considerado bom e bonito as pessoas manterem uma postura de alerta, estarem prontas para o inesperado.

Os pés são necessários para caminhar, não para falar. A postura que faz com que se *katazukete oku* [arrume ocultando] os pés sob os quadris pode ter sido imbuída da mesma estética do estado de alerta para o inesperado, portanto, também do código moral que reveste essa atitude de um valor. É desnecessário dizer que o sentar-se de pernas cruzadas é uma postura mais fácil de manter, mas nessa posição o corpo parece feio e sem-graça, como se coisas desnecessárias tivessem sido deixadas sem arrumar, expostas à visão. Foi durante a Renascença na Europa e durante a dinastia Sung Setentrional na China que o sentar-se em cadeiras tornou-se um costume diário, ao passo que no Japão, antes da Era Meiji, esse costume absolutamente não existia. Isso pelo simples fato de que nem o sentar-se em uma cadeira nem o sentar-se no chão de pernas cruzadas era estética ou moralmente apropriado. O sentar-se na postura ereta, com as pernas dobradas sob o corpo, era a única postura apropriada em termos de beleza e de cortesia.

Sob a esmagadora influência das culturas europeia e norte-americana, alguns dos costumes japoneses originários de tempos antigos caíram ou estão caindo em desuso. O sentar-se ereto sobre o *tatami* é um deles. Os jovens de hoje não suportam sentar-se na postura ereta, porque ela é muito tensa e rígida. De outro lado, mesmo ao sentar-se em uma cadeira, tem-se dificuldade em achar o local certo para apoiar os pés, isto é, a posição dos pés permanece instável. Na Europa e na América, as pessoas têm uma ideologia generalizada do *laissez-faire*, que permite uma atitude expressa, neste caso, pelo deixar que os pés fiquem no ar. Contudo, a questão de saber se isso é correto no que se refere à cultura das posturas permanece sem solução para a vida humana.

Shagamu I
(Ficar de cócoras I)

Acocorando Rimbaud

AINDA NÃO DEI nenhuma atenção a uma postura de considerável importância: o ficar de cócoras. Essa poderia ser a mais difícil das posturas, levando-se em conta que ela é sempre desajeitada, por mais que se tente o contrário. À parte o fato de que é usual se agachar ou se acocorar em um toalete de estilo japonês, o ficar de cócoras, pelo menos em público, costuma ser considerada a postura mais desrespeitosa. Em outras palavras, é uma postura que foi banida por nós.

Para falar um pouco da minha vida privada, embora talvez isso seja um pouco constrangedor, eu mesmo tenho o hábito de me acocorar sempre que possível. E, em duas ocasiões específicas, fui repreendido por isso. Certa vez, logo depois da guerra, eu estava completamente bêbado e de cócoras em uma viela, quando de repente um enorme soldado norte-americano surgiu e gritou para mim: "*Tate!*" [Fique de pé!]. Naquele momento, mesmo no meu estado de embriaguez, imaginei que deveria ser intolerável para um norte-americano ver uma pessoa de cócoras em público. Noutra ocasião, não me lembro exatamente de quando, eu estava me sentindo tão exausto por causa do calor que, sem me dar conta, fiquei de cócoras na plataforma de uma estação de trem. Notei, então, que a expressão facial do amigo que me acompanhava subitamente começou a se alterar. Na verdade, ele começou a ficar irritado comigo. Sua reação me deixou abalado e, em meio ao choque, pensei: "Então, não são apenas os norte-americanos que acham repulsivo ver alguém de cócoras".

Nos tempos antigos, contudo, era bastante comum ver, à beira de uma estrada, um camponês ou um trabalhador acocorado, que então retirava lentamente do bolso o seu *kiseru* [cachimbo] ou algo parecido. Esse tipo de cena era normal; na verdade, era bastante banal e não causava desgosto nem censura por se considerar tal comportamento "desagradável". Contudo, na atual *kōtō bunmei shakai* [sociedade altamente civilizada], se um cavalheiro de terno e gravata subitamente se acocorasse em uma plataforma de trem e então tirasse lentamente um cachimbo do bolso, certamente surgiriam olhares repreensivos vindos de todos os lados.

O que podemos deduzir disso? Para limitar um pouco o âmbito deste tópico, eu formularia a questão da seguinte forma: por que a postura de cócoras tornou-se incompatível com a civilização? Na verdade, essa instigante pergunta é a única que eu gostaria de fazer.

A revista *Gendai no Me* [Os olhos dos tempos modernos] dedicou uma edição inteira – a de junho de 1971 – ao tema especial do *shagamu* [ficar de cócoras]. Nela havia cinco artigos de diferentes colaboradores: um cartunista, Aki Ryūzan; um roteirista, Kazuo Kasahara; uma *designer* de *lingerie*, Yōko Kamoi; um poeta, Tadayuki Ōmori; e um artista/pintor, Hiroshi Nakamura. Quando vi o tema especial da edição, fiquei muito interessado em ler o que profissionais de várias áreas pensavam a respeito da palavra "*shagamu*".

Com exceção do sr. Nakamura – que acreditava haver um erotismo inerente às mulheres (e exclusivamente a elas) em posição acocorada –, os demais colaboradores a consideraram uma pose desajeitada ou esquisita.

O sr. Ōmori foi bastante claro a respeito disso: "Não gosto da aparência da postura de cócoras". Mais adiante, ele afirmou: "Estou interessado na ação e na imagem do caminhar". Ōmori declarou, então, que nunca visualizara o poeta Rimbaud na posição de cócoras, pelo fato de ele ter sido alguém que levara uma vida muito austera. Isso, pensei eu, já me parece ser uma ideia um tanto abrupta... Mesmo assim, ao continuar, Ōmori disse que Rimbaud estava sempre de pé, caminhando ou totalmente caído no chão.

De fato, um Rimbaud de cócoras seria cômico, mesmo que fosse evocado apenas na imaginação. Em outro artigo, o sr. Kazuo Kasahara apresentou um ponto de vista bastante interessante: "Nunca vi ocidentais se acocorando". A postura da escultura *O Pensador*, de Rodin, poderia ser interpretada como retratando, de certa forma, o estilo ocidental de ficar de cócoras, mas em japonês aquilo equivaleria antes a uma *uzukumaru shisei* [postura de costas arqueadas]. Nos dicionários, *uzukumaru* e *shagamu* aparecem com o mesmo significado; contudo, há uma sutil diferença de sentido entre as duas palavras, já que *shagamu* tem uma conotação um tanto vulgar.

Os ocidentais, portanto, não ficam de cócoras – o que talvez seja ótimo para eles. Contudo, a postura *shagamu*, que não é nem ficar de pé nem sentar-se, é imbuída de um sentido de ser ou se sentir insubordinado, de olhar de baixo para cima. Eu poderia chegar ao ponto de chamá-la de "a postura da não violência". O sr. Kasahara associa o ficar de cócoras à seguinte imagem:

> [...] a pose dos vendedores do mercado no Sudeste da Ásia: eles curvam suas pernas na altura dos joelhos, abrindo-os como a letra *hachi* (/ \) e descendo os quadris quase até o chão, com ambas as mãos penduradas; eles permanecem assim e encaram os passantes como se estivessem olhando para a eternidade. É essa a postura *shagamu*.

Yūkyū no manazashi (literalmente, "os olhos da eternidade", mas também "olhos que olham para a eternidade] é uma expressão que requer certa habilidade. Uma pessoa que corre no mesmo lugar rapidamente acaba ficando ofegante e sem fôlego. Uma pessoa que se senta ereta e fita um espaço vazio é rígida e inflexível. Entretanto, quem olha para os passantes com *yūkyū no manazashi de* [com os olhos da eternidade] pode, na verdade, estar experimentando o sentimento de *mu ni tatte asobu* [brincar no meio do nada]. Isso é o que mais surpreende os ocidentais acerca dos orientais, especialmente dos vietnamitas: que eles "desperdicem" tempo voluntariamente. Ou melhor, que eles saibam como "desperdiçar" tempo.

* * *

A civilização ordena que nós, seres humanos, caminhemos ou corramos, sentemo-nos ou nos deitemos. Ficar de cócoras não é nem deitar-se nem ficar de pé; é algo intermediário. Seu sentimento é expresso no dialeto de Kyoto como "*ā, shindo*" [de fato, estou cansado]. Em geral, *ā, shindo* tem uma reputação bastante ruim. No passado, os literatos de Edo estavam sempre irritados com as *geishas* de Kyoto e as criticavam por elas dizerem "*ā, shindo*" assim que entravam nos aposentos. O que elas pensavam estar fazendo ao dizer aquilo assim que viam o convidado? Havia uma queixa semelhante das pessoas de Tóquio. Mesmo durante a Era Edo, os habitantes de Tóquio eram os *bunmei-jin* [os civilizados]. Em outras palavras, eles consideravam uma fraqueza incompreensível uma pessoa ficar sempre dizendo *ā, shindo* por conta das pressões da vida civilizada. Portanto, também se irritavam com o *ā, shindo* das *geishas*.

A razão de as pessoas civilizadas sentirem desgosto e irritação com relação à postura de cócoras é exatamente a mesma que as fazia sentir certo mal-estar diante desse *ā, shindo*. Trata-se de um desconforto intuitivo com ar de resistência irônica da parte da pessoa que olha de baixo para cima. A razão pela qual a própria palavra *shagamu* soa um tanto vulgar também é reflexo dessa ideologia.

Não sou, portanto, o único a pensar desafiadoramente. Na edição especial da revista citada, a sra. Yōko Kamoi deu a seguinte declaração, com a qual tenho de concordar:

Shagamu – acho que essa palavra reflete a postura de resistência de alguém que foi subjugado, derrotado por um poder exterior absurdo ou injusto. É uma posição a partir da qual é possível passar de uma quieta reflexão interna para uma expressão externa. Além disso, é uma postura na qual o próprio poder encontra-se oculto e imperceptivelmente contido, o poder de se fazer uma passagem do pensamento para a ação, a promessa de um salto da opressão para a explosão.

Nas saudações cotidianas, frequentemente fazemos a pergunta: "*O-isogashii desu ka?*" [Você está ocupado?]. Isso é mais um gesto de adulação do que uma pergunta propriamente dita. Cada vez que alguém me presenteia com essa pergunta, sinto-me constrangido. "*O-isogashii desu ka?*" Seria essa uma pergunta/saudação sobre o *status* daqueles que "estão sempre ou de pé ou caminhando ou totalmente caídos"? Em primeiro lugar, acho que não sei como responder a essa pergunta/saudação. Então apenas sorrio em resposta, na verdade, mais para mim mesmo: "Não estou nem ocupado nem desocupado, mas cansado (*shindoi*)". Minha intenção é clara. *Shindoi* é a saudação que equivale à postura de cócoras.

Esse termo é, na verdade, fundamental nas saudações entre amigos íntimos em meu grupo social em Kyoto: primeiro se pergunta "*Shindoi desu na*" [Estou cansado, você não?], e então vem a resposta "*Nn, shindoi*" [É, cansado...].

Shagamu II
(Ficar de cócoras II)

A postura da beleza (mulheres)
e a do poder (homens)

TENHO TENTADO desenvolver os significados culturalmente específicos atribuídos a certas características ou posturas, mas acabei descobrindo que isso não é uma tarefa fácil. Até mesmo no que diz respeito a uma única postura, *shagamu*, há uma enorme diferença entre o significado que nós, japoneses, lhe conferimos e o que os norte-americanos lhe atribuem. Mesmo entre nós, cada pessoa tem uma compreensão ou uma interpretação particular do significado gestual da postura, de acordo com sua própria imaginação, que, naturalmente, é diferente da dos outros. Além disso, dependendo da formação do indivíduo ou do contexto circunstancial de determinada ação de *shagamu*, veremos que o significado ou a interpretação atribuídos vão sendo alterados a cada vez, tamanha é a complexidade desse assunto aparentemente simples.

Ao mesmo tempo, sou consolado pela constatação de que uma postura que permite tantas interpretações divergentes e complicadas deve ser uma postura fundamental, firmemente enraizada na base da nossa cultura.

Como já mencionei, o termo *shagamu* possui uma aura um tanto desprezível, e muitos o associam com a postura costumeiramente adotada no toalete. Em contraste, contudo, o sr. Kazuo Kasahara nos oferece uma possibilidade diferente: ele vincula essa palavra a uma cena de um filme do diretor Ozu.

> Recordemos a imagem imóvel em uma obra-prima de Yasujiro Ozu. Há sempre belas senhoras que aparecem de cócoras em seus filmes. A sra. Setsuko Hara, em seu *kimono* fúnebre, e a sra. Yōko Tsukasa, acocorando-se uma ao lado da outra. Elas sorriem delicadamente, desviando os olhares, e dessa maneira o acocorar-se é muito belo.

Já falei sobre o baixo ângulo de câmera do olhar do diretor Ozu. Contudo, até que o sr. Kasahara a tivesse salientado, eu não me lembrava daquela postura acocorada. Foi desatenção de minha parte não reparar na imagem, mas, assim que me deparei com a menção de Kasahara a ela, dei-me conta da verdade de sua observação. A imagem deve ter dependido da integração de todos os elementos que a compunham: o traje de luto, o *bishō* [sorriso ou maneira de sorrir], do qual falei anteriormente, e, por fim, o olhar desviado, voltado para o outro lado.

Por que digo isso? Eis um ponto difícil de analisar. Mas sinto que, sem tal composição, a postura sem movimento filmada ao ar livre não teria criado imagem alguma. A escolha de elementos também é importante: se a imagem fosse a de uma moça de minissaia que ficasse de cócoras enquanto olhasse diretamente para a câmera e sorrisse maliciosamente, no meu entendimento isso seria um tanto peculiar.

Essa é uma questão relacionada fundamentalmente à postura de uma mulher em vestes japonesas, em *kimono*. Se ela se encontrar em postura ereta, de pé, parecerá estranha. A menos que ela esteja de pé com um ar distraído ou pareça graciosamente provocante, sem essas particularidades a imagem não alcançará um sentimento definido. Ficar de pé, ereto, é a postura do *dō* [movimento]. A postura básica da *sei* [quietude] é o *za* [sentar-se]. Portanto, a *sei*, ilustrada ao ar livre como no filme em questão, não pode ser nada além de *shagamu*, sendo este o que há de mais próximo de *za*.

Uma mulher que veste um *kimono* no estilo tradicional fica de cócoras, posicionando harmoniosamente a dobra do *kimono*. Ela se agacha na base de um salgueiro e pode dizer ao homem que a acompanha: "Está tudo bem. Por favor, vá sem dizer nada". Diante dessa visão, um homem de sensibilidade tradicional deverá sentir a beleza ou a compaixão evocada pela imagem da mulher. Essa postura não permite à mulher encarar o homem diretamente, olhá-lo de frente. Em vez disso, ela desvia suavemente o olhar, olhando para baixo e para o lado, ou para trás de si.

Manter a postura baixa e evitar olhar nos olhos. Essa é a postura acomodada do fraco, isto é, a postura própria do fraco que assume uma posição acomodada.

Não devemos absolutamente pensar que essa postura expresse a rendição do fraco. Apesar de considerada não agressiva, é uma postura firme e resistente, cujo "usuário" não pode ser submetido a meios comuns nem ser controlado por eles.

* * *

Neste ponto, se recorrermos à arte marcial do judô, poderemos lançar um pouco mais de luz sobre nossa discussão. Sobre o tema do judô, Jigorō Kanō[1] disse que o verdadeiro significado de *jū* [suave ou flexível] é não oferecer resistência ao oponente. Em vez de resistir ao ataque do outro, o lutador retrocede, deixando o próprio corpo sob o poder do oponente. O outro, então, perde o equilíbrio, enquanto o não resistente mantém o seu.

> Nessa posição desequilibrada, o oponente se tornará fraco (isso não quer dizer que ele perderá sua capacidade anterior, apenas que terá se tornado fraco por causa da postura deficiente). Assim, se o seu poder é normalmente igual a dez pontos, ele diminuirá para

---

[1] Jigorō Kanō (1860-1938), fundador da Escola Kōdōkan de Judô, foi uma figura central na transformação do que até então tinha sido uma simples arte marcial em um esporte internacional de intrínseco valor espiritual e educacional. Ele foi o primeiro membro do Comitê Olímpico Internacional em 1909 e liderou a delegação japonesa até Estocolmo em 1912, em sua primeira participação nos Jogos Olímpicos.

apenas três. Uma oportunidade é então oferecida: se o lutador mantém o próprio equilíbrio e, dessa forma, mantém seu poder original de sete pontos, tornar-se-á temporariamente predominante e será capaz de vencer os três pontos do poder do oponente naquele momento, mesmo que empregue apenas metade de seu poder original, ou 3,5 pontos, metade de sete. (*Kōdōkan Judō*.)

Vemos aqui um exemplo da teoria segundo a qual se pode ganhar, temporariamente, certa força desenvolvendo uma circunstância que enfraqueça o oponente em vez de tentar fortalecer a si próprio.

Talvez eu tenha me exposto a uma represenão (não há como evitar isso) por ter sido demasiado rude ao relacionar a mulher que se acocora na base de um salgueiro com o homem que luta sobre o *dōjō*, o salão de treinos. Apesar de tudo, insisto nisso, pois, mesmo considerada a diferença entre o poder psicológico e o poder físico correspondente às duas imagens, a filosofia inerente às posturas ou atitudes envolvidas é realmente muito similar, não é verdade?

Em primeiro lugar, em ambos os casos há alguém que se apresenta como a parte mais fraca ou assim se considera. Ao fazê-lo, torna-se capaz de prevalecer em um momento decisivo. Para explicar isso de modo mais completo: é justamente por ser a parte fraca que se pode buscar o "acomodamento" de si próprio *como* uma pessoa fraca e, então, *nesse* estado genuinamente "acomodado", se tornar dominante sobre o outro, que, em outras circunstâncias, seria o mais forte.

Assim, se a mulher que fica de cócoras na base de um salgueiro disser: "Está tudo bem. Por favor, vá sem dizer nada" ou algo assim (para falar a verdade, tomei emprestada essa fala de uma cena escrita pelo sr. Kasahara, um roteirista), nenhum homem comum será capaz de sair sem dizer coisa alguma. Pelo contrário; ele se sentirá vinculado e dominado por uma afeição pelo outro, a mulher. E sua "acomodação" psicológica – ou seu "equilíbrio" psicológico, do qual depende sua vontade – se romperá nesse momento.

Yūji Aida[2], no início de seu livro *Nihonjin no Ishiki-kōzō* [A estrutura da consciência japonesa], apresenta-nos a sua própria análise da postura de cócoras japonesa. De acordo com ele, os norte-americanos ficam *niō-dachi* [assumem toda a sua altura corporal] quando se movem instintivamente para proteger uma criança em uma situação de perigo. De outro lado, nós, japoneses, puxamos a criança ao encontro de nosso corpo, abraçando-a e nos acocorando, o que Aida interpreta como a postura básica de defesa. Acho essa observação bastante interessante. Apesar de não concordar com a interpretação norte-americana de que ficar de cócoras seria uma postura de *koshinuke ippo temae* [o momento imediatamente anterior à covardia], mesmo assim me surpreendo com a ampla variedade de concepções a que essa postura dá margem e com a maneira pela qual essas maneiras de ver divergem conforme a nacionalidade. Além disso, penso ser particularmente interessante notar que uma mulher japonesa se acocora em resposta a um perigo repentino. Uma pessoa sempre retorna à postura básica com a qual está acostumada quando confrontada com o perigo.

Uzukumaru [agachar-se ou encolher-se]: nessa postura, volta-se a própria *senaka* [costas] ao inimigo. A *senaka* serve de escudo para proteger a parte mais importante do corpo, a *hara* [barriga]. Mesmo que isso seja verdadeiro, no que me diz respeito, não posso deixar de reconhecer um costume nacional em *shagamu* [ficar de cócoras], uma postura profundamente enraizada em nossa identidade nacional. É desnecessário dizer que essa é a postura por meio da qual não se oferece resistência aberta ao oponente, mas se repele o poder superior.

Para retornar ao tema original, eu deveria concluir dizendo que, quando uma mulher se acocora e diz "Está tudo bem", um homem precisa ter muito cuidado.

---

2 Yūji Ada (1916-97) foi professor acadêmico de história europeia e crítico. Tendo sido prisioneiro de guerra em Burma durante dois anos, após a guerra foi trabalhar na faculdade da Universidade Keizai de Kôbe e, em 1975, no famoso Instituto de Pesquisas de Humanidades da Universidade de Kyoto.

Najimu
(Tornar-se familiar)

Os termos da intimidade

APESAR DE HOJE isso ter caído em desuso, na antiga Kyoto, especialmente no mizushōbai [comércio de entretenimento noturno][1], rejeitar um visitante que aparecesse pela primeira vez era uma prática do direito comum estritamente observada. Havia uma sabedoria prática inerente a esse costume, baseada no fato de que o visitante de primeira viagem era um estranho, um desconhecido, e de que talvez não se pudesse confiar nele. O conceito subjacente a isso é importante para a minha argumentação: essas pessoas agiam com base na ideia de que, a menos que tivesse surgido alguma familiaridade entre as pessoas, não poderia haver um relacionamento humano confiável entre elas.

Najimu [familiarizar-se com alguém] é uma forma de interação um tanto estranha. Há situações em que é impossível familiarizar-se com alguém, mesmo que se tenha essa intenção. É um ato que não pode ser realizado meramente em virtude da vontade ou do desejo de uma

---

1 O *mizushōbai* (literalmente, "comércio d'água", porque as casas de entretenimento ficavam à beira d'água, mas que significa "comércio de entretenimento noturno") é um desses termos cujo sentido foi subvertido pelo uso moderno. Não obstante, ainda é o termo preferido para se referir a Gion, bairro de entretenimento em Kyoto. E, em seus dias de glória, a palavra "entretenimento" abrangia todas as formas de diversão possíveis para aqueles que podiam pagar por isso, inclusive algumas práticas envolvendo o mesmo sexo, como uma espécie de aperitivo.

pessoa. A própria utilização da palavra "ato" não é uma descrição apropriada. Apenas quando surgem as condições adequadas é que as duas partes se familiarizam uma com a outra. Nesse contexto, elas podem vir a concordar uma com a outra; então, pela primeira vez, terão atingido a condição resultante de terem se tornado próximas.

Um bom exemplo disso pode ser encontrado no termo *osana-najimi* [um amigo de infância]. Nessa situação, as pessoas envolvidas não se tornaram familiares entre si por nenhuma intenção individual ou pelo desejo de fazê-lo. O fato é que viviam na mesma vizinhança ou visitavam parentes vizinhos quando crianças, e foi dessa circunstância que surgiu sua condição de *osana-najimi*. Portanto, *osana-najimi* não é uma ação pela qual se empreende algo proativamente ou se desempenha algum papel; é antes uma situação ou uma condição pela qual alguém se torna alguma coisa.

Najimi [uma relação, um conhecimento ou uma pessoa com quem se é familiar] é o oposto de *ichigen* [um estranho]. Contudo, também significa, ao mesmo tempo, o oposto da autoafirmação. Se uma pessoa procura fazer as coisas de um jeito egoísta, isto é, se tenta afirmar seu ego, então a emergência de *najimi*, ou a relação de familiaridade com o outro, será obstruída.

A questão que surge, nesse caso, é: será que o controle do ego individual é um pré-requisito necessário para a familiarização interpessoal? Isso não parece muito provável.

Nós associamos a palavra *najimu* à frase "*hada ni najimu*" [tornar-se familiar com a pele]. Isso equivale a dizer que, se pudéssemos atribuir uma dimensão física ao fenômeno *najimu*, então deveríamos dizer que ele ocorre à flor da pele.

Com essa mesma significação em mente, dizemos *hada ni au* para expressar que as pessoas estão se dando bem, ou *hada ni awanu* para dizer que não se dão bem. Em nossos relacionamentos, *hada* [pele], nesse sentido, tem um grande e decisivo significado. Apesar disso, se nos perguntássemos em que essa "pele" consiste exatamente, teríamos muita dificuldade para achar uma resposta.

A menos que compreendamos o que é *hada*, nunca entenderemos realmente o que é *hada ni najimu*. Portanto, o sentido mais profundo de nossa filosofia permaneceria sem solução. E isso poderia constituir um problema.

* * *

Então – se puder me permitir falar de maneira completamente pessoal –, nós nos veríamos presos a um modo de pensar similar ao não esclarecimento ou à não articulação. Significados visuais e auditivos têm sido articulados no longo decurso da história por meio do espectro de cores e do sistema de notas musicais. Dó, ré, mi, fá – esse é o melhor exemplo possível de articulação. As coisas que tiverem sido articuladas de tal maneira são posicionadas no mundo com a mesma clareza. Dessa forma, elas são colocadas no mundo visual ou audível. São esses os passos prescritos utilizados pelo mundo ocidental, com seu resultado correspondente, e isso é feito desse modo para clarificar as relações entre os indivíduos, e entre um indivíduo e sua sociedade.

No caso dos outros sentidos, como os odores e as fragrâncias, nós nos defrontamos com algo diferente. Na falta de articulação, recorremos a metáforas como "Isso cheira como um ovo podre". Como é muito difícil articular esses sentidos, os ocidentais os consideram sentidos do *teikyū* [a categoria baixa ou básica].

Entramos na banheira. Relaxados na água quente, sentimos nossos poros se abrirem. Podemos chamar isso de "liberação" da nossa pele, não é? Fazemos desse costume o prazer maior de nossa vida cotidiana. Os ocidentais não entendem esse tipo de sentimento. Eles consideram o banho uma espécie de prática de higiene médica. (No início do século XIX, os franceses, por exemplo, se referiam ao banho nos seguintes termos: "Os homens se banhavam no Sena, ao passo que as mulheres, após passarem pelo exame médico feito por um doutor, deixavam de almoçar e, depois de se prepararem fisicamente para tal, tomavam um banho".)

A descrição acima, um tanto complicada, é apenas outro exemplo das questões discutidas na sessão sobre *fureru* [tocar]. Nós, japoneses, somos obcecados pela pele – como demonstram algumas de nossas expressões idiomáticas, tais como *hada-zawari* [tocar a pele], *hada-ai* [afinidade ao nível da pele], *hada ni najimu* [familiar à pele] etc. – por nenhuma outra razão senão de ter sido essa a nossa intenção desde o início. Esse modo de pensar, portanto, é o oposto, ou segue a direção contrária, ao da articulação e da classificação.

* * *

Para que possam *najimu* [familiarizar-se], as duas partes devem se comprometer uma com a outra. Pelo menos essa é a minha opinião. Contudo, de acordo com os códigos culturais de articulação, esse ato de compromisso já é, por si só, uma espécie de movimento na direção do outro. Isto é, de ambos os lados, os indivíduos mantêm-se claramente em suas posições preestabelecidas, e então cada um deles se dirige para alcançar o outro, em cuja situação o compromisso pode ocorrer e de fato ocorre.

Apesar de tudo, sob uma análise mais minuciosa, *najimu* não é exatamente o mesmo que *dakyō* [compromisso] ou *oreai* [acomodação], pois o fenômeno *najimu* ocorre quando ambas as partes apreciam certa vizinhança ou proximidade, por meio da qual dão pequenas indicações de sua vontade e de seus sentimentos, que cada indivíduo sente e nos quais repara, e em resposta aos quais ambos se alteram gradualmente. Essas alterações são tão sutis que os indivíduos não as percebem de forma consciente como alterações ou o que poderia ser chamado de deslocamentos ou transições. É esse o processo de *najimu*. As mudanças envolvidas não devem ser ostensivas ou do tipo que altera as individualidades, porque é apenas quando as duas partes estão dotadas de suas particularidades plenas que tais mudanças são possíveis. Portanto, as pessoas envolvidas, tanto quanto os terceiros que testemunhem o fenômeno, creem que, originalmente, aqueles que podem e de fato se tornam *najimi* sempre tiveram a condição de *hada ga au* [serem compatíveis ao nível da pele].

O exemplo mais extremo de *najimi* é *nitamono-fūfu* [como os casados gostam]. Desde o início os casais japoneses dizem de si próprios que "*Warenabe ni tojibuta*" [Todo João tem sua Maria], e após anos de *najimi* os indivíduos que formam o casal de fato chegam estranhamente a se parecer um com o outro. Seu comportamento e seus movimentos – e até mesmo suas feições e sua aparência – tornam-se notavelmente semelhantes.

Os cônjuges têm de viver juntos e olhar um para o outro 24 horas por dia (a menos, é claro, que adotem um estilo de casamento "separado" ou "aberto". E é interessante encontrar um caso extremo de *najimi* em uma relação arranjada ou forçada – como em *najimu koi* [amor cultivado pelo tempo] ou em *najimu ai* [amor tornado familiar].

De modo geral, comparada aos casos de *najimi-kyaku* [clientes regulares] ou *najimi o kasaneru* [familiar pela interação repetitiva], a relação mútua é instável e perpetuamente relativa. Contudo, dentro desses parâmetros instáveis e relativos, os dois indivíduos confirmam mutuamente sua familiaridade, que é moderadamente distante. E eles o fazem apesar dessa distância moderada. Podemos reconhecer nisso, bastante claramente, a precondição para o *najimu*.

O reconhecimento dessa distância moderada garante o *najimi*, aparentemente o seu oposto. Se alguém comete um erro nesse reconhecimento e se torna familiar demais, será então admoestado por se tornar excessivamente familiar ou manipulativo. Os casos de paixão cega ou de "amor louco" estão fora de questão, de acordo com esse princípio.

O *najimi* não ocorre pelo reconhecimento da parte dos dois indivíduos. Ele é estabelecido, na verdade, pela distância moderada entre eles, simultaneamente com a confirmação de sua unidade ou fusão – pois é nessa distância, no espaço entre um indivíduo e o outro, que Deus emana.

Nanakuse I
(Os sete tiques de todo mundo I)

As expressões inconscientes das pessoas

Nós dizemos: "*Nakute nanakuse*" [Todo mundo tem sete tiques]. Então, eu devo ter numerosos maneirismos inconscientes. Consigo identificar um deles – involuntariamente, costumo apoiar o queixo nas duas mãos –, mas os outros desconheço completamente. Devem ser esses os chamados "tiques".

Os tiques pertencem ao domínio do comportamento inconsciente. Eles podem ser bastante diferentes, dependendo do indivíduo. Cada pessoa possui seus próprios tiques. Por exemplo, algumas pessoas não conseguem ler, a menos que estejam deitadas. De outro lado, outras não conseguem pensar claramente, a não ser que andem de um lado para o outro. Rousseau era assim: dizem que ele só conseguia desenvolver seus pensamentos enquanto caminhava. Portanto, os tiques são parte do indivíduo. Contudo, há alguns casos que envolvem todo um grupo. Quando se considera a questão dos tiques de um ponto de vista macroscópico, constata-se que nações inteiras possuem tiques. *Atama o kaku* [coçar a cabeça], por exemplo, é um hábito particularmente japonês, que nunca vi nenhum francês fazer. Por outro lado, *momide o suru* [esfregar as mãos uma na outra] antes de fazer uma boa refeição é um maneirismo particularmente francês. No Japão, esse é o gesto característico com que os comerciantes da velha guarda bajulavam seus fregueses. Portanto, certos tiques preenchem a lacuna entre o inconsciente do indivíduo e o do grupo. Mas me permitam apresentar uma abordagem diferente dessa questão: podemos dividir os tiques em duas classes: os que pertencem ao inconsciente individual e os que manifestam um inconsciente de grupo.

* * *

Sempre tive a convicção de que o gesto japonês de *atama o kaku* [coçar a cabeça] era uma versão simplificada de *kōtō* ("prostrar-se", como quando alguém se ajoelha no chão e se inclina para a frente para tocar o chão com a testa) ou *tonshu* [inclinar-se profundamente], isto é, que havia se tornado um hábito gestual do grupo e da nação porque era um vestígio do ato de prostrar-se. Não acredito que esteja equivocado ao incluir o gesto de *atama o kaku* entre os tiques referentes ao inconsciente de grupo. Contudo, sua origem permanece em aberto, pois, se ele é vestígio de outro maneirismo, deve ser possível reconstituir sua evolução retroativamente até o padrão original. No início, acreditei que sua origem fosse o ato de prostrar-se. Porém, recentemente, estava lendo *Hi no Mukashi* [Velhos dias de fogo], de Kunio Yanagita, e encontrei nessa obra uma teoria totalmente diferente. É uma teoria muito interessante. Portanto, apesar de ser um tanto longa, gostaria de citá-la aqui.

> Acho interessante que as moças, após limparem um *andon* [uma lamparina em estilo japonês coberta com papel], limpem suas mãos sujas usando um pedaço de papel usado. Por outro lado, era um gesto típico das moças de antigamente, em épocas mais frugais, passarem suas mãos primeiro pelos cabelos antes de limpá-las com papel usado. Dessa maneira, elas espalhavam o excesso de óleo pelo cabelo. Nos velhos tempos, tanto as moças quanto os rapazes usavam os cabelos estilizados e tinham o hábito de passar as mãos nos cabelos para não desperdiçar óleo. Mesmo depois que

a transição do óleo de sementes de plantas para o malcheiroso querosene foi feita, o hábito de passar as mãos sujas pelos cabelos depois de limpar a lamparina permaneceu durante um bom tempo. O gesto que vemos ainda hoje nos rapazes – o de coçar a cabeça frequentemente – surgiu no tempo em que o cabelo deles era estilizado. À parte a questão do óleo, naqueles dias os homens não carregavam pentes consigo, como fazem hoje. Quando sentiam coceira, simplesmente coçavam a cabeça com os dedos. Desde então, isso se tornou um padrão de comportamento habitual para indicar aborrecimento. Portanto, a tradição dos velhos tempos permanece evidenciada em pequenos detalhes, como esse hábito insignificante.

Essa teoria deixa um tanto vagas certas particularidades. Afinal, o gesto de *atama o kaku* tem ou não tem relação com o óleo? Se ele não está diretamente relacionado ao óleo, não deveria se limitar apenas aos rapazes japoneses. Os europeus também devem ter coçado a cabeça com os dedos quando ainda não carregavam pentes. Se, por outro lado, houver uma conexão inerente ao óleo, as moças, mais do que os rapazes, deveriam ter conservado o traço vestigial do gesto, já que a limpeza das lamparinas *andon* era trabalho de moças. Contudo, os fatos indicam exatamente o contrário: o gesto de *atama o kaku* diz respeito apenas aos rapazes. Esses pontos ainda não foram elucidados; porém, considero a indicação que encerra o texto muito importante e interessante: a saber, que "*mukashi no yo no shikitari ga* [...] *muimina shūkan to natte nokoru*" [a tradição dos tempos antigos (...) permanece nos hábitos insignificantes].

Certa vez, ao assistir à TV, fiquei fascinado com os gestos de um ator que fazia um Manzai[1]. O homem formava um oco na palma de sua mão esquerda e, com as pontas dos dedos da outra mão, fazia repetidamente o gesto de espalhar sementes, pegando-as de sua mão e

---
1 Diálogo cômico em que duas pessoas se envolvem em uma troca peculiar e incomum.

arremessando-as à sua frente. Manzai é uma arte cênica; portanto, o ator não estaria agindo em razão de um hábito inconsciente. Ainda assim, seu gesto era muito similar ao de *"Gonbei ga tane makya"* (Gonbei[2] plantando sementes [...]). Tomando de empréstimo as palavras de Kunio Yanagita, esse não seria outro exemplo da tradição dos velhos tempos que teria permanecido nos hábitos insignificantes?

Poderíamos dizer, assim, que o fato de as tradições e práticas convencionais dos tempos antigos se tornarem *muimina shūkan* [hábitos insignificantes] é a possível definição de um tique. Contudo, aqui a palavra "insignificante" refere-se à falta de significado ou sentido em relação à utilidade social do movimento, ao passo que o indivíduo que executa o movimento certamente reveste-o de significado, mesmo que este seja inconsciente. Como citei há pouco, Kunio Yanagita encerra seu parágrafo assim: "A tradição dos tempos antigos permanece em pequenos detalhes, tais como esse hábito insignificante. Uma cuidadosa observação de tais assuntos constituiria um estudo da história adequado para ser realizado por mulheres".

Não tenho objeções quanto a restringir a questão como sendo adequada às mulheres; no entanto, acho que a tarefa de reconstituir retroativamente uma antiga tradição ou convenção a partir de hábitos insignificantes da atualidade é um grande empreendimento a ser realizado – é a revelação de todo um território na história da cultura. E não passaria de uma operação bastante instável, se dependesse de inferências oriundas apenas de ideias casuais. Além disso, como constitui uma forma de estudo histórico, é preciso recordar que se propõe a analisar o fluxo da história em direção inversa à habitual. Não obstante, no futuro esse poderia tornar-se um interessante campo de especialidade, por exemplo, uma área de interesse na psicologia social, para se pesquisar o porquê de o que chamamos de *muimina shūkan* [hábitos insignificantes] transformar-se nos hábitos significativos de um indivíduo ou de uma nação inteira.

---

2 "Gonbei" é geralmente aceito como o nome de um lavrador arquetípico, talvez algo equivalente ao termo "Rube", em inglês.

Nanakuse II
(Os sete tiques de todo mundo II)

Manuseando coisas por hábito

Eu, APARENTEMENTE, tenho o hábito de observar os "tiques" dos outros. Ao mesmo tempo, porém, não quero que reparem em mim. Eu seria desnecessariamente intrometido se dissesse a uma pessoa a quem observo: "Você tem um tique assim e assado, não é?". Em primeiro lugar, não considero tais tiques e hábitos ruins em si. Todavia, no mundo há inúmeras pessoas seriamente convencidas de que os tiques precisam ser corrigidos. Certa vez, Kan Kikuchi[1] foi alertado por alguém de que estava caminhando pela rua arrastando seu *obi* [cinturão do *kimono*]. Seja como for, dizem que ele ficou bastante zangado com tal intervenção. Ele a considerou um ato de intromissão desnecessária. E eu concordo com ele.

Em certa ocasião, não me lembro exatamente de quando, tive a oportunidade de conhecer uma pessoa muito importante e famosa. Esse homem pegou meu cartão de visitas e fitou-o atentamente. Então, iniciamos nossa conversa, que durou cerca de uma hora. O tempo

---

1 Kan Kikuchi (1888-1948) passou sua vida acadêmica na companhia de grandes futuros escritores dos anos de 1920 (Akutagawa, Yamamoto, Kunie). Mais tarde, fundou a Corporação Profissional de Escritores do Japão, recebendo dois dos mais importantes prêmios literários da atualidade, inclusive o prestigioso Akutagawa.

todo, ele ficou brincando com o meu cartão de visitas, dobrando-o e apertando-o. Senti que era comigo que ele brincava, dobrava e entortava e apertava. O tique de brincar com o cartão de visitas de outra pessoa poderia ser um desses "maus hábitos"; contudo, depois de refletir a respeito, concluí que ele devia estar fazendo aquilo de modo bastante inconsciente. Sem dúvida, em seu inconsciente, ele deve ter tido vontade de fugir, sentido uma espécie de misantropia, ou, se não tiver sido algo tão extremo, pelo menos algum desconforto foi causado pela tensão interpessoal.

Entre os tiques e hábitos inconscientes, há alguns que são dirigidos aos outros e outros que são direcionados à própria pessoa. Em outras palavras, alguns tiques aparecem apenas quando alguém se encontra na presença de outras pessoas, ao passo que há também aqueles que surgem quando se está só. Estes últimos são originários de um certo *najimi* [familiaridade] que a pessoa teria com o seu próprio ser físico ou com o seu próprio estilo de vida. Isso seria um *najimi* em relação a si mesmo. E é quando uma pessoa torna-se "familiarizada" consigo mesma que, pela primeira vez, adquire sua individualidade. Aliás, os tiques dirigidos aos outros são ações oriundas da *atozusari* [retirada] para dentro de si mesmo, como ocorre quando uma pessoa não consegue se sentir familiarizada com outra. Vejo isso ocorrer com frequência.

Quando criança, eu costumava ser repreendido por piscar demais. Acredito que esse tique tinha origem em uma certa covardia. Eu não conseguia encarar alguém diretamente por causa daquele *honnōteki* [medo instintivo] de me aproximar das pessoas em geral. Eu também poderia mencionar um tique bastante comum às pessoas que têm ocupações modernas e vivem ofegantes: elas têm o hábito de *binbō-yusuri* [balançar as pernas]. Pode-se considerar isso uma prova de seu esforço para ajustar seu ritmo natural à circunstância de ser perseguido pelo trabalho e pela falta de tempo.

Depois de observar todos os tipos de tiques, reparei que o balançar as pernas, o abrir e fechar repetidamente um leque, o remexer as cinzas em um braseiro de carvão – ou seja, os hábitos nervosos que geralmente são considerados feios ou deploráveis – são, na verdade, lutas vãs. Pessoas que antes levavam uma vida tranquila foram abruptamente lançadas em uma sociedade urbana; consequentemente, hoje lidam com a impossibilidade de se ajustar à nova condição. Tais circunstâncias e as expressões físicas que podem ser colocadas nelas constituem os assim chamados *kuse* [tiques].

É natural que, à medida que a urbanização avança, nós nos encontremos com outras pessoas com uma frequência cada vez maior. Mas por que será que lanchonetes e cafés são tão abundantes por toda a parte? Sinto que essa pergunta clama por uma resposta: por que ao nos reunirmos, nós, japoneses, ingerimos bebidas estimulantes, como chá e café? Certa vez, por razões que não estão relacionadas a este livro, realizei um estudo sobre os postos de venda de chá na Era Edo e sobre os cafés de Paris. Com isso, descobri que no início do século XIX o número de instalações como essas havia aumentado em uma proporção surpreendente. O hábito de beber chá e café está claramente relacionado ao fenômeno da urbanização. Nesse mesmo aspecto, o tabaco é um caso paralelo: foi por volta do início do século XIX que as pessoas começaram a fumar cigarros vendidos a preços acessíveis.

Quer se trate de chá, quer de tabaco, sermos levados involuntariamente a cometer excessos ao nos reunir com outras pessoas com tanta frequência é uma experiência diária para nós. Isso ocorre porque se trata de uma circunstância tão exaustiva que nossos nervos não conseguem suportar o estresse, a menos que criemos uma diversão por meio de algum tipo de estimulante. Eu, particularmente, duvido que se reunir com outras pessoas seja algo de fato conveniente para a natureza humana.

Tragar um cigarro ao encontrar outra pessoa alivia a tensão do encontro, ao passo que agitar um leque ajuda a evitar o estresse de retirar-se para dentro de si mesmo.

* * *

Quando digo "retirar-se para dentro de si mesmo", talvez eu devesse explicar essa ideia de modo mais elaborado, levando em consideração o gênero e tentando atingir maior precisão nos detalhes. Ortega y Gasset disse que um homem possui apenas espírito e sociedade, ao passo que uma mulher possui um corpo entre um e outro. Generalizando, um homem não sente seu corpo; na maioria dos casos, ele o vê como um obstáculo. Em outras palavras, vive e age carregando seu corpo consigo como se fosse um estorvo. Nesse aspecto a mulher é diferente. O espírito da mulher está unido ao seu corpo, e seu corpo está unido ao seu espírito. Esse espírito é expresso apenas através dos minúsculos órgãos sensoriais de seu corpo. Não fosse por isso, a mulher não existiria. Estou reafirmando com minhas próprias palavras a teoria de Ortega y Gasset e quero citar aqui sua conclusão, palavra por palavra: "Afinal, a atração erótica que um homem sente por uma mulher [...] não é uma reação apenas ao corpo da mulher. Nós desejamos uma mulher somente porque o corpo da mulher é o seu espírito" (*El hombre y la gente*).

Quando um homem confronta-se com a tensão, volta-se para o próprio corpo – que normalmente ele considera um estorvo – a fim de obter ajuda e alívio. Seu corpo executa de forma automática a ação com a qual ele está mais acostumado. Isso é um "hábito". No caso da mulher, cujo corpo encontra-se sempre unido ao espírito, os gestos são cheios do controle e do refinamento proporcionados pelo espírito. Assim, quando a mulher recorre aos "hábitos" em busca de ajuda e alívio, esse recurso é expresso por meio de gestos elegantes. A atitude usual de um homem nunca é tão fina. Consequentemente, o gesto que ele faz por hábito em geral parece cômico àqueles que o veem. Até mesmo para o próprio homem – como quando ele se vê coçando as costas com o braço e a mão inconsciente e deselegantemente retorcidos em torno do corpo.

Temochibusata [entediado; literalmente, mãos não sendo usadas] – está aí uma boa expressão, pois alguém que não usa as mãos o tempo todo é, inevitavelmente, vítima da sensação de solidão. Os seres humanos ainda não estão muito acostumados com a postura ou a atitude de cruzar os braços e prestar atenção ao olhar e à fala do outro. Há uma famosa anedota sobre Espinosa: dizem que ele se dedicava a pensar enquanto polia lentes. Não precisa ser sempre uma lente, mas parece ser verdadeiro o fato de que, quando não está mexendo em alguma coisa, uma pessoa sente-se *temochibusata*. Por outro lado, a civilização parece forçar os cidadãos a se sentirem assim. Nos países civilizados é uma tendência proibir e reprimir os tiques como se fossem *warui kuse* [maus hábitos].

Os franceses, por exemplo, esfregam as mãos uma na outra quando são convidados para um delicioso banquete. Entretanto, esse gesto é repudiado como um hábito feio e pouco refinado. Nem eu entendo por que eles esfregam as mãos em tal circunstância, mas também não acho que isso deva ser rejeitado como um "mau hábito". Para sair um pouco pela tangente, certa vez eu estava na companhia de um *ichiryū--bunkajin* [homem de cultura de primeira classe] quando ele estava prestes a ir para um grande jantar, e fiquei surpreso ao ver que ele havia começado a esfregar as mãos e a sorrir de felicidade. Minha opinião é de que as tradições não se extinguem – tampouco os hábitos.

As civilizações têm uma vontade oculta e poderosa. A civilização moderna exibe a marcante tendência de fazer com que as mãos e expressões faciais humanas pareçam *busata* [entediadas], permitindo que apenas o olhar – isto é, a capacidade de observar – mantenha-se vívido e atento.

Isso me faz pensar que a tendência de considerar os hábitos ruins não passa de outra das expressões ou manifestações da vontade de determinada fase da cultura ou da civilização. Contudo, se continuarmos importunando uns aos outros e, em consequência disso, chegarmos a viver em uma sociedade sem hábitos ou tiques, sofreremos em um mundo deveras maçante e sombrio. O que será, então, do provérbio "*Kuse aru uma ni nō-ari*" [Um cavalo com tiques é um cavalo capaz]?

Não posso concordar que o poder investido pelo lado "social" da vida humana reprima os tiques e "hábitos". Não seria mais importante deixar que o espírito saturasse nossos hábitos? Deve ser por isso que eu, como homem, tenha adoração pelas mulheres.

Ude, te, yubi
(Braços, mãos, dedos)

Cantando de braços dados, de mãos dadas

HÁ MUITO tempo, as letras das canções populares vêm sendo alvo de análises e interpretações. Inúmeras explicações foram propostas para o uso repetido e o significado de símbolos e termos de uso predominante, tais como *namida* [lágrimas] e *wakare* [separar]. Nesse contexto e seguindo o exemplo desses estudos, eu gostaria de considerar os gestos – especialmente os dos braços, mãos e dedos – que aparecem nas canções populares, sobre os quais bem pouco foi dito até agora. É verdade que a maioria das letras de canções envolve apenas termos sugestivos em relação ao objeto de minha pesquisa. Além disso, mesmo que as menções implícitas sejam tão poucas, o gesto – se é que há algum, afinal – não chega a ser descrito em detalhes. Portanto, os sentidos que devem ser atribuídos a termos como *te* [mãos] e *yubi* [dedos] só podem ser analisados se estiverem relacionados ao contexto maior das letras ou se diretamente ligados ao que os precede e sucede na sequência dos versos. E é inevitável que o julgamento tenda a uma inflexão subjetiva.

Em primeiro lugar, *te* significa "conexão" ou "concatenação". Assim, uma frase com um sentido mais forte de fraternidade ou uma intenção mais explícita nesse sentido é manifestada pela expressão "*ude o kumu*" [de braços dados] em vez de "*te o tsunagu*" [de mãos dadas].

"*Mina ga gatchiri te o kundara, heiwa o mamoru bokura no nakama da*" [Se estamos todos juntos, de braços firmemente dados, somos uma força para manter a paz] é um verso de *Bokura no Uta* [A nossa canção]. Apesar de essa canção não ser propriamente popular, a imagem *ude o kumu* [de braços dados] como símbolo de solidariedade e camaradagem é exemplar.

"A nossa canção" apareceu em 1954, mesmo ano em que surgiu "Já que a lua é tão azul" (letra de Minoru Shimizu, música de Tsuzuko Sugawara), com o seguinte exemplo desse mesmo símbolo: "*Ude o yasashiku kumiatte, futarikkiri de sā kaerō*" [Juntos, de braços gentilmente dados, voltemos para casa, apenas nós, sozinhos].

A tendência é confirmada novamente na canção "Para onde vai o céu azul?" (letra de Kazumi Yasui, música de Yukari Ito), com o seguinte verso: "*Sore wa doko mademo tsuzukuno, ai no senro-zutai ni, te o torinagara*" [Devemos prosseguir, sem parar, pela ferrovia do amor, de mãos dadas]. Neste caso, as mãos simbolizam os jovens amantes, sua união e sua esperança com relação ao futuro; a impressão causada é alegre e radiante.

Esse símbolo está tão firmemente estabelecido que, na canção "O mundo é nosso" (letra de Michio Yamaji, música de Naomi Sagara), no verso "*Sora, anata to aogu. Michi, anata to aruku*" [O céu, olhando para cima com você. A estrada, caminhando junto com você], a palavra *te* [mão] não aparece, mas, ainda assim, compreende-se que o casal representado na letra deve ter ficado de mãos dadas.

Afinal, a imagem das mãos está relacionada à de *te o tsunaide aruku* [caminhar de mãos dadas], que expressa sentimentos como jovialidade, esperança e felicidade. *Te o tsunagu* [tomar as mãos de outrem nas próprias mãos] está estreitamente associado ao relacionamento entre um homem e uma mulher, e expressões ligadas a isso voltaram a aparecer depois da guerra.

Devemos atentar para um aspecto sutil e subjacente a tudo isso: a relação expressa pela frase ou pela imagem "*te o tsunagu*" [de mãos dadas] não permite o acesso a sentimentos mais delicados. Muito menos *"ude o kumu"* [de braços dados], que está fora de questão no que diz respeito à expressão de sentimentos desse tipo. Na verdade, chega a ser bastante imprópria para isso. É a *yubi* [os dedos] que esse domínio de expressão é confiado. Em relação à expressão de sentimentos mais delicados, a hierarquia é assim estabelecida: *yubi* [dedos], *te* [mãos] e, finalmente, *ude* [braços].

"'Dakara wakatte hoshii no to', sotto karanda shiroi yubi" ['É por isso que eu quero que você compreenda', disse ela, e seu dedo branco silenciosamente se entrelaçou aos meus] são versos de uma canção chamada *"Toshi-ne no onna"* (A mulher mais velha, letra de Takami Nakayama; letra adicional de Hiroshi Mizusawa; música de Shinichi Mori). O *shiroi yubi* [dedo branco] silenciosamente entrelaçando-se com os dele expressa a alteração no coração que a *toshi ne no onna* sente e que provavelmente constitui uma mistura de sentimentos como *amae* [flerte, coquetismo] e *yarusenasa* [desamparo, impotência]. Os movimentos dos dedos, especialmente os da mulher, são mais delicados que os das mãos e dos braços. Isso pretende significar que a melhor expressão das delicadas emoções do coração de uma mulher reside nos movimentos curtos e silenciosos de seus dedos. Ao mesmo tempo, há outras coisas em jogo – o outro, o homem, também está observando coisas mais delicadas a respeito dela, além de suas mãos.

As mãos expressam sentimentos mais profundos que os braços, e os dedos ainda mais que as mãos. E, em nossa cultura, *komayakana* [delicado] refere-se precisamente a esses sentimentos *mais profundos*. Um movimento grosseiro, portanto, expressa sentimentos grosseiros, que, na verdade, são pouco profundos.

As mãos expressam alegria e esperança, ao passo que os dedos expressam um tipo bastante diferente de sentimento, como nostalgia, adoração, remorso, impotência etc. De maneira geral, são imagens obscuras e sombrias. Em "A mulher em Otaru" (letra de Michio Ikeda; música de Masayoshi Tsuruoka e Tokyo Romantika) encontramos: *"Kanashii wakare o futari de naita. Ā, shiroi koyubi no tsumetasa ga kono te no naka ni ima demo nokoru*" [Ambos choramos nossa triste separação. Ah, ainda posso sentir seus dedos frios e brancos em minha mão]. Nesse caso, *yubi* [os dedos] são o objeto da nostalgia. O fato de os dedos estarem frios sugere que eles não estavam unidos; ao mesmo tempo, incita a imagem de Otaru, cidade no frio invernal do norte do Japão.

"*Sono toki watashi wa anata no yubi ga chiisaku furueru no o mita no*" [Naquele momento, vi seus dedos tremerem ligeiramente], em "O amor machuca facilmente" (letra de Jun Hashimoto; música de Hide e Rosanna). Também nesse caso são os dedos que traem e comunicam a nostalgia da pessoa amada, e é a imagem dos dedos que sobrevive na memória.

Além de tudo isso, é importante reconhecer que em geral uma segunda imagem acompanha a dos dedos: os lábios são evocados com um papel semelhante. Podemos, por exemplo, recordar os versos de uma canção recém-criada: "*Watashi no kuchibiru ni hitosashiyubi de kuchizukeshite, akirameta hito*" [O homem beijou meus lábios com seu dedo indicador e desistiu de mim] em "Sedução de um anjo" (letra de Rei Nakanishi; música de Jun Mayuzumi).

É com certo orgulho que a jovem que canta essa canção saboreia um doce remorso e a percepção de sua própria infantilidade na ocasião. Sua tristeza é ligeira e é expressa apenas por sua recordação daquele gesto: o dedo do homem sendo levado a seus lábios. Essa seria, portanto, a situação concreta do contato ou da relação entre os sentimentos mais delicados, simbolizados pelos dedos e o objeto real do amor da pessoa, representado pelos lábios. E é por meio desse pequeno gesto do dedo que essa imitação de um beijo pode expressar suavemente o doce sentimentalismo experimentado pelo coração, uma comunicação sutil que não poderia ser realizada com as mãos nem com os braços.

Yubi-Kiri
(Enganchar o dedo mínimo no de outra pessoa como sinal de juramento)

O símbolo de um juramento sagrado

HÁ UM GESTO chamado "*yubikiri*" na canção "Triste assobio" (letra de Kō Fujiura, música de Hibari Misora, 1949): "*Itsuka mata au yubikiri de, warainagara wakareta ga*" [Dissemos adeus mas sorríamos, fazendo um juramento *yubikiri*]. *Yubikiri* [enganchar o dedo mínimo no de outra pessoa como sinal de juramento] é algo que liga uma pessoa a outra. Contudo, o *yakusoku* [a promessa ou o juramento] concretizado por esse gesto é frequentemente quebrado. *Yubikiri* é e não é uma promessa. Trata-se de um gesto japonês que dificilmente seria compreensível no contexto de outras nações. *Yubikiri-Genman* é o nome de uma brincadeira infantil e, na medida em que esse juramento conserva o espírito de uma brincadeira, permanece incerto e, até certo ponto, sem esperanças. Isso é bastante diferente do que é evocado com os gestos "*te o tsunagu*" [de mãos dadas] e "*ude o kumu*" [de braços dados]. De outro lado, quanto mais desesperançado e incerto é um gesto, tanto maior é o desejo que o inspirou.

Costumam dizer que nós, japoneses, não fazemos ideia do que seja um contrato. Acredito que isso deve ser verdadeiro, pois não há nada em nós que esteja vinculado à ideia de um contrato selado. Pelo contrário, nosso espírito é outro: preferimos investir todos os nossos sentimentos em uma promessa sem esperanças. Além disso, mesmo que pareça estranho, a traição é um pré-requisito para essa promessa. Não há promessas que não sejam quebradas e, como desde o início elas pressupõem a desesperança de sua realização, é precisamente essa circunstância peculiar que nos permite *inoru kokoro no ijirashisa* [a doce compaixão de um coração suplicante].

Antes que *yubikiri* se tornasse uma brincadeira infantil, era o indicador máximo de um juramento no contexto social dos distritos de entretenimento. O *yubikiri* foi escolhido como evidência de um vínculo de amor, porque a ideia de certificar o amor de um casal não existia.

> *Yubi o kirite otoko ni hōzuru wa, keisei no shinjū no ōgi to su* [É o segredo do coração de uma cortesã que ela cortará seu dedo mínimo para informar o homem, seu amado, de seu amor]. [...] *Yubikiri nomi, shinjitsu ni omoiiritaru mono narade wa, saki narigatashi* [Apenas se o amor dela por ele for genuíno, ela será capaz de enganchar seu dedinho com o dele; de outra maneira, não haverá nenhum juramento para o futuro]. [...] *Tsume wa hi o hete noboru, kami wa hi o hete noboru, seishi wa hito kore o mizu, irezumi fukai to nareba, kore o kaishite katachi nashi. Yubi bakari koso, shōgai no uchi katawa to narite, mukashi ni kaerazareba, yokuyoku kufū o megurasubeki koto nari* [As unhas voltam a crescer com o passar dos dias; os cabelos crescem com o passar dos meses; o pergaminho de um juramento escrito permanece invisível; e, como uma tatuagem não é totalmente evidente, também ela permanecerá invisível e não será compreendida. Apenas o dedo mínimo, uma vez cortado, será simultaneamente evidente e permanente: ele se tornará uma alteração, uma deformação física, que ela levará e exibirá pelo resto de sua vida, pois seu dedo jamais recuperará a forma original. Por essa razão, o plano de realizar um juramento *yubikiri* deve ser

bem avaliado]. (Kizan Fujimoto[1], *Shikidô Ôkagami* [O livro de história do amor].)

A mulher que ama fere uma parte de seu próprio corpo como forma de jurar seu amor. A deformação física resultante deve permanecer inalterada para sempre, porque deve simbolizar o amor imutável e eterno. Um dedo – geralmente o dedo mínimo – é a parte do corpo escolhida para sua realização. Esse é o local que incorpora o significado desses sentimentos, como a dor do sentimento de tal juramento, a irritação de não ter como provar sua legitimidade e a tristeza de sua dúvida de que, um dia, até esse juramento poderá ser quebrado. São esses os sentimentos ocultos na brincadeira *Yubikiri-Genman*.

Amantes evitam tornar-se dignos de piedade realizando o *yubikiri*. Do mesmo modo, sentindo-se triste com os próprios sentimentos dolorosos, uma mulher realiza sozinha o *yubikiri*. Nas canções, o *yubikiri* reflete o desejo dos amantes de ficarem juntos para sempre. É impossível expressar esse sentimento através de *akushu* [apertar as mãos] ou *ude o kumu* [ficar de braços dados]. Afinal, são os dedos que estão relacionados com a delicadeza, a fragilidade e a incerteza, portanto, também com os sentimentos dolorosos.

* * *

Depois de examinar várias letras de canções que, creio eu, têm relação com os *yubi* [os dedos], notei outra coisa. É que, à parte o *yubi* que concretiza o tema do desejo, há também alguns movimentos dos dedos que refletem movimentos paralelos do coração. Há pouco citei os seguintes versos: "*Sono toki watashi wa anata no yubi ga chiisaku furueru no o mita no*" [Naquele momento, vi seus dedos tremerem ligeiramente – em "O amor machuca facilmente"]. A utilização da palavra *yubi* nessa canção indica a condição do coração do outro, que treme ligeiramen-

---

[1] Em seu tempo, Kizan Fujimoto (1626 ou 1628-1704), ele próprio antigo, foi um grande conhecedor das antigas escrituras. Em 1678, compilou uma enciclopédia de dezoito volumes sobre os quarteirões homossexuais da antiga Edo.

te. Sob o mesmo signo, *yubikiri*, como já observei, pertence também a uma expressão dessa dimensão de sentimentos.

"*Yonde todokanu hito no na o, koboreta sake to yubi de kaku.*" [Chamando seu nome, nunca o alcancei. Escrevo seu nome em saquê com meus dedos." – em "Port Town Blues", letra de Takeshi Fukatsu, letra adicional de Rei Nakanishi, música de Shinichi Mori, 1969). O que *yubi* significa nesse caso? Como no exemplo anterior, vemos que o termo funciona do mesmo modo para simbolizar o estado interior ou o "coração" da pessoa, que se encontra trêmula de desejo. Mas, ao mesmo tempo, os dedos são um meio pelo qual os sentimentos do sujeito são expressos. Pode ser que a mulher que canta essa canção esteja sofrendo de remorso e mova o dedo de um lado para o outro distraída e aleatoriamente. Nesse caso, esse movimento é uma ação situada entre a consciência e a inconsciência. Ao mesmo tempo, ela representa e expressa os complexos movimentos de seu coração. *Yubi*, nesse caso, funciona para expressar seus sentimentos mais plenamente do que poderia fazer um simples choro ou coisa semelhante. Além disso, deve-se supor que ela esteja escrevendo o nome de seu amante.

Comparado com *yubi de ji o kaku* [escrever ideogramas com os dedos], que é uma imagem rica em significados tristes e sombrios, não posso deixar de pensar que as canções de hoje são muito diferentes. Por exemplo: "*Anata ga kanda koyubi ga itai. Kinō no yoru no koyubi ga itai.*" [O dedo mindinho que você mordeu dói. Dói o dedinho da noite passada." – em "Memória do dedo mindinho", letra de Mieko Arima, música de Yukari Itō, 1967). O dedinho, obviamente, não é uma representação simbólica do desejo. A canção usa essa parte do corpo para simbolizar a mulher. Por isso, nesse caso, a imagem do dedo mínimo comunica os sentimentos de orgulho e prazer da mulher porque o homem demonstrou seu amor especificamente em relação a ele.

A letra de "*Itsuka mata au yubikiri de*" [Prometa que nos encontraremos de novo fazendo *yubikiri*] expressa remorso por um relacionamento perdido à toa, ao passo que a de "*Anata ga kanda koyubi*", ao contrário, fornece provas de que um relacionamento foi estabelecido. Assim, a canção afirma: "*Anata ga kanda koyubi ga moeru*" [O dedo mindinho que você mordeu está ardendo], e prossegue: "*Anata ga kanda koyubi ga suki yo*" [Eu amo o dedo mindinho que você mordeu]. Essa é uma progressão interessante, e eu gostaria de aproveitar a oportunidade para comentar o tema do amor-próprio, pois o que se torna evidente aqui é o narcisismo. No primeiro caso, *yubi* era o símbolo de *shinobu koi* [amor oculto], como se podia ver no ato de escrever silenciosamente o nome do amante. Nesse uso de *yubi*, a mulher controla e dissimula o próprio eu; é o seu sentimento que predomina. Por outro lado, "*koyubi ga suki yo*" [Eu amo este dedinho que você mordeu] anuncia claramente o amor que tem por si mesma. Apesar de ainda restar certa dose de modéstia, o verso soa quase como uma autodeclaração. Na verdade, a dona do dedinho está *shinonde* [pensando] em seu amante; contudo, essa condição é totalmente diferente da condição de alguém que está *shinobu* [sofrendo; suportando algo] ou *shinobu* [pensando secretamente em alguém]. Nesse caso, o relacionamento realmente foi estabelecido e é um fato consumado; portanto, a mulher se acha *shinonde* [pensando] secreta ou intimamente no homem que talvez reveja no dia seguinte. *Shonobu* [pensar em alguém secreta ou silenciosamente], ao contrário, refere-se a alguém pensando em uma pessoa que nunca mais irá ver; portanto, também tem o sentido de preservar, com perseverança, o relacionamento (ou a ausência desse relacionamento). Canções no estilo de "*Koyubi ga itai*" provocam um sentimento de estranheza nas pessoas de época e sensibilidade mais antigas: para elas, o amor é inerente à ausência produzida por um relacionamento. Certamente, essas pessoas não estão acostumadas ao tipo de cultura no qual uma mulher declara abertamente um tipo "*koyubi ga suki yo*" de amor-próprio.

Pode-se dizer, em geral, que *te* e *ude* expressam os sentimentos mais simples e saudáveis, ao passo que *yubi* expressa um amor em declínio e pleno de amarga resignação. Contudo, desde a época de "*Koyubi no Omoide*" e "*Yoru to Asa no Aida ni*" [Entre a noite e a manhã", de Peter, 1969), o sentimento especial evocado por *yubi* [os dedos] foi perdido. Será que isso ocorreu por termos perdido o simbolismo sinedóquico ou metonímico de utilizar uma parte do corpo físico para representar algo maior? Ou porque alguma significação antes desconhecida dos dedos – considerando-se que falamos de "dedos" nesse exemplo – está surgindo agora? Tais questões à parte, podemos ter certeza de que a brincadeira de *Yubikiri-Genman* está se tornando cada vez menos popular. Pela mesma razão, a cultura que a sustentava também está em declínio – aquela na qual se invocava uma *tsunagari* [ligação] entre os dedos de duas pessoas para tentar afirmar a promessa sem esperanças do amor ou a falta de esperança de uma promessa qualquer.

Suriashi I
(Andar deslizando os pés I)

Uma cultura sem pés e pernas

O ENSAIO ANTERIOR abordou o modo como *ude*, *te* e *yubi* eram representados e utilizados simbolicamente nas canções populares. Agora, naturalmente, defronto-me com o tema análogo dos *ashi* [pernas e pés]. Entretanto, por mais estranho que pareça, as pernas e os pés raramente são mencionados nas canções. Essa ausência – o fato de as pernas e os pés serem deixados de lado – é um detalhe que, por si só, me interessa. Por que isso teria passado a ser assim? Certa vez, um escritor confessou que estava interessado em *tensoku* [amarrar os pés], apesar de considerar esse ato imoral. Contudo, não deve ser nada raro um homem sentir-se atraído pela beleza dos tornozelos de uma mulher.

Recentemente, as saias das mulheres tornaram-se bastante curtas; com isso, não apenas os pés, mas também as pernas, tornaram-se objetos de atenção generalizada. Contudo, se uma frase como "*Jitto mitsumeru kimi no ashi*" [Seus pés, ainda os estou observando] aparecesse em uma canção, ninguém a acharia bela. Por que isso ocorre? Essa é a primeira questão que proponho neste capítulo sobre *ashi*.

Distanciando-me um pouco do meu foco, certa vez conduzi uma pesquisa sobre as condições sociais na França do século XIX. Em relação a esse projeto, um espetáculo de rua chamado *Toupilleuse* chamou a minha atenção. Era uma das atrações da Rue du Temple, um local movimentado, algo assim como Okuyama em Asakusa, aqui no Japão. Eu havia lido que se tratava de um lugar onde podiam ser vistos vários pequenos espetáculos. Dentre eles havia o chamado *Toupilleuse* [Mulheres giratórias], que era bastante popular. Provavelmente uma arte tão simplista não deve mais existir na França. Naquela época, contudo, o ato descomplicado de uma mulher que girava como um pião era suficiente para atrair a atenção do público. Como no balé e nas artes similares, o ato de girar o corpo repetidamente é uma forma ou um padrão europeu de movimento bastante comum, que surgiu em pequenas apresentações ou artes folclóricas como a *"koma-mawari onna"* [A mulher giratória]. Esse movimento de *koma-mawari* [girar] era comum não apenas na Europa Ocidental, mas também na Rússia e em países orientais como a Coreia. Todavia, não há indícios de que tenha atravessado o mar de Genkai e chegado ao Japão. A arte acrobática de girar um pião era um espetáculo popular entre os japoneses no início da Era Edo. Mas, pelo que sei, o gesto ou a performance de uma mulher girando o corpo tão rápido que parecia voar em direção ao céu, que eu saiba, era desconhecido aqui. Teria havido no Japão algum tipo de tabu contra a utilização da oposição feita com os pés para produzir força centrífuga? O tema dos pés encerra um enigma que não pode ser solucionado mediante uma reflexão simplesmente teórica, baseada apenas no sistema de produção, ou na diferença entre um cavalo em que se monta e um cavalo destinado à agricultura. Essa é, portanto, a segunda questão que eu gostaria de propor a respeito dos *ashi*. A terceira não é minha, mas do sr. Tetsuji Takechi[1], que propôs o seguinte:

---

1 Tetsuji Takechi (1926-88) tornou-se crítico de drama clássico quando ainda estudava economia na Universidade Imperial de Tóquio. Após a guerra, tornou-se uma figura central na regeneração do teatro *Kabuki* em Osaka, sua cidade natal. Também foi precursor das apresentações de vanguarda de dramas folclóricos e óperas, assim como de inúmeros filmes, notáveis por sua crua descrição do sexo. Entre seus livros, destacam-se *As asas dos gansos selvagens* (1941) e *Takechi Kabuki* (1955).

> Por que o *suriashi* [andar deslizando e arrastando os pés] foi estabelecido como a forma ou o estilo básico de caminhar no teatro *Nō*? Essa foi uma questão a que, por muito tempo, achei impossível de responder. Como todos sabemos, o estilo suriashi de caminhar é "mover-se para a frente deslizando os pés, sem erguê-los do chão". (Dentō to Danzetsu [Tradição e extinção].)

O sr. Takechi prossegue no desenvolvimento do problema:

> A adoção do *suriashi* ou da forma básica não se limita ao *Nō*. Pelo contrário, em todas as artes cênicas teatrais do Japão – nas formas de dança japonesa *Kyōgen* e *Mai*, assim como no tradicional teatro japonês *Kabuki* – o *suriashi* constitui grande parte da expressão artística geral. Na verdade, o *suriashi* é utilizado como forma básica de movimento mesmo na luta *sumō*, que é considerada nosso esporte nacional. Refiro-me aqui ao *deashi* [o passo inicial]. Quais são os fatores necessários para a racionalização e a compreensão da prevalência do *suriashi*? Essa tem sido a questão mais difícil de ser respondida em minha vida de pesquisas e estudos sobre as artes do teatro.

A terceira questão, enigma que permaneceu não resolvido pelo sr. Tetsuji Takechi – que tem um longo currículo de estudos dedicados às artes teatrais –, não poderia ser respondida por um amador. Mas eu o considerei um problema tão interessante que incluí aqui essa longa citação de suas premissas.

Minhas questões neste capítulo são as seguintes: em primeiro lugar, por que os pés não aparecem como símbolo nas canções populares japonesas? Em segundo lugar, por que *kirikiri-mai* [girar como um pião] não foi introduzida como arte performática no Japão (eu gostaria de observar que já é bastante interessante o fato de a expressão *kirikiri-mai* ser empregada para referir o ato em si, uma vez que ela o coloca em destaque e lhe empresta certa conotação desprezível)? Em terceiro lugar, por que o *suriachi* foi adotado como a forma básica de caminhar nas artes cênicas tradicionais?

Embora essas três questões possam parecer oriundas de áreas e ideias divergentes, todas interrogam um aspecto comum, que é o foco deste capítulo: as pernas e os pés japoneses. Até agora esse aspecto do problema não foi desenvolvido. Comecemos com a terceira questão proposta, o motivo de preocupação do sr. Takechi.

O "*suriashi*", diz o sr. Takechi, "*tadachi ni sore ga seisanteki de aru to wa shinjigatai*" [não pode ser considerado direta ou imediatamente produtivo]. Ele afirma ainda: "*Ashi o agete ayumu nichijōtekina shintai-kōdō ni kurabete, katsudōteki de aru to wa iigatai*" [Comparado ao movimento físico cotidiano de caminhar erguendo os pés, é difícil considerar o *suriashi* um movimento de algum modo ativo]. Portanto, a questão foi apresentada corretamente: apesar de sua realidade elementar, por que o *suriashi* permaneceu uma forma básica nas artes cênicas? *Seisanteki* [produtivo] e *katsudōteki* [ativo] são utilizados aqui como princípios explanatórios. No mesmo livro, o sr. Takechi elucida *namba* utilizando esses princípios – e faz isso com muito sucesso. *Namba* é a maneira de andar com a qual, ao se colocar o pé direito à frente, move-se também a mão direita para a frente. Mais precisamente, trata-se fundamentalmente de uma postura em que a metade direita do corpo sempre avança primeiro. Antes da Era Meiji, todos nós, japoneses, andávamos dessa forma. Não dávamos um passo adiante, levantando um pé e avançando pela sua oposição ao solo, como fazem os ocidentais. Uma explicação mais ilustrativa poderia ser feita da seguinte forma: os japoneses moviam-se para a frente tateando o chão com a pontas dos dedos dos pés. O sr. Takechi explicou essa forma *namba* do ponto de vista da "*nōkō-seisan ni okeru hanshin no shiei*" [postura que privilegia um lado do corpo que tem uma relação inerente com os modos de produção agrícola] – por exemplo, a forma ou o padrão de movimento que se utiliza para erguer uma enxada. Sua explicação para a *namba* é, portanto, a da transformação de uma postura relacionada à produção agrícola em um modo de caminhar.

Muito bem. Então, isso nos leva a perguntar: que tipo de produção ou de atividade estava relacionada à importante forma *suriashi*?

Suriashi II
(Andar deslizando os pés II)

Algumas coisas não se fazem com os pés

APESAR DE TALVEZ isso revelar a minha própria timidez, gostaria de mencionar uma recordação que guardo de minha infância: quando estava na escola primária, eu andava colocando o pé direito à frente do corpo e ao mesmo tempo erguia a mão direita, pelo que era severamente repreendido por meu professor. Refletindo sobre isso agora, reconheço que estava utilizando a postura *namba*. Não há indícios de lavradores em minha família, pelo menos não entre os ancestrais mais próximos. Portanto, é interessante o fato de a postura *namba* ter animado tão intensamente meus movimentos. Talvez se trate realmente de uma tradição "natural" e, como tal, tenha sido transmitida a mim.

Direcionando primeiramente a metade direita do corpo para a frente, chutando o chão com a ponta dos dedos do pé direito e virando-o para cima para revelar a sua sola – é com esses movimentos que um homem japonês se movimenta. O sr. Takechi observou esses movimentos atentamente quando viu um ator (Isao Kimura) caminhar em uma cena televisiva. Um ocidental caminharia levando o pé horizontalmente para a frente, ao passo que nós, japoneses, damos nossos passos mostrando a sola dos pés (geralmente, essa forma de caminhar é considerada feia e deficiente – isso porque ela é julgada segundo os padrões da maneira ocidental de caminhar, que seria pretensamente bela). Chutando com a ponta dos pés e levantando a sola deles – é assim que caminhamos. O sr. Takechi observa que é por essa razão que os calçados japoneses – os tamancos de madeira e as sandálias – não têm *atogake* [fivela traseira]. Esse comentário é muito interessante, porque também consiste em uma análise da relação entre a postura *namba* e a postura da produção agrícola. Considero essa observação excelente (na verdade, o termo "*namba*" é o nome de uma roldana utilizada antigamente na maquinaria de mineração, assim como o nome da postura adotada para manusear a corda dessa roldana).

A postura *namba* tem uma característica fundamental: não envolve o uso de força centrífuga – portanto, correr ou voar é algo que está fora de questão.

Assim, voltando ao tema proposto no início desta parte, podemos entender a razão pela qual o ato de girar na ponta dos pés – concentrando a gravidade na ponta dos pés e utilizando a força centrífuga – não foi introduzido no Japão. Ele não era compatível nem adequado à postura natural dos nossos meios de produção.

Por que, então, o *suriashi* foi adotado como forma básica para as artes cênicas tradicionais? Essa é a nossa segunda questão. O *suriashi* é exatamente o oposto do ato de levantar a sola dos pés no estilo *namba* de caminhar, que é o costume nacional. Além disso, o *suriashi* não possui nenhuma conexão perceptível com as posturas ou ações habituais dos modos de produção japoneses.

* * *

A essa altura, preciso introduzir alguns argumentos acerca de um ponto fundamental para o campo de estudo de que estou tratando: os padrões de comportamento (inclusive os gestos) não podem ser explicados apenas da perspectiva do trabalho. Certamente, deve-se considerá-los tendo em mente o trabalho e os modos de produção, mas, ao mesmo tempo, ou em uma análise paralela, deve-se considerar também as dimensões da religião e do lazer. De um lado, a postura predominante no trabalho – na verdade, a postura de trabalho – é a *namba*. De outro lado, a postura prevalente na religião, área da postura *cotidiana* da vida, pode ser a *suriashi*. Essa é a minha hipótese.

Embora muitos folcloristas e algumas pessoas de determinada localidade tenham conhecimento disso, vale lembrar que existe um gesto ou uma postura japonesa chamada *hembai* [bater o pé fortemente no chão]. Podemos notar algo semelhante nos dramas de costumes em que, durante uma viagem, o *yakko* [lacaio] move-se em uma espécie de dança ou *chikara-ashi* [dando passos fortes e sonoros]. Isso também pode ser considerado *hembai*. Originalmente, *hembai* era uma cerimônia realizada quando o *shōgun*, o *daimyō* [senhor feudal] ou uma figura semelhante deixava sua residência. Quando isso acontecia, seus seguidores e criados davam passos com extrema força e gritavam. A isso se chamava *hembai*. Tratava-se de um gesto de reconhecimento ao ato da passagem do nobre e tinha o propósito de afastar, com isso, todo e qualquer espírito maligno.

A palavra *hembai* aparece frequentemente nos livros chineses, mas, de acordo com Shinobu Orikuchi[1]:

> mesmo antes que a influência chinesa chegasse ao Japão, havia o costume de dar passos com grande força para aquietar os espíritos malignos e, após o ritual ter sido cumprido, não se permitia que as pessoas entrassem na casa. (*Nihon Geinō-shi, Rokkō* [A história das artes cênicas japonesas, Seis palestras].)

Com bastante força, dava-se um passo e batia-se no chão com o pé, primeiro o esquerdo, em seguida o direito, depois novamente o esquerdo. Fazendo-se isso, impedia-se que os espíritos malignos erguessem a cabeça. Embora esse gesto incorporasse as crenças dos tempos

---

1 Especialista em literatura e folclore japoneses, famoso mestre em poesia *tanka*, Shinobu Orikuchi (1887-1953) acrescentou ao estudo da literatura japonesa uma abordagem folclórica ímpar. Trabalhando com Kunio Yanagita a partir de 1913, advogou o estudo dos *kodai* [tempos antigos] como caminho para a descoberta dos traços básicos da psiquê japonesa.

antigos, ainda subsiste hoje sob a forma de *shiko o fumu* [bater com os pés no ringue] na luta *sumō*. *Odori* [dança] era originalmente um movimento inconsciente de pular. No Japão, contudo, pular nunca foi o ato principal – as pessoas davam mais importância ao ato de bater com os pés ruidosamente no solo. Dessa maneira, reprimiam os espíritos malignos e, ao mesmo tempo, invocavam os bons espíritos que viviam debaixo da terra. No fundo, a dança japonesa não passa de uma cerimônia destinada a proporcionar melhor repouso às almas.

Portanto, parece-me que, já que o mero ato de pular foi um ponto de partida fundamental para o *hembai*, provavelmente o *suriashi* nada mais era que um movimento preparatório para o ato de bater os pés. Conforme Shinobu Orikuchi:

> Quando observamos cuidadosamente as artes cênicas japonesas, encontramos nelas uma tradição nascida de convenções milenares, por meio das quais as pessoas tentavam acompanhar o ritmo com os pés. Por essa razão, a entrada no palco era acompanhada de um bater proposital de pés no chão.

Se a intenção é um bater de pés forte, caminhar deslizando os pés, em vez de erguê-los, deve ser tanto um movimento precursório quanto uma técnica específica, cujo objetivo é tornar o movimento central de bater os pés mais ostensivo ou prevalente durante uma apresentação. Para dizer com minhas próprias palavras, o *suriashi* era um gesto de controle oposto à explosão do *hembai*. Os atores do teatro *kabuki* são avaliados por sua habilidade em conseguir manter a ponta dos pés enroscada sobre o palco. Enroscar a ponta dos pés deve ser uma manifestação de tensão no momento em que se está a ponto de bater fortemente com eles no chão. Se houver vacilo ou frouxidão nos pés, eles não poderão ser batidos com força.

O *suriashi* [deslizar os pés sobre o chão], portanto, não é uma postura destinada a gerar um *momentum* e energia para o movimento de seguir adiante. Ao contrário, é uma postura que integra a do *hembai*, cuja intenção é auxiliar o repouso das almas. O *suriashi*, movimento preparatório do *hembai*, tem sido isolado e evidenciado em si próprio. Embelezado e estilizado, ele evoluiu para um movimento da vida cotidiana e, por fim, emergiu como forma básica em nossas artes cênicas, assim como em nossas maneiras.

Chikara-ashi [dar passos fortes e sonoros] também veio a se transformar em movimento da vida cotidiana, como *jidanda o fumu* [bater os pés com impaciência]. Contudo, não chegou a ser embelezado. Por outro lado, o *suriashi*, gesto preparatório para o movimento mais forte, expressa graça e beleza, com o quase invisível *tabi* branco, que cobre os pés do ator.

Atualmente, utilizamos apenas uma palavra, "*butō*", para "dança", mas, originalmente, *bu* – assim como *mai*, *tō* e *odori* [dança] – tinha referenciais bastante diferentes. *Mai* referia-se ao ato cerimonial relacionado a ser possuído por um deus. *Odori* é o nome de um *ranbu* explosivo ou dança selvagem (é por isso que dizemos "*Bon-Odori*", e nunca "*Bon-Mai*"). *Mai* era a preparação ritual para a *odori*, e o *suriashi* desempenhava um importante papel nisso.

Suriashi III
(Andar deslizando os pés III)

Batendo o pé

CERTA VEZ, em uma viagem a uma vila no interior da Bretanha, tive uma surpresa. Vi uma garçonete erguer o pé bem alto e chutar a porta da cozinha, provocando um estrondo. Ora, considerando-se que a garçonete devia ir à cozinha e vir de lá constantemente segurando uma bandeja, o fato de ela ter feito isso parece bastante racional. Contudo, para a minha sensibilidade japonesa, vê-la chutar a porta para abri-la é um evento impressionante. Nas grandes cidades europeias eu nunca havia testemunhado uma cena como aquela, mas, ao pensar nas áreas rurais da Europa, tenho vontade de me dedicar apenas a observar os *ashi* [pés] das garçonetes da próxima vez que for até lá.

Uma questão isolada, porém relevante nesse contexto, é o fato de que, em geral, os pés de um europeu são considerados parte do corpo, o qual é concebido como um todo. Os europeus utilizam os pés de modo a obter vantagem da inércia ou do *momentum* do corpo inteiro. Em contraste, a concepção do corpo na cultura japonesa estabelece uma divisão entre as metades superior e inferior, com os quadris e a cintura constituindo a fronteira. Assim, quando um japonês caminha, a maior parte do movimento de suas pernas e de seus pés permanece desassociada da parte superior do corpo. Pelo menos é esse o caso na esfera da *rei* [cortesia ou polidez]. É visualmente desagradável colocar as pernas e os pés em ação de modo a produzir inércia e *momentum*. Nas tirinhas de *Sazae-san*, vi o desenho de uma jovem mulher que abria uma *fusuma* [porta de correr feita de painéis de papel de arroz] desleixadamente com os pés. Ao fazer isso, ela foi vista por outra pessoa, o que fez sua face se ruborizar por causa do constrangimento. Em qualquer situação, fazer coisas com os pés costumava ser considerado algo vergonhoso. As pessoas andavam no estilo *suriashi* de tal maneira que o movimento de seus pés não afetava a parte superior de seu corpo. Essa era a maneira de andar de acordo com as regras de cortesia.

Por que isso foi estabelecido como uma norma de boas maneiras? Suponho que a *rei* [cortesia ou polidez] fosse uma extensão da *sei* [sacralidade]. À luz disso, a cortesia do *suriashi* deve sua origem à *sei* do *hembai*. Para expressar meu ponto de vista em linguagem mais simples, o *suriashi* assegurava naturalmente um passo mais lento e, com isso, permitia que se batesse com os pés fortemente em um único golpe. É compreensível, portanto, que o *suriashi* se tornasse um pré-requisito para as boas maneiras.

***

Pode haver, contudo, outra maneira de abordar a questão, que consistiria na ideia de que utilizamos o *suriashi* de modo a manter a parte superior do corpo parada. Para aprofundar tal ideia, gostaria de citar o sr. Michizō Toida[1], que fez a seguinte afirmação:

> Nas peças do teatro *Nō*, um ator sempre mantém a parte superior do corpo na mesma postura que ela teria se ele estivesse sentado com as costas eretas. Utilizando o movimento ou a posição física chamada *koshi o ireru* [baixar os quadris], o ator oculta as nádegas;

---

[1] Michizō Toida (1909-88) foi um crítico e escritor que dedicou sua carreira à compreensão e à apreciação do teatro *Nō*.

assim, quando ele caminha, suas pernas se movem sem perturbar a imobilidade e a retidão da parte superior do corpo. Esse modo deve ter alguma relação psicológica com a atitude que reconhecemos como *hara ga suwatte iru* [pessoa resoluta ou alguém 'com estômago' [coragem]", mas cujo significado literal é "alguém com a barriga acomodada e estável", do que se entende que se trata de uma pessoa firme e resoluta). O fato de dizermos que a voz para o *utai* [canto de canções no teatro *No*] emerge do abdômen é uma evidência da relação dessa postura com a força moral. Não importa se o artista canta representando uma personagem masculina ou feminina, com tristeza ou com alegria: sua vocalização é a mesma. E é nesse espírito que, mesmo encontrando-se no maior estado de perturbação possível, ele não deixará que seja percebido nenhum efeito de suas aflições na metade superior de seu corpo. (*No-gei Ron* [Teoria das Artes do *No*].)

Apesar de o sr. Toida não tratar diretamente do *suriashi*, podemos notar que, se o movimento das pernas não afeta a parte superior do corpo, então o passo em questão só pode ser o *suriashi*. Terá o *suriashi* sido enfatizado para que se pudesse manter a parte superior do corpo calma e imóvel? Ou ocorreu o contrário: primeiro o *suriashi* se estabeleceu e, em seguida, deu origem a uma ênfase na tranquilidade da parte superior do corpo? Para alguns, talvez isso não passe de uma aporia do tipo "O que veio primeiro: o ovo ou a galinha?". De qualquer maneira, dado que a *sei* [sacralidade] é a base da *rei* [polidez ou cortesia], a tranquilidade da parte superior do corpo e o *suriashi* devem ser compreendidos em sua relação inerente ao sagrado *hembai*.

Quando Deus possuiu *Ameno-Uzume-no-Mikoto* (uma das deusas do Céu), isso ressoou poderosamente nos ares do universo. O *Kojiki*, o mais antigo livro de história do Japão, conta-nos que esse grande evento ocorreu para estimular a energia do Sol. Por outro lado, o *hembai* destinava-se a submeter e a reprimir os espíritos malignos. (Masaaki Ueda[2], *Kagura no Meimyaku* [A vida de Kagura: a música e a dança sagradas do antigo Japão].)

Pode-se deduzir disso que, se alguém cometesse um erro ao bater com os pés no solo, os espíritos adormecidos poderiam ser despertados. Em outras palavras, ninguém pode se dar o luxo de passear inocentemente, como faziam as pessoas em áreas remotas da Europa. A partir dessa precondição cultural, o *suriashi* deve ter se desenvolvido como uma postura habitual de cortesia e polidez, em acréscimo à sua eficácia em salientar os passos ruidosos e fortes do *hembai*.

Tanto no *namba* quanto no *hembai*, os pensamentos e os sentidos conscientes de um ser humano são dirigidos ao chão ou à terra. Eles são condizentes com a plena atenção humana, também relacionada ao cultivo da terra, ressoando com ela e acariciando-a. No mundo ocidental, em contraste, a dança serve para liberar o "eu interior" da terra; assim, a expressão corporal da consciência equivale ao movimento de saltar na direção do céu. A mitologia da cultura japonesa conta que os deuses desceram do céu; chegando à terra, eles a amaram durante algum tempo; e, passeando por aquele pequeno território, encontraram os seres humanos que o habitavam e se divertiram com eles. O pinheiro presente no palco do teatro *Nō* sugere o *yorishiro*, local de descida dos deuses. Os seres humanos realizaram suas primeiras danças sobre uma esteira (um espaço de 90 cm × 180 cm) que representava o local em que os deuses chegaram. Foi daí que se originou a nossa cultura das *genteisareta mono* [coisas limitadas], o nosso amor pelas *shō naru mono* [coisas pequenas e diminutas] e a nossa ligação com a terra. E é também à luz disso que podemos compreender nossa aversão pelo movimento de estilo ocidental de girar em torno de si mesmo e ascender em direção ao céu. No espaço pequeno e limitado de várias esteiras de *tatami*, o artista performático japonês caminha em *suriashi*. Nós observamos seu maneio do corpo

---

[2] Masaaki Ueda (1927-) é professor de história na Universidade de Kyoto. Entre outras coisas, é especialista em civilização e cultura do Japão antigo.

humano e vemos expressa nele a manifestação das *sei naru mono* [coisas sagradas] japonesas.

Para concluir, gostaria de reiterar a afirmação de que o *suriashi* se estabeleceu como uma convenção da *rei* [cortesia ou polidez] após ter se tornado uma forma de arte. Se eu empregar as três classificações – o sagrado, o mundano e o lúdico – de Huzinga* e Caillois, poderei categorizar os modos japoneses da seguinte forma: o *hembai* e o *suriashi* demonstram a maneira "sagrada" de utilizar os pés, e o *namba* tradicional pertence à maneira "mundana". Contudo, qual é a maneira "lúdica" de nós, japoneses, usarmos os pés? Se abordarmos essa questão combinando a *sei* [sacralidade] com o *yū* [jogo], como fez Huzinga, então os *deashi* [passos iniciais] na luta *sumō* e o *suriashi* nas artes cênicas seriam extensões das *sei naru mono* [coisas sagradas] e, nesse aspecto, *sei* e *yū* estariam unificados.

Contudo, houve uma grande mudança no domínio do mundano: ao perceberem que os pés que usavam no *namba* não poderiam ter sucesso nos esportes ou na guerra, os japoneses dispuseram-se a aprender a maneira ocidental de mover-se. Após essa transição, a maneira de utilizar os pés no domínio do jogo também adotou o estilo ocidental. Por exemplo, nos tempos modernos, encontram-se cada vez mais homens que apreciam olhar para as pernas e os pés das mulheres em partidas de boliche. Isso mostra que as atuais formas de jogo se diferenciam completamente das "coisas sagradas" dos tempos antigos. Há uma cena no romance *Iyana Kanji* [Sentimentos vis], de Jun Takami[3], em que uma mulher está sentada com as pernas abertas e estendidas [*yokozuwari*] na frente de um espelho, e os dedos de seus pés estão expostos, como se fossem os pés de um marisco. Esse poderia ser um bom exemplo do *sex appeal* dos velhos tempos. O princípio subjacente

---

* Johan Huzinga, *Homo Ludens: O jogo como elemento da cultura*, Trad. João Paulo Monteiro, 5. ed., São Paulo, Perspectiva, 2001. (N.T.)
3 Jun Takami (1907-65) formou-se pela Universidade de Tóquio como um feroz esquerdista. Contudo, depois de ser preso nos anos de 1930, renunciou a Marx. Seus romances, a grande maioria autobiográficos, são cheios de poderosa ironia e autopiedade no que diz respeito ao estado de confusão intelectual que se seguiu à sua "conversão".

a essa sensibilidade pode ser compreendido como uma forma degenerada do *suriashi* e da *seiza* [sentar-se ereto]. O *sex appeal* das pernas e dos pés das mulheres que jogam boliche, contudo, é algo bastante diferente das imagens mais tradicionais.

Nós, japoneses, somos um povo que sabe usar as *ashidori* [maneiras de caminhar] de vários estilos, de acordo com as exigências do tempo e das circunstâncias e, dessa forma, avançar em direção ao futuro. Contudo, no que se refere aos pés, nosso sentido estético é de perplexidade. Não deveríamos, então, entender a ausência de pés nas canções populares como um símbolo positivo, como uma expressão dessa perplexidade?

Ateburi
(Comunicando com os dedos)

Os gestos residuais

Todos sabemos que, no Japão, quando alguém faz um anel com o polegar e o dedo indicador, isso significa "*okane*" [dinheiro]. Erguer o dedo mínimo significa "*onna*" [mulher]. Quando, onde e como desenvolvemos esse sistema de significações simbólicas utilizando os dedos? Tenho me perguntado isso há muito tempo. E devo admitir que, quando comecei a trabalhar neste livro, acreditava que, se pesquisasse e examinasse a questão, em cerca de um ano teria encontrado a resposta; até já antecipava o prazer que isso me proporcionaria. Contudo, agora tenho de confessar que ainda não encontrei nenhuma documentação confiável a respeito do assunto, nem consegui achar uma explicação satisfatória.

* * *

É claro que, se eu tivesse percorrido todo esse caminho sem obter nenhum resultado, ficaria bastante envergonhado. Portanto, continuei a estudar e a examinar o simbolismo dos sinais digitais sob várias perspectivas. Por fim, tomei uma decisão: eu os classificaria como *miburi* [gestos ou movimentos significativos].

Antes de mais nada, esse gesto é de um tipo que poderia ser chamado de "residual" ou "remanescente". Ele pertence a situações de um padrão comportamental originalmente vinculado a atividades de produção ou ganho material, permanecendo em uso como resíduo ou reminiscência, mesmo após o modo de produção a ele correspondente ter sido alterado. O gesto de *atama o kaku* [coçar a cabeça] é um notável exemplo disso. Movidas por uma preocupação com o desperdício, as pessoas costumavam espalhar pelos cabelos o excesso de óleo em suas mãos. Embora em determinado momento tenha havido um propósito prático para esse movimento, hoje ele subsiste como mero hábito ou gesto – o ato de coçar a cabeça. Esse tipo de movimento habitual poderia ser designado "residual" ou, para usar uma linguagem simples, um "tique". Pesquisas mais avançadas relacionadas a esse tema elucidarão os fundamentos originais da maioria dos *kuse* [tiques].

Embora possamos definir essas atividades formativas por sua relação com a produção e o ganho material, algumas delas possuíam apenas relações indiretas com esses fins: eram atividades igualmente providas de significado, mas pertencentes aos domínios da feitiçaria e da religião. Nessas esferas também existiam padrões específicos de gestos e de comportamento. Hoje, levar a cabo tais atividades não nos parece algo minimamente lucrativo ou proveitoso, mas as pessoas dos tempos antigos acreditavam piamente que as realizavam para lucro e benefício próprios. O *hembai*, de que já falei, é um exemplo típico desse tipo de atividade.

Esses gestos, que subsistem como "resíduos" das atividades realizadas antigamente para a produção e o ganho material, estão fortemente enraizados e distribuídos de modo bastante homogêneo por todo o país, embora possa haver algumas variações em determinados casos. No que se refere a isso, os gestos do tipo "resíduo" ou "tique" poderiam ser chamados de gestos "tradicionais". A pessoa que faz esses gestos age de modo predominantemente inconsciente. Além disso, trata-se de gestos que poderiam passar facilmente despercebidos a estrangeiros distraídos. Se considerássemos os *Nihon no shigusa* [gestos japoneses] e os *Nihonjin no miburi* [gestos e movimentos significativos dos japoneses] de modo geral, provavelmente daríamos maior importância a esse tipo de gesto.

Um gesto como o de formar um anel com o polegar e o dedo indicador não pode ser residual de uma atividade relacionada à produção, pois não se trata de um tique inconsciente. Em vez disso, é uma ação da categoria dos *miburi* ou *shigusa*, um gesto bastante intencional e consciente, uma espécie de código de comunicação. Poderia ser chamado de gesto "concreto": quando se deseja referir a dinheiro, a forma do dinheiro real é feita com as mãos e mostrada ao outro. Para se dizer "*ii onna*" [namorada], consideram-se os cinco dedos uma analogia da gama de variações dos seres humanos; então, o menor e mais delicado deles é escolhido e mostrado.

Isso deve ser compreendido, portanto, como um gesto de representação em vez de ser relacionado aos domínios da produção ou dos encantamentos mágicos.

Na dança japonesa, há uma forma de movimento conhecida como *ateburi* [postura provisória], considerada uma maneira bastante vulgar de se mover. Contudo, mesmo sendo vista desse modo, ela é incessantemente empregada na arte da dança – o que torna a *ateburi* um hábito deveras estranho. Por exemplo, para evocar o monte Fuji, o dançarino representa a forma característica da montanha colocando as mãos juntas. Para descrever um pássaro, ele agita os braços. Por que isso é considerado vulgar? Talvez porque a pureza da dança em si seja abandonada. Na dança pura, o movimento do corpo deve ser belo e pertencer a si próprio, e não se tornar um instrumento para a mera significação de outra coisa. Essa ideia prevalece também na Europa: quando falam de "poesia pura" ou "música pura" não estão se referindo a outra coisa que não isso.

Isso me faz recordar uma história: em uma cidade do Japão, a prefeitura decidiu adquirir uma pintura que custava 1 milhão de ienes. Houve alguns problemas em relação a essa proposta na Câmara Municipal. "Por que vamos comprar essa pintura, que, por si só, já é uma obra de arte bastante desconcertante – e por um preço tão exorbitante quanto 1 milhão de ienes?" foi a pergunta feita por alguns dos conselheiros municipais. Então um sagaz membro da comissão respondeu: "Qual é o significado do padrão da gravata que você está usando?". Em qualquer época, seja qual for o gênero, sempre que o público em geral se reúne, a significação das coisas é interpretada no nível do mais baixo denominador comum (para exemplificar, podemos ver que, hoje, os "comentários" estão muito em voga; em outras palavras, muitos membros do grande público estão ocupados com esse tipo de especulação). Ao mesmo tempo, contudo, alguns intelectuais e artistas ainda se apresentam e insistem na pureza de determinado gênero. Assim, sua voz é separada daquela do grande público, e eles insistem em que qualquer coisa que signifique algo de maneira tão direta é "vulgar".

Todavia, não é minha intenção discutir neste livro a "pureza" da arte. Por isso, deixarei esse assunto de lado. Em vez disso, gostaria de propor a seguinte questão: por que o *ateburi*, que é encarado com desprezo, não desaparece completamente, em especial das músicas mais famosas e esteticamente elevadas?

Na seção *Kiyabo usudon jō nashi ku nashi* [O rústico e o simplório não sentem nem o amor nem o sofrimento] da famosa sequência de dança *kabuki Seki no to* [A porta na barreira], Shuji Yamamoto[1] descreve que o dançarino representa uma árvore em pé para significar o "*ki*" [a mente ou os sentimentos], a forma de uma vara para significar "*bō*" (com *ya*, como em *ya bo*, "um rústico, um tipo rude e tosco], a forma de um moinho de chá para significar "*usu*", o ato de bater em uma porta para significar "*don*" (com *usu*, como em *usu don*, "um ignorante ou simplório] e o ato de se abrir uma fechadura com uma chave para significar "*jō*" [sentimentos de amor] (*Engeki geijutsu no mondai-ten* [Problemas nas artes cênicas]). Na mesma obra, o sr. Yamamoto acrescenta a essa descrição o seguinte comentário: "Esse método de atuar está mais próximo das bandeiras semafóricas utilizadas pela Marinha japonesa ou dos jogos de salão baseados em mímica, como as charadas".

Por que tais gestos ainda permanecem em nossa cultura? O sr. Yamamoto explica que as artes cênicas do nosso país tiveram origem no

---

[1] Shuji Yamamoto (1894-1976) ensinou história e teoria do teatro inglês e japonês nas universidades de Kyoto e Ryukoku. A linguagem gestual que ele descreve neste texto tira proveito da presença generalizada de homônimos na língua japonesa. Muitas palavras possibilitam múltiplas leituras, algumas concretas (*ki* significa "árvore] e outras abstratas (*ki* também significa "mente" ou "espírito").

verso lírico; o propósito da dança era ilustrar e explicar o significado das palavras. Dança é explicação – e explicação em imagens; portanto, também é uma forma de educação. O movimento ou gesto torna-se interessante quando visto por alguém que, com isso, alcança maior compreensão. A representação dramática deve ser explicativa.

Depois que a audiência alcança uma compreensão coletiva ao ponto de exclamar "*Naruhodo*" [Ah, agora eu entendo], a explicação em imagens logo se torna uma espécie de termo inventado com seu próprio significado codificado, compreensível apenas pelos membros do grupo. Subsequentemente, ele se desenvolverá em *omoshiromi* [pontos de interesse] significativos apenas para o grupo ou para especialistas, um seleto número de iniciados. Caso posteriormente esse código torne-se do conhecimento geral, sua significação como *omoshiromi* se perderá.

Esse é um paradoxo inerente aos gestos representativos semelhantes à mímica. Originalmente, eles eram didáticos e sua função era fazer com que a audiência chegasse a uma compreensão tão convincente a ponto de exclamar "*Naruhodo*". Contudo, tais gestos se transformaram em um sistema de simbolismo exclusivo e compreensível apenas por determinado grupo.

Vemos, portanto, que os gestos que preenchem o padrão Representação = Explicação = Compreensão transformam-se facilmente em gestos que funcionam como palavras de código em um grupo restrito. Por essa razão, eles têm vida curta e parecem triviais em comparação com os gestos tradicionais. É interessante notar que esse tipo de *ateburi* [sinais comunicativos feitos com os dedos] é amplamente utilizado apenas quando se destina a indicar os desejos ocultos dos seres humanos, como o desejo por dinheiro ou por mulheres. A mais representativa das representações, portanto, seria a das *kakusareta mono* [coisas ocultas], incompreensíveis a todos, exceto aos integrantes do grupo que utiliza esse signo secreto, assim como a mais abstrata das representações seria o reduto de poucos, apesar de os gestos *ateburi* semelhantes à mímica serem bastante diferentes dos gestos abstratos nascidos da tradição.

Mitate I
(Representação concreta I)

A linguagem secreta das gueixas

UM ANEL FEITO com o dedo indicador e o polegar significa "dinheiro", ao passo que o dedo mínimo erguido significa "mulher" ou, às vezes, "namorada". Esses são os únicos *ateburi* de aceitação geral que conheço. No entanto, tudo indica que existem outros *ateburi* – embora seus significados não estejam tão estabelecidos no sentido geral. Pelo contrário, esses *ateburi* dependem de locais e propósitos específicos.

No distrito Gion de Kyoto, por exemplo, há – ou talvez eu devesse dizer que havia – uma *miburo-go* [linguagem gestual] estruturada em torno dos 48 *kana* [signos] que representam as sílabas usadas na linguagem japonesa; cada gesto refere-se a um dos *kana*[1], como "i, ro, ha" etc. Examinando-se as 48 "letras gestuais", pode-se notar que elas se dividem em três tipos diferentes. O primeiro deles é *monji rensō-gata*, o tipo associado à forma das letras ou *kana*. Para ilustrar, o *kana* "he" é sugerido pela descrição de sua forma no ar com um dedo. Assim, o

---

[1] Os japoneses empregam "*i, ro, ha*" para se referir ao alfabeto *kana*, assim como nós usamos "abecê" para nos referir ao alfabeto romano. No que se refere aos caracteres *he* e *shi* que Tada utiliza logo abaixo para ilustrar o tipo *monji rensō gata*, imagine com que destreza se pode fazer o caractere *he* – que se parece com um sinal de "visto" de cabeça para baixo – no ar com o dedo, sem contar *shi*, o anzol.

simples erguer de um dedo significa "*he*". Da mesma forma, "*shi*" é indicado ao se descrever no ar a forma de um anzol com o dedo.

O segundo tipo de "letra gestual" é aquele associado aos próprios gestos ou *dōsa rensō-gata*. Nesse caso, o *kana* "*ro*", que significa "remo", é expresso com movimentos que imitam o puxar de um remo. Da mesma maneira, "*ni*" [peso ou bagagem] é representado quando se assume a postura de quem carrega um peso. Quem vê esses gestos pode associá-los à letra *kana* correspondente.

O terceiro tipo é *jibutsu rensō-gata*, o tipo associado aos objetos. Por exemplo, colocar a mão no cabelo significa "*ke*" [cabelo] e apontar para um dente significa "*ha*" [dente]. Esses tipos baseiam-se na relação entre os gestos e as coisas; na verdade, a referência é feita especificamente a uma parte do corpo físico. Os significados são comunicados pela utilização do próprio corpo como matéria-prima para os códigos.

A maioria desses elementos da "linguagem gestual" pertence ao tipo *dōsa rensō-gata*, os que são denotados por meio de um ato de mímica. Dos 48 *kana*, 24 pertencem a esse tipo. Poderíamos inferir, então, que é muito mais difícil comunicar um signo silábico ou o nome de um objeto por meio de gestos? Os detalhes particulares da utilização de códigos em si não são o meu tema central no momento; portanto, por enquanto deixarei essa preocupação de lado. Meu propósito, aqui, é observar como a "linguagem gestual" foi utilizada.

Uma teoria, embora talvez pareça um tanto quanto exagerada, é de que essa linguagem gestual era utilizada pelas *geiko* [gueixas] e *maiko* [gueixas aprendizes] quando elas desejavam falar de algo que não fazia parte da conversação geral no salão de festas, onde era proibido que as gueixas falassem sobre o que lhes agradasse. Elas deviam sempre seguir a conversação dos clientes, o que é um exemplo da cortesia inerente à vocação de uma *maiko*. Contudo, as *maiko* tinham os seus próprios temas de conversa, e talvez seja simplesmente natural e humano que esses assuntos lhes interessassem mais. Para que pudessem divertir-se com suas conversas pessoais sem desobedecer à proibição imposta por sua obrigação vocacional, as *maiko* tagarelavam entre si na presença dos clientes utilizando a *miburi-go*, a linguagem gestual. É inevitável que se tratasse de uma *ura* ou conversa "pelas costas". Dizem que as jovens *maiko* de hoje já não têm conhecimento da "linguagem gestual", o que é, contudo, bastante natural. As *maiko* atuais têm liberdade para fofocar sobre o que lhes interessar, de maneira bastante casual, mesmo na frente dos clientes. Onde quer que exista tal liberdade, é natural que as conversas "pelas costas" caiam em desuso.

A linguagem gestual, nesse caso, também é uma linguagem *ura*. Em outras palavras, é uma prática inconveniente, suspeita e, porém, inevitável. É uma característica fundamental da cultura japonesa que sempre que haja um *omote* [lado frontal] tenha de haver também um *ura* [lado de trás]. Essa "linguagem gestual", portanto, corresponde a uma das culturas *ura*. Enquanto permanecer *ura*, oculta nas sombras atrás das ordeiras fachadas públicas, não poderá ocupar uma posição ortodoxa no lado da frente à luz do dia. Contudo, em certas ocasiões e em certos lugares, ela pode emergir como um fungo ou um bolor. Foi isso que aconteceu com a "linguagem gestual" das *maiko*.

Diz-se em geral que há poucos gestos nas conversações dos japoneses. Uma atitude firme e imóvel ou a postura de sentar-se ereto são as únicas consideradas ortodoxas. Entretanto, por trás dessa ortodoxia ou nas sombras do controle da ortodoxia, a "linguagem gestual" – efêmera e suspeita na forma, mas profundamente interessante em seu conteúdo – surge inesperadamente como uma espuma apenas para desaparecer no momento seguinte. Se não fosse por esse conteúdo, esses temas de interesse tão inevitável, esse tipo de linguagem de gestos nunca teria sobrevivido.

* * *

Os aspectos concretos e ilustrativos da "linguagem gestual" estão estreitamente relacionados ao sentimento dos japoneses, ao fato de que amamos as *tatoe* [metáforas] e as *mitate* [representações concretas]. A sensação de reconhecer similitudes, incorporada tanto pela metáfora quanto pela representação concreta, também pode ser encontrada na linguagem gestual, cuja concretude ilustrativa poderia ser tão valorizada quanto os modos de comunicação abstrata originais. Certa vez, quando visitei uma caverna de pedra calcária na prefeitura de Yamaguchi, fiquei muito impressionado por ver que cada uma das estranhas formações de pedra calcária funcionava como uma espécie de *mitate*, ou representação concreta, ao expressar seu significado. Era como se alguém pronunciasse a palavra "*takenoko*" [broto de bambu] e então visse um broto de bambu surgir na frente de seus olhos. Recordo-me de ter visto uma caverna semelhante nos Estados Unidos. Nela, contudo, apenas uma das pedras tinha um aspecto tão concretamente simbólico; era aquela que representava algo parecido com a boca de uma baleia.

O fato de acharmos interessante, desde o primeiro instante, atribuir uma *mitate* a cada coisa ou que todas as coisas tenham a sua *mitate* é algo que se encontra profundamente enraizado em nossos sentimentos. Em contraste com os europeus, que ordenam os significados ao longo de linhas abstratas, nós, japoneses, adoramos compreender as coisas na continuidade de suas conexões com outras coisas. E foi esse sentimento que deu origem a uma capacidade e a uma atividade que nos são características, a de fazer associações entre as coisas a despeito das diferenças analíticas. Além disso, temos a tendência análoga de manter à distância processos de pensamento abstratos e analíticos, fazendo "*kata ga koru*" [dando de ombros; literalmente, enrijecendo os ombros].

Um povo que tenha uma ligação sentimental com a *mitate* e a *tatoe* obviamente deve cultivar um vívido interesse por coisas concretas. O professor Riesman[2] mencionou as *jibutsu mokei* [amostras em tamanho natural] em restaurantes como a coisa mais notável que ele havia observado na cultura japonesa. Esse fenômeno também está conectado aos nossos sentimentos sobre o reconhecimento de similitudes

---

2 David Riesman e Evelyn Thompson Riesman em *Conversations in Japan: Modernization, politics and culture* [Conversações no Japão: modernização, política e cultura], Basic Books, Nova York, 1967.

entre as coisas concretas e a nossa maneira de compreender através da dimensão concreta das coisas.

Agora, se nos estendermos nessas observações, poderemos supor que um dia os gestos concretos ilustrativos – até hoje desprezados como o aspecto de um domínio sombrio e suspeito, como uma cultura do *ura*, o lado de trás – serão reavaliados e considerados a verdadeira ortodoxia do povo japonês.

Mitate II
(Representação concreta II)

O gesto sagrado e o gesto secular

A LINGUAGEM gestual é um tipo de *mitate*. Além disso, eu já disse que ela reside nas sombras da cultura japonesa. Uma pessoa digna e honrada nunca se referiria a dinheiro dizendo "é uma questão disso aqui, ha ha ha", rindo e fazendo um anel com o dedo indicador e o polegar. A *mitate* em si, contudo, não faz parte da cultura das sombras. Em primeiro lugar, devemos reconhecer o fato de que ela tem uma longa história.

"*Chihayaburu kami no yashiro shi nakariseba, kasuga no nobe ni awa makamashi o*" [Se não fosse pelo templo de Deus aqui no campo de Kasuga, gostaríamos de cultivar painço] (*Manyōshū* [Antologia de poesia japonesa, volume 3]).

Shinobu Orikuchi acrescentou a esse poema o seguinte comentário:

> O templo de Deus não é o templo que vemos hoje – nos tempos antigos, as pessoas isolavam com cordas um pedaço de terra para mostrar que o território era seu e que eram elas que governavam aquele campo. Ninguém mais podia entrar lá nem cultivar aquela terra.

Em outras palavras, o termo *yashiro* não significa "templo", é a representação de um templo. Da mesma forma, o radical *shiro* referia-se aos materiais de que era constituído. Portanto, a palavra "não significava a casa de Deus em si, mas algo que representava a casa de Deus, ou algo que devia ser pensado como tal". (*Kodaijin no Shikō no Kiso* [Os fundamentos dos pensamentos dos povos antigos]). Se alguém construísse uma estrutura nesse *yashiro* [local sagrado], ele deixaria de ser um *yashiro* e passaria a ser um *miya* [templo real]. A designação *yashiro* não se baseava na construção – baseava-se no gesto de erguer os postes e isolar o local com cordas.

Em *Nihonshoki* [As crônicas da história japonesa][1], está escrito que os deuses *Izanagi* e *Izanami* ergueram os *ame-no-mihashira* [postes ou pilares sagrados] e construíram o *yashiro-dono*. "Dono" [palácio] denota meramente uma descrição física do que poderia ser visto no local. A significação mais profunda do lugar como sagrado é o resultado da *mitate* em *yashiro*.

Há uma teoria de que o templo Ōmiwa em Yamato foi construído com uma montanha atrás, que representava Deus. Uma contestação dessa teoria foi feita por Nagao Nishida[2], que afirma que o local constituía uma *kinsoku-chi* [área proibida] e que então as pessoas compreendiam se tratar de uma *mitate* – isto é, uma representação concreta da ideia de que ali teria havido um magnífico palácio. Note-se a entrevista com Nagao Nishida: "*Nihon no shizen-kan to mitate*" [A ideia japonesa de natureza e a representação concreta].

Com que tipo de sensibilidade interior as pessoas usavam a *mitate* nos tempos antigos? Apesar de esse não ser nem o local nem o momento para tentar responder a essa pergunta, podemos estar certos de que a *mitate* pertencia ao domínio do *sei* [sagrado ou ortodoxo]. Em outras palavras, a *mitate* era apresentada exatamente como o oposto da má consciência ou do sentimento de culpa ao qual a "linguagem gestual" está associada. A propósito disso, deve-se notar que, com o

---

[1] *Nihonshoki* é a história oficial mais antiga do Japão. Seus trinta volumes e mapas genealógicos foram originalmente compilados no ano 720. Inúmeros manuscritos das Eras Nara e Heian ainda se mantêm intactos.
[2] Nagao Nishida (1909-81) foi um grande especialista em xintoísmo. Seus extensos escritos sobre o assunto incluem os dez volumes dos *Estudos sobre a história do xintoísmo japonês* (1978).

passar do tempo, e seguramente na Era Moderna, a natureza da *mitate* mudou bastante. Por exemplo, no *Yūjo-Kabuki* [kabuki de cortesãs][3], um belo menino representava a imagem de Buda, e uma cortesã, um monge Zen. Sachio Hattori[4] interpreta isso como um exemplo de *mitate*, em que o *zoku* [mundano] é levado a uma relação de similitude com o *sei* [sagrado] (*Mitate-kō* [Um estudo da *mitate*]).

Essa opinião é interessante. No início do mesmo ensaio, Hattori cita a *Ichikiri-Jaya no ba* [cena na casa de chá Ichiriki] da peça *kabuki Kanadehon Chūshingura* [Os quarenta e sete *rōnin*] e observa a forma fixa de *mitate* no pequeno jogo das personagens. Muitos de nós estão familiarizados com o estilo brincalhão de Yuranosuke[5]. Por exemplo, uma garçonete, segurando a cabeça de Kudayū, diz: "Muito bem, então eu vou fingir. Vou pegar dois pauzinhos emprestados e colocar a cabeça de Kuta-san entre eles, assim, e então vou fingir que a cabeça dele é uma *umeboshi* [ameixa salgada em conserva]. Que tal isso?" Em outras palavras, o que ela faz é transformar a cabeça de um ser humano na *mitate* de uma ameixa em conserva. E a audiência explode em gargalhadas e aplausos.

Quão distante essa *mitate* encontra-se da *mitate* dos tempos antigos? Trata-se de um jogo, de uma brincadeira, e o espírito com que ela é realizada é semelhante ao da *modoki* [impostura] e ao da paródia. Roger Caillois, em seu livro *Os jogos e os homens*, examina os deuses

---

[3] O *Yūjo-Kabuki* refere-se às origens do gênero teatral *Kabuki* e aos entretenimentos apresentados no início de 1603 por Okuni e sua trupe de dança, em sua maior parte composta por mulheres, no leito seco do rio Kamo, em Kyoto. A exibição pública de danças sensuais e cenas eróticas pelas dançarinas, que muitas vezes eram também prostitutas, resultou em uma situação cada vez mais turbulenta, até que finalmente, em 1629, as mulheres foram banidas do palco do *Kabuki* pelo Shogunato Tokugawa. A partir de então, todos os papéis passaram a ser representados por homens, alguns deles muito bonitos e femininos.

[4] Sachio Hattori (1929-) é professor na Universidade Chiba. Tornou-se famoso por sua pesquisa sobre a cultura da Era Edo, a maior parte conduzida através do estudo aprofundado do teatro *Kabuki*.

[5] Yuranosuke liderou o bando de 47 samurais renegados que vingaram a morte do Senhor de Asano, em 1703. Em 1701, seu mestre foi enganado e levado a desembainhar sua espada dentro do Castelo de Edo; por essa infração, foi obrigado a cometer suicídio. Quando o bando conseguiu matar o líder dos conspiradores, dois anos mais tarde, foi imediatamente aclamado na literatura popular por sua lealdade e coragem, e sua história ainda faz parte do repertório *Kabuki*.

que fazem ou representam paródias. Ele observa que o papel ou a função dos bufões é, na verdade, neutralizar o medo humano das coisas sagradas, e Callois considera isso um marco no desenvolvimento da civilização.

As mudanças nas *mitate* de que estamos tratando aqui não se limitam necessariamente ao domínio do teatro. Ainda assim, em um nível fundamental, a linha de pensamento de Caillois poderia muito bem ser aplicada aqui. A *mitate* dos tempos antigos deve ter incluído um temor dos deuses, ao passo que a da Era Moderna é uma maneira de neutralizar esse medo ou de humanizá-lo.

De acordo com Sachio Hattori, associar um menino bonito com um ícone budista "não implica necessariamente o declínio ou a corrupção da autoridade. Não parece tão simples assim". Certamente, isso não significa o declínio da autoridade. Trata-se antes da incorporação do que é *sei* [sagrado] no que é *zoku* [mundano], em vez de ser uma crítica do *sei* pelo *zoku*. Isso evidencia certa sabedoria pela qual as impressões emocionais, a felicidade, o renascimento etc. – que pertencem ao domínio do *sei* – libertam-se do *osore* [temor] e são incorporados à vida humana. Essa, de qualquer maneira, é a minha compreensão da questão. Fora isso, Hattori observa que a *mitate* possui uma característica peculiar de imbuir sentimentos radiantes, como os que levam alguém a sentir algo *tanoshii* [agradável] e a sentir-se *omedetai* [feliz]. Utilizar uma *mitate* para representar alguma coisa obscura ou sombria é abominável e é um tabu. A razão disso só pode ser a de que o aspecto sagrado da *mitate* a orienta a serviço da felicidade humana e mundana. A *mitate* parece ter sido estabelecida como *asobi* [ludismo, jovialidade] de maneira a poder efetuar esse tipo específico de passagem redentora para o domínio da *zoku* [materialismo, mundanidade]. O caso da *mitate* é um exemplo extremamente interessante de *sei*, *zoku* e *asobi*.

A despeito do caráter profundo desses aspectos, meu propósito preponderante aqui é limitar minhas considerações sobre a *mitate* à esfera lúdica. A *mitate chaban* [a farsa burlesca], por exemplo, mais uma vez envolve brincadeiras e gestos mascarados, e sua atmosfera cômica é inegável. A "linguagem gestual" possui um caráter obscuro e isolado. Nisso, ela não deixa de estar relacionada ao caráter adquirido pela *mitate* na era moderna. Por conseguinte, um leque poderia representar um cachimbo ou uma espada na *Rakugo* [narração de histórias cômicas], mas, no mundo da dança clássica japonesa, que está muito distanciado do cômico, um leque é desprovido de qualquer acesso à *mitate*.

Da mesma maneira, no mundo da cortesia e da polidez, utilizar as mãos e/ou os dedos para se comunicar através de gestos de representação concreta é algo encarado com desprezo e considerado vulgar. De outro lado, a postura de costas firmes e eretas, imóvel, não importa o que aconteça, é considerada boa e adequada. E foi dessa maneira que a aparência branca ou impassível – a de uma face tão vazia de expressão quanto as máscaras de nossas óperas *No* – e o gesto empobrecido e inexpressivo tornaram-se nossa característica predominante, o gesto típico do povo japonês.

Chokuritsu-Fudō
(Ficar de pé em posição de sentido)

Cantando em posição de sentido

Quando assisto à apresentação de cantores populares na tv, em geral reparo que seus gestos são bastante precários. O *rock* e a música *folk*, trazida dos Estados Unidos, como o STAGE 101 etc., utilizam gestos particularmente violentos. Nós, os mais velhos, achamos esses gestos semelhantes aos de uma *yoitomake*, operária da construção civil, ou de um *tsunahiki*, um cabo de guerra – ou seja, lembra mais uma ginástica. Contudo, esses gestos não podem ser chamados de *ita-ni-tsuita*, isto é, adequados ou com os quais alguém se sinta à vontade. (*Ita ni tsuita*" é uma expressão interessante. "*Ita*" [tábua(s)] significa "*butai*", "palco", como na expressão oposta "*ita no ue no ningen*" – literalmente, "uma pessoa sobre as tábuas", isto é, uma pessoa que está no palco mas não combina com as tábuas; pelo menos é isso o que eu acho que significa.)

Para os cantores japoneses, o que seriam gestos "*ita-ni-tsuita*" [adequados para o palco]? Fico pensando nisso quando assisto à TV. Para dizer a verdade, não parece que eles colocam toda sua energia emocional apenas nas expressões faciais e não em gestos mais largos? De qualquer maneira, é essa a minha suposição atual e a minha conclusão temporária, mas não terei pressa em encerrar a questão.

Esta série de ensaios é intitulada *Shigusa no Nihon Bunka* [*A cultura gestual japonesa*], em que "*shigusa*" significa, como se encontra estritamente definido no *Kōjien*, "*Butai ni okeru haiyū no hyōjō, dōsa. Shosa*" [As expressões e movimentos de um ator no palco. Ações]. Nós não utilizamos a palavra "*shigusa*" em relação a gestos de uso diário, reservando-a para gestos teatrais ou extraordinários, como quando dizemos "*Myōna shigusa o suru*" [Ele utiliza gestos estranhos]. A propósito, vocês não concordam, como eu sugeri antes, que, entre os *shigusa* que utilizam, os cantores japoneses enfatizam apenas suas expressões faciais? Isso pode estar relacionado com certas características da cultura japonesa. Por exemplo, antes da guerra[1], a maioria dos cantores mantinha-se em posição de sentido. De pé, com as costas eretas e olhar sério, os assim chamados cantores *nimaime* [de boa aparência], tais como Tarō Shōji e Ichirō Fujiyama, costumavam manter essa postura. E aqueles que acrescentavam alguns poucos *shigusa* de verdade, como Enoken e Teiichi Futamura, eram chamados de *seikaku haiyū* [atores de personagem].

Como se chegou a estabelecer essa postura em posição de sentido?

* * *

Há dois conceitos europeus que dificilmente chegaram a ser introduzidos no Japão. Eles são: *ronri* [a lógica, ou o conceito do raciocínio correto] e *yūben* [eloquência]. Deixando à parte o raciocínio correto, o fato é que nunca houve uma tradição de eloquência no Japão. Talvez seja estranho dizer isso, mas é a pura verdade. A razão disso pode ter sido o fato de que no Japão, o ato de *settoku* [persuasão], que é o propósito da eloquência, não era necessário. De qualquer maneira, não é errado pensar que o fato de a eloquência não ter sido cultivada é uma das causas dos gestos inadequados existentes no Japão. Um ocidental abre amplamente os braços, deixando as mãos bem distantes uma da outra. Esse é o gesto de trazer as outras pessoas – o mundo inclusive

---

1 No Japão, "a guerra" só pode significar a Segunda Guerra Mundial.

– para si próprio. Significa, às vezes, chamar os outros para o próprio lado, dar as boas-vindas, ou persuadir as pessoas. Os ocidentais consideram esses gestos de expressão emocional de grande importância, tão significativos quanto as palavras. Isso porque, utilizando apenas as palavras, eles não conseguem comunicar adequadamente seus sentimentos e as circunstâncias que os envolvem a outra pessoa.

A coisa mais confusa com que um ocidental se depara quando aprende a língua japonesa é a variedade de palavras que se referem a si próprio: *watashi*, *boku*, *jibun*, *watakushi*, *temae*, *kochitora*, *uchi*, *wate*, *atai* etc. Além disso, dependendo das circunstâncias, alguém pode chamar a si próprio *papa* [papai] ou *ojiichan* [vovô]. Mesmo que consiga aprender a língua, talvez ele não seja capaz de utilizar todas essas palavras perfeitamente de acordo com as circunstâncias. Em inglês, pode-se usar apenas uma palavra, "I" [eu]. Contudo, em inglês, há muitas entonações e gestos, e eles suplementam a escassez de palavras através de gestos. Essa descoberta não é minha. Certa vez, uma jovem norte-americana que vivia no Japão me disse isso, o que me deixou bastante impressionado. Mas, no caso do Japão, a escassez de gestos e a riqueza de palavras que se referem a si próprio são o *ura* e o *omote* [o lado da frente e o lado de trás] da questão.

De acordo com Takao Suzuki[2], um pai japonês chama a si próprio de *papa* porque "ele se considera do ponto de vista da outra pessoa"; em outras palavras, "nós temos uma condição de auto-observação em nossa estrutura mental". Por outro lado, nas línguas europeias, "tudo o que se precisa fazer é confirmar o papel de locutor ou de ouvinte; não é necessário considerar a *sōkan-kankei* [relação mútua] entre si próprio e o outro como uma informação relevante" (*Nihongo no jishō-shi* [Uma história das palavras japonesas da primeira pessoa]).

Esta última frase implica uma pequena questão. Eu penso que, na Europa, a *sōgo-kankei* [relação mútua] é expressa por entonações e gestos. Por outro lado, no Japão, o relacionamento entre si próprio e o

---

2 Takao Suzuki (1926-) é diretor do Instituto de Cultura Linguística da Universidade Keio.

outro, assim como a reação do eu interior em relação às circunstâncias do caso, são expressas claramente através das palavras. Por exemplo, na sala de aula de uma universidade, se um estudante chamar a si mesmo de *atai*, então todos explodirão em gargalhadas. Contudo, se, ao pé de um salgueiro, uma moça perguntar a um rapaz "*Atai no koto dō omotteru?*" [O que você acha de mim?], então esta moça estará comunicando – e talvez confirmando – o relacionamento entre ela e o outro, além de todas as circunstâncias que os envolvem. Em outras palavras, a cena desenvolve-se bem.

A razão pela qual um japonês fica um tanto quanto silencioso quando se encontra com um estrangeiro é que ele não entende as *jōkyō* [circunstâncias]. E, quando alguém não consegue entendê-las, não pode articular as palavras apropriadas. Para remediar essa situação, é necessário apenas que o estrangeiro reduza seus gestos.

Por outro lado, no Japão, a utilização mental das palavras é tão rica que alguém fazer *myōna shigusa* [gestos estranhos] dá a impressão de ser *hashitanai* [impróprio]. Portanto, quando alguém que teme agir impropriamente canta de pé em um palco, o que mais pode fazer além de ficar em posição de sentido?

* * *

Contudo, não é apenas por essas razões negativas que a postura de ficar de pé em posição de sentido é apreciada. Há também significados positivos nisso. Por exemplo, um bêbado de meia-idade é visto em um trem interurbano, de pé e dependurado na correia, em posição de sentido. E ele grita: "Tal e tal região, o Comandante Supremo, Sua Excelência o General Iwane Matsui", e chama os nomes do comando inteiro – o comandante do batalhão, o comandante da companhia, o líder (comandante) do pelotão, o líder do esquadrão etc. – um após o outro. Por fim, após todos esses nomes, diz seu próprio nome e sua posição com orgulho e confiança. Talvez ele seja um soldado que veio do interior para Tóquio e segura cuidadosamente, sob o braço, o pacote de um presente de casamento. Não apenas sua postura é a de alguém em posição de sentido, como sua expressão também é totalmente vazia. Obviamente, essa posição de sentido e a expressão vazia são resultado do sentimento de segurança que ele obteve com sua firme *jiko-kitei* [autoasserção]. A posição de sentido e a expressão vazia são a postura de um homem que se afirmou contra as circunstâncias através da hierarquia da qual ele faz parte, e a sua autoexpressão disso.

Hyōjō
(Expressão)

Cantar com expressão

EMBORA ESSE FENÔMENO não se limite ao Japão, por que será que há *tantas* canções de amor em nossa música popular? A maioria dessas canções fala dos problemas com um amor perdido.

Por que isso ocorre?

Talvez seja estúpido fazer essa pergunta. Muitos dirão que as canções sobre amores perdidos simplesmente tocam várias pessoas. Eu gostaria, então, de perguntar mais uma vez, insistentemente: por que as canções sobre amores perdidos tocam as pessoas?

* * *

De acordo com a antropóloga Margaret Mead, a tribo dos Arapeshi, que vive na Nova Guiné, é uma raça de gente estranha. Entre eles, quando um homem se fere durante uma caçada, primeiro recebe algum tipo de tratamento simples para os ferimentos. Em seguida, caminha em volta da aldeia para obter a compaixão dos outros; então todos os moradores da aldeia reúnem-se, dizendo: "Ah, coitado!". Essas ações, destinadas a instigar a compaixão dos demais, constituem o principal objetivo da comunicação entre os Arapeshi. Mead explica a lógica disso da seguinte forma: não importa quais sejam as circunstâncias – ferimento, dor de cabeça etc. –, todo mundo transformará a condição pessoal em algo que será motivo de preocupação emocional para o grupo inteiro. Essa reação está tão bem aculturada, que a simples referência ao menor ferimento ou uma discussão sobre um dedo quebrado há muito tempo em outro lugar provocará um coro de compaixão na audiência. O provedor apresentará uma condição com potencial compassivo ao grupo, que responderá com os devidos sentimentos de apoio" (em "Some cultural approaches to communications problems" [Algumas abordagens culturais para problemas de comunicação][1]).

O relacionamento potencialmente compassivo gerado entre o cantor popular e o público deve ser algo bastante próximo disso. O cantor abre sua ferida e a mostra para o público. É possível, então, que isso estimule um coro de vozes compassivas. De fato, eu mesmo concordaria com essa interpretação.

Mead não sustenta necessariamente que todas as raças *"naïves"* sejam tão compassivas quanto essa. Entre as tribos primitivas, como as raças *"naïves"*, há algumas que apresentarão tendências positivas e lógicas em relação a essa questão, como os Manus. Em resumo, se uma fase das atividades de comunicação humana é tornada evidente, algo similar à tendência dos Arapeshi surgirá. No caso dos Arapeshi, a cura do ferimento é uma questão secundária. O propósito principal é comunicar os próprios sentimentos a outras pessoas, requerendo o retorno do favor pela reação compassiva dos demais, já que, mesmo que alguém abra e mostre a ferida, isso não fará com que ela seja curada. Fazer progressos no tratamento prático de uma ferida é o objetivo da civilização moderna, que não a utiliza como meio de comunicação e empatia.

Assim, foram inventados métodos de cura não apenas dos ferimentos físicos, mas também dos mentais. Alguém recorre ao conselheiro ou consulta o psiquiatra, mas, apesar disso, continua a haver

---

[1] O artigo de Mead sobre os Arapeshi foi publicado em um livro editado por Lyman Bryson e intitulado *The communication of ideas* [A comunicação de ideias]. A obra foi publicada pelo Instituto de Estudos Religiosos e Sociais, Nova York, 1948.

uma ferida que nunca pode ser curada, "*o-isha sama demo Kusatsu no yu demo*" [nem pelos doutores nem pelas águas de Kusatsu] – a ferida do amor perdido.

Portanto, pessoas do mundo inteiro ainda utilizam métodos similares ao dos Arapeshi para a cura do amor perdido. Mead diz, ao falar sobre as formas de comunicação dos Arapeshi, que "o protagonista mostra a condição de um sentimento para o grupo, e o grupo também responde a isso com a condição de um sentimento. Portanto, apenas o mínimo de informação pode ser comunicado". No caso das canções populares, os itens de informação são muito poucos. Em outras palavras, o conteúdo das letras é praticamente nenhum. O que importa não é a falta de dados de informação; é a circunstância do sofrimento do cantor que atinge a audiência e influencia seu comportamento.

É desnecessário dizer que, no momento em que isso ocorre, os elementos essenciais para a interpretação de canções, como o ritmo, a melodia, a qualidade da voz e até mesmo a maneira de usar o punho, são importantes, mas, além disso, os gestos mais amplos comunicados pelo movimento do corpo exercem um grande efeito. A audiência é capturada pelas *nayamashigena* [expressões dolorosas] e é influenciada por elas. Quando Sachiko Nishida fecha os olhos, a audiência, fascinada, também fecha os seus de alguma forma. Quando Akira Nishikino contorce o corpo e assume suas expressões de sofrimento, a audiência entra em um estado de espírito *mō koi na no ka* [já apaixonado].

Eu acho que esse tipo de poder de influência constitui o sangue vital das canções populares; contudo, como mencionei antes, os gestos dos cantores japoneses são bastante precários. Quando Mari Henmi fez sua estreia, utilizando os elaborados movimentos com mãos de dançarina de flamenco, pensei que aquilo era um evento histórico e inovador; mas nunca chegou a se tornar algo tão popular, e é extremamente duvidoso que gestos como os dela venham a se tornar parte do repertório geral. Lamento dizer isso, mas não acho que a popularidade desse tipo de cantor seja de longa duração.

Antes da guerra, em geral os cantores do sexo masculino permaneciam inexpressivamente em posição de sentido. Eles nunca expressavam no exterior o que sentiam no coração. Mas acho, pelo contrário, que aquele olhar persistente, que não expressava nenhum sentimento, pode ter capturado o coração da audiência. Ou não – talvez tenha sido "o sentimento de segurança proporcionado pela autoafirmação" mencionado anteriormente que tenha capturado tanto os cantores quanto a audiência.

No caso das mulheres, o gesto de cobrir a face com a mão deve ter se originado da expressão de repressão ou de controle relacionada à ação do *shiori* nas peças do teatro *No*; contudo, é interessante notar que foram as mulheres cantoras que iniciaram a prática de *hyōjō ni dasu* [fazer expressões]. É possível concluir que a *kindai-ka* [modernização] da expressão dos sentimentos, também nesse caso, tenha começado com as mulheres. Por outro lado, em vez da modernização, talvez a responsável tenha sido a tendência predominante rumo à maneira Arapeshi de ser. De qualquer modo, é de se esperar que em breve os cantores homens também venham sofrer a influência dessa tendência, e Yōichi Sugawara, famoso por *Kyō de owakare* ("Hoje é o último dia" ou "Amanhã é o adeus"), logo se apresentará com uma ambientação completamente diferente, de olhos fechados e com uma aparência fascinada – sem mencionar o conteúdo de suas canções. É, finalmente, chegada a hora em que um cantor do sexo masculino poderá *hyōjō ni dasu* [expressar em seu rosto] o que ele sente no coração.

Contudo, ainda permanecem ocultas na questão dúvidas sobre o quanto as expressões e gestos podem se tornar exagerados, qual tipo de conteúdo as expressões exageradas irão solicitar, se elas poderão ser chamadas de "nativas" ou não, e assim por diante.

Sekibarai I
(Limpar a garganta I)

Uma conversa agradável entre duas pessoas

ASSISTINDO ÀS PESSOAS na tv, observei uma coisa interessante. A maioria delas começa a dizer, antes de mais nada, "*Sō desu ne*" [Não é mesmo?; É isso mesmo, não é?]. Como variante, algumas começam com "*Yappari*" [Era o que eu pensava]. Outras, ainda, combinando as duas frases, dizem: "*Yappari, sō desu ne*" [Bem, era o que eu pensava; é isso mesmo, não é?].

Sempre que me deparo com esse tipo de coisa, não consigo deixar de sorrir – porque sinto que tal ação ilustra a nossa psicologia inconsciente de japoneses. Em termos lógicos, "*Sō desu ne, yappari nani ja nai deshō ka?*" [É isso mesmo, não é? Era o que eu pensava, não é mesmo?] não significa absolutamente nada. Mas, em termos do que é subjacente a essas expressões, eu as entendo perfeitamente. Por menos que pareça, as frases soam como se tivessem algum significado oculto. E é por isso que eu rio com os meus botões. Contudo, se me perguntassem qual é o sentido explícito que essas *muimi-go* [palavras sem sentido] contêm, eu me sentiria completamente perdido e não saberia o que dizer.

É preciso uma forte medida de coragem para, quando for a sua vez, iniciar sua fala com uma palavra real. Nesse momento, uma pessoa sente-se como se o mundo fosse hostil e pouco receptivo. Assim, o locutor começa com um som em vez de uma palavra: "aham, aham". Isso é o que se chama "limpar a garganta" e é uma técnica universal. Na verdade, limpa-se a garganta para poder se armar de coragem.

Em seu *No-gei ron* [Teoria da arte do teatro *No*], Michizō Toida faz a seguinte observação:

> Quando reflito sobre quais seriam meus sentimentos ao limpar minha garganta, percebo que a razão pela qual não consigo articular palavras desde o início é porque sinto inconscientemente que algo está me impedindo de fazê-lo. E é por isso que sinto a compulsão de tentar me livrar dessa coisa. É exatamente o mesmo que ocorre quando tenho catarro na garganta: eu tento eliminá-lo tossindo. Talvez nós devêssemos chamar o ato de limpar a garganta de uma técnica no estilo de um "encantamento simulado de sensações". De qualquer modo, não podemos deixar de notar que se trata de uma tosse voluntária e proposital. Sendo assim, devemos reconhecer o seu caráter social, que o faz distinguir-se do tossir fisiológico.

Toida menciona em seu livro um fato histórico relevante que eu gostaria de mencionar: nos tempos antigos, dizia-se que sempre se devia limpar a garganta ao entrar no banheiro e que isso era especialmente importante no início da noite. O motivo desse comportamento era a crença de que, nessas horas, os espíritos malignos das montanhas e rios saíam para fazer suas maldades, e o ato de limpar a garganta era eficaz para repeli-los.

Limpar a garganta, originalmente, destinava-se a banir a malícia dos demônios e dos malditos. É por essa razão, portanto, que se limpa automaticamente a garganta – "aham" – antes de dizer algo definitivo. Vemos, portanto, o que constitui a raiz ou a origem do que ainda é um hábito comum: quando alguém tenta dominar aqueles que o cercam e olhar com desprezo os que o encaram com hostilidade, essa pessoa sempre limpa antes a garganta – "Aham!". Com isso, ela manifesta um ar e uma atitude imponentes. Isso é típico das chamadas *erai hito* [pessoas importantes] que limpam a garganta antes de falar a uma audiência. Isso é tão característico que é frequentemente utilizado nas histórias em quadrinhos. Se considerarmos um período histórico mais recente, no qual as precondições sociais para a utilização desse gesto expandiram-se o suficiente para incluir o homem comum, podemos notar, por exemplo, que os membros da audiência em um concerto musical ou em um evento similar começam por limpar suas gargantas – "aham" – em uníssono, pouco antes do início do espetáculo. Em tais ocasiões, eu não posso deixar de sorrir, pensando: "Bem, eis a cultura japonesa mais uma vez".

Não apenas o *sekibarai* [limpar a garganta], mas também o *harai* [jogar fora, livrar-se de algo] destinam-se a promover o exorcismo dos maus espíritos. Antes de dar prosseguimento a minhas considerações sobre esse tema, contudo, gostaria de voltar ao assunto com o qual iniciei esta parte para fazer uma nova reflexão a respeito: o hábito de articular frases preliminares como "*sō desu ne*" e "*yappari*". Posso ver agora que esse ato também é – *yappari*! – uma espécie de "limpeza da garganta". Existe, no entanto, uma diferença: as frases preliminares obviamente utilizam palavras reais em vez de constituir uma simples limpeza da garganta, uma ação e um som meramente físicos. Por isso, não posso dizer que esse ato também não passe de um encantamento destinado a banir os espíritos malignos. Isso é algo que deveremos examinar mais adiante.

"*Sō desu ne*" é uma expressão realmente bizarra. A outra pessoa ainda não disse nada de especial e alguém a interrompe dizendo: "*Sō desu ne!*". Por exemplo, o apresentador do *talk show* pode perguntar ao convidado: "Qual é a tendência atual no que diz respeito aos livros que os jovens estão lendo?". A pessoa então começa a resposta com "*Sō desu ne*". Ora essa, o que isso quer dizer?

Na seção intitulada "*Aizuchi*" [Oferecer concordância, ecoar], discuti a intenção profundamente arraigada nos japoneses de se alinhar com os outros. Muitos respondem em concordância com cada palavra que a outra pessoa articula. Nosso hábito ou costume de iniciar nossas declarações pessoais com "*Sō desu ne*" deve ser demonstrativo da mesma atitude sentimental subjacente ao *aizuchi*. Em outras palavras, trata-se de uma ação que mostra que, mesmo antes de alguém pronunciar palavras próprias, essa pessoa já passou a concordar com o outro, *a priori*. Isso também significa que o "É isso mesmo, não é?" do locutor pode ser entendido como a comunicação de sua própria expectativa de que o outro irá, do mesmo modo, passar a concordar com suas palavras, também *a priori*. Isso é o que nós chamamos de "*dōchō no sekibarai*" [limpar a garganta em concordância], que é uma forma específica de *sekibarai*.

Sem dúvida, a expressão "limpar a garganta em concordância" é um tanto estranha. *Sekibarai* era originalmente um ato de exorcismo contra os maus espíritos. Com algum exagero, poderíamos dizer que ele tornava explícito um certo *hi-dōchō* [desacordo ou discórdia] com o domínio do mal.

Geralmente, afirma-se que, na Era Moderna, a individualização e a autossuficiência têm prioridade máxima. Contudo, conforme demonstrado no exemplo anterior, o gesto de mostrar concordância com o mundo ou a intenção de fazê-lo não se enfraqueceu em nossa cultura. Eu diria que apenas a forma de "demonstrarmos concordância" foi alterada. Antigamente as pessoas não iniciavam suas declarações com um "É isso mesmo, não é?" indiscriminado, como fazemos hoje.

O mesmo aplica-se a outro hábito discursivo das pessoas de hoje: o de dizer "*Yappari*" [Era o que eu pensava]. Imaginemos que alguém faça a seguinte declaração: "*Yappari, soko wa Weber dewa nakute, Marx dewa nai desu ka*" [Era o que eu pensava, isso não é Weber, é Marx, não é mesmo?]. "*Yappari Marx*" é uma expressão que afirma o desejo do locutor de aderir à ideia coletiva da sociedade. Trata-se exatamente do mesmo gesto que vemos no comercial popular que usa o *slogan* "Ya-

ppari gasu"[1]. Nesse uso de *yappari* vemos e reconhecemos a atitude de dependência conjunta da autoridade de nossa cultura. Essa atitude é visível na expressão tradicional "*Yoraba taiju no kage*" [Quando procurar abrigo, escolha uma árvore grande", que quer dizer: "Quando servir, sirva ao mais poderoso].

Os leitores modernos provavelmente me considerarão antiquado ao me verem falar de "exorcismo". Por outro lado, gostaria de perguntar o que é mais novo: a expressão da vontade de exorcizar o mal ou a expressão de dependência da autoridade e a concordância automática com o mundo exterior? Isso é algo que não cabe a mim julgar.

---

[1] Um clássico comercial de TV de uma grande marca de gasolina consagrou o *slogan*: "Yappari, esta é a melhor gasolina".

Sekibarai II
(Limpar a garganta II)

Exorcizando os mortos ou o demônio

HÁ UMA HISTÓRIA no *Rakugo* (monólogos cômicos) que faz troça com os tipos de comportamento que as pessoas exibem em relação ao álcool e à bebida. Dentre eles, há um chamado *kabenuri-gata* [o estilo de engessar paredes], que se refere ao momento em que alguém expressa a intenção de não querer mais beber saquê erguendo as mãos com as palmas para fora e acenando rapidamente com elas de um lado para o outro, da esquerda para a direita – isso faz com que a pessoa pareça um operário engessando uma parede.

De modo geral, ao expressarmos abstinência, recusa ou rejeição, nós, japoneses, acenamos com uma das mãos ou com ambas rápida e repetidamente da esquerda para a direita. De onde terá surgido esse gesto? *Harainoke* [afastar ou exorcizar] é um movimento de acenar com as mãos que se faz na esperança de exorcizar o mal quase com o mesmo sentimento de quando se limpa a garganta. Na verdade, esse gesto poderia corresponder ao *harai*, rito xintoísta de exorcismo.

Sempre que dizemos *"Tonde mo nai"* [Não, de maneira alguma], *"Messō mo nai"* [Não, não pode ser!] e, particularmente, *"Engi de mo nai"* [Não diga isso! Longe de mim, nem pensar! Esconjuro!], inconscientemente erguemos a mão e acenamos de um lado para o outro com certo vigor. É como se acreditássemos que, com esse movimento, pudéssemos fazer o mal e a desgraça baterem em retirada imediatamente.

Itasaka[1], que analisou a expressão "*Ja nai ga*" [Não é isso, mas...], examinou profundamente a psicologia inerente a essa manifestação, utilizando para isso as observações de Kumakusu Minakata[2] que citarei a seguir. Logo esclarecerei a relação entre isso e *harau* [exorcizar], que é o meu tema central no momento.

Kumakusu Minakata disse:

> Quando eu era criança e ouvia meus colegas de escola falarem de uma pessoa que tinha se cortado ou se machucado, reparava que primeiro diziam: "*Waga mi ja nai ga*" [Não foi comigo, mas...], e só então diziam que esta ou aquela pessoa tinha sofrido um corte assim em tal parte do corpo, ou sofrido uma queimadura "daqui até aqui", momento no qual a criança que relatava o episódio apontava para a parte correspondente no próprio corpo. Nesse caso, o que vemos é que a pessoa que conta sobre o acidente primeiro exorciza a desgraça de si próprio e só depois representa a ocorrência de tal sofrimento para os outros.

Nos tempos antigos, acreditava-se que, a menos que um feitiço fosse lançado contra a desgraça, como em "*Waga mi ja nai ga*" [Isso não tem nada a ver comigo, mas...], a infelicidade poderia ser atraída para a pessoa que contava o fato. Itasaka explica que a expressão moderna "*ja nai ga*" – como em "*Akutagawa no kotoba ja nai ga, jinsei wa ichigyō no Baudelaire ni mo shikanai*" [Não foi Akutagawa quem disse que a vida não vale

---

1 Gen Itasaka, nascido na China em 1922, formou-se em literatura japonesa pela Universidade de Tóquio, em 1950. Em seguida, estudou e lecionou nas universidades de Cambridge e Harvard, retornando ao Japão em 1985, onde se tornou vice-presidente do Colégio Universitário para Mulheres Sōka.
2 Kumakusu Minakata (1867-1941) foi um biologista autodidata que passou os primeiros anos de sua vida na Inglaterra como empregado do Museu Britânico. Falava dezoito línguas e publicou diversos trabalhos na *Nature*, revista inglesa de ciência natural. Ao retornar ao Japão em 1900, continuou desenvolvendo suas prodigiosas coleções biológicas e ainda encontrou tempo para assinar, ao lado de P. V. Dicke, então presidente da Universidade de Londres, a tradução definitiva do *Hōjōki* para o inglês.

nem mesmo um verso de Baudelaire?] – tem origem nessa crença antiga (*Nihonjin no ronri kōzō* [A estrutura da lógica dos japoneses]).

Em outras palavras, há muito tempo *"ja nai ga"* – como um encanto ou um feitiço para evitar a desgraça – vem sendo um aspecto profundamente arraigado da língua japonesa. Ora, essa é uma descoberta interessante.

* * *

Como é de conhecimento geral, existe uma palavra – *harae* [exorcize] – que costuma fazer parte de encantamentos ou feitiços (Shinobu Orikuchi explicou que *harae* é a forma imperativa do verbo, em geral proferida por um superior a seus subordinados ou a outras pessoas presentes para que o exorcismo fosse realizado, já que havia certa imposição nessa prática. Entretanto, quando um exorcismo é conduzido pelas próprias pessoas possuídas, a palavra é *harau* [exorcizar]). *Harae* é uma construção linguística moderna – eu duvido que seja oriunda de tempos muito remotos. Apesar disso, prefiro utilizar *harae* nesse caso.

As pessoas de antigamente acreditavam que, se fizessem *"harae"* – por exemplo, recitando orações e purificando-se com ervas "limpas", como a sálvia e o linho –, o mal e os pecados seriam expiados. Desde a Era Nara, têm havido relatos de enunciações *harae* e da prática de exorcismo realizada por sacerdotes xintoístas com ervas de sálvia. Esse costume ainda é transmitido de geração em geração.

Em nosso país havia uma crença muito antiga de que os pecados eram gerados por maldições jogadas pelos mortos que faleciam com sentimentos de ódio, guardando ressentimento ou levando alguma outra mácula ou estigma do mundo exterior. Nesse caso, se os vivos fossem capazes de exorcizar ou afastar esses mortos infelizes, seus próprios pecados desapareceriam. À luz disso, é fácil notar como os movimentos do sacerdote xintoísta ao realizar um *o-harai* [exorcismo] transformaram-se em um gesto que hoje acompanha a expressão de uso comum *"messō mo nai"* [de maneira alguma].

É relevante recordar que, além do *harae*, há outra maneira de exorcizar uma impureza: através da *utsushi* [transferência]. Lembro-me de certa vez ter recitado o encantamento usado para livrar-se de uma verruga: "*Iboibo utsure*" [Verruga, verruga, vá lá para longe]. Nesse mesmo estilo, havia uma brincadeira infantil na qual se podia tocar outra criança ao mesmo tempo em que se cantava em voz alta: "*Bensho, aburasho!*" [Mancha, mancha, vá embora!]. *Bensho* é uma mancha ou pinta na pele, e a ideia era de que, se a marca fosse transferida para outra pessoa, desapareceria do próprio corpo. Fiquei surpreso ao descobrir que as crianças espanholas brincavam exatamente do mesmo jeito e que no país delas essa brincadeira é chamada de *mancha*. Isso deve servir de exemplo para que nunca digamos, impensadamente, que uma coisa é exclusiva do nosso país.

Os gestos realizados em um exorcismo são, em última análise, movimentos que se destinam a desviar ou a expelir algo sobrenatural de uma pessoa. Dada a crença de que há numerosos espíritos malignos estranhos e demônios deploráveis vagando ao nosso redor, as pessoas procuram se livrar deles dizendo "*Tonde mo nai*" [De maneira nenhuma] e "*Engi de mo nai!*" [Não diga isso! Longe de mim, nem pensar! Esconjuro!], a fim de manter os seres sobrenaturais à distância. Em certo sentido, portanto, esses gestos têm uma conotação de distância.

Creio que exista uma profunda relação entre o ato de exorcizar o mal de si próprio, ao dizer "*Waga mi ja nai ga*", e o ato de expressar recusa ao agitar a mão ou as mãos de um lado para o outro.

* * *

Isso me faz recordar algo que li certa vez: Kenzō Fujinawa[3] expôs uma interessante teoria sobre a diferença entre os deuses japoneses e os deuses gregos em seu artigo "*Girisha shinwa to Nihon shinwa*" ["A mitologia grega e a mitologia japonesa" – *Rekishi to Jinbutsu*, "A história e o homem", dezembro de 1971]. Os deuses japoneses eram, em sua maioria, seres nefastos – deuses de maldição e danação. Fujinawa

---

3 Kenzō Fujinawa (1929-) é especialista em história da Europa antiga. Aposentado em 1993 de seu cargo na Universidade de Kyoto, atualmente leciona no Colégio para Mulheres de Kyoto e continua escrevendo sobre os gregos antigos e seus contemporâneos no Japão.

afirmou: "Os deuses japoneses parecem, antes de mais nada, ter preferido uma existência isolada em meio à natureza primitiva". Assim, se examinarmos a ideia desse estado de coisas sob a perspectiva dos seres humanos, concluiremos que as pessoas tinham certa inclinação a manter esses deuses a uma distância respeitável, o que é compreensível. Na Grécia, por outro lado, a própria Terra era concebida como uma deusa, e o benevolente deus guardião da *polis* era reverenciado no centro da comunidade. Ora, se considerarmos essa outra conceituação pela perspectiva dos seres humanos, teremos de concordar que essas pessoas preferiam viver o mais próximo possível de seus deuses.

Ao tomar conhecimento disso, conseguimos entender melhor o que ocorre conosco, os japoneses, em relação ao gesto de *harai* [afastar agitando as mãos] e à maneira de limpar enfaticamente a garganta – "aham" – diante de dificuldades ou acontecimentos desagradáveis ou quando somos obrigados a manifestar diretamente as nossas intenções. Esses são os nossos modos de exorcizar ou de repelir os deuses, que, nesses momentos, parecem estar bastante próximos. Tentamos confirmar o *nichijō-sei* [ambiente cotidiano], e, assim alcançado, esse *nichijō-sei* é exatamente o que nos proporciona o fundamento para assegurar a racionalidade e o sentido de nossas vidas sob esse aspecto.

Seria interessante, a essa altura, comparar nossa situação com a do Ocidente. Quando os europeus ficam confusos, quando gaguejam ou resmungam, o que eles dizem, que gestos eles fazem?

O grande estudioso da cultura francesa, Daniel Mornet, tinha um hábito bizarro: sempre que resmungava após ter dito algumas palavras, ele repetia *"Mon Dieu!"*. Originalmente, *"Mon Dieu!"* quer dizer a mesma coisa que *"Wa ga Kami yo!"* [Meu Deus!]. Isso significa que o velho professor e intelectual francês, em cada uma dessas ocasiões, estava pedindo a ajuda de *"wa ga Kami"*.

Há uma grande diferença entre nós, japoneses, que exorcizamos o *Kami*, e os europeus, que invocam a proteção de Deus. Contudo, o que as duas culturas têm em comum nisso é a ideia subjacente da presença ativa de Deus ou dos deuses.

Kushami
(Espirrar)

Cubra sua boca só por precaução

Minha camisa estava amassada, ou faltava um botão nela, mas eu não tinha tempo de trocar de camisa antes de ir para a escola. Em situações como essa, minha mãe costumava me pedir que eu dissesse: "*Nuida!*" [Eu a tirei!]. Dizer "*Nuida!*" seria a mesma coisa que ter tirado a camisa. Era essa a crença.

Ser tocado por uma agulha ou um prego já foi considerado mau agouro. Certamente, isso poderia constituir um dano físico real, mas, como gesto, nós lhe atribuímos um valor similar ou paralelo à aflição de ser enfeitiçado. Mesmo quando a pessoa percebe que foi enfeitiçada por alguém, é sempre tarde demais para escapar ou evitar a bruxaria. E é por isso que minha mãe queria que eu dissesse "*Nuida!*". Contudo, eu era um menino travesso e às vezes dizia apenas "*Nui...*" para apaziguá-la, e então completava "*...de hen*" [...não tirei], levando todo o procedimento a ter o significado oposto. Enquanto um encantamento se estabelece com base na leve confiança nas experiências dos antepassados, a psicologia dominante na mente da criança que eu fui caracterizava-se por uma leve descrença nas experiências de meus ascendentes.

Com o passar do tempo, tem havido cada vez mais descrença e descrédito desse tipo. Hoje é difícil encontrar crianças obedientes ao ponto de recitar encantamentos. Ainda assim – embora mais uma vez eu esteja apenas introduzindo uma reflexão pessoal –, minha filha, quando era pequena e cometia algum erro, costumava chorar, cobrindo a boca e dizendo: "*Ah!*". Quando eu via tal cena, ocorria-me que de certa forma aquilo também era um encantamento. Mas, obviamente, isso só acontecia por causa do amor que eu sentia por ela e da diversão que aquilo me trazia.

* * *

Na 47ª seção dos *Tsurezure gusa* [Ensaios sobre a preguiça] é citada a lenda a seguir: um homem foi rezar no templo Kiyomizu e, no caminho, encontrou uma freira idosa. Até aí tudo bem, mas a freira ficava dizendo: "*Kusame, kusame*" [Espirre, espirre]. O homem perguntou-lhe o porquê de ela fazer aquilo, ao que ela respondeu:

> Dizem que, quando espirramos, se não recitarmos um encantamento – dizendo "espirre, espirre" –, vamos morrer na certa. O menino que eu criei está agora no Monte Hiei, e estou preocupada com ele espirrando naquele frio terrível. Por isso, estou dizendo "espirre, espirre" o tempo todo.

Inspirado por essa história, Kunio Yanagita escreveu o ensaio *Kushami no koto* [Sobre a questão do espirro]. Na versão original dos *Tsurezure gusa*, a fraseologia era tal que *kushamisuru* [espirrar] era expresso pelo termo *hanahiru*, atualmente arcaico. *Hanahi* causava desconforto nas pessoas porque se acreditava que trouxesse mau agouro. Por isso, reagia-se ao espirro sempre com o encantamento "*kusame*".

É interessante e digno de considerações mais profundas o fato de a palavra *kusame*, utilizada como encantamento, ter passado a substituir o termo original usado para o próprio fenômeno – *hanahi* –, considerado arauto de desgraças. A despeito de meu interesse por essa transformação, estou mais ansioso por descobrir por que o espirro foi causa de preocupações tão extraordinárias nas pessoas de então. Até hoje existe a crença ou o dito popular de que, quando alguém espirra, em algum lugar há alguém que critica o espirrador. A ideia subjacente é de que, com o espiro, o espírito deixa o corpo e pode ficar à mercê dos caprichos dos espíritos malignos. O *ki* [sentimento ou espírito] deveria sempre habitar o corpo. Um espiro, porém, é algo que dispersa incontrolavelmente o espírito. Na verdade, vendo as coisas dessa maneira, como negar que talvez os espíritos malignos das montanhas e dos rios estejam envolvidos nisso?

Há uma teoria que sustenta que a palavra *kusame* deve sua origem a um lapso de língua no cântico "*Kūsoku banmyō, kyūkyū nyo ritsuryō*" [Seres vivos, acalmem-se, fiquem quietos]. Contudo, Kunio Yanagita considerou essa teoria incorreta e apresentou outra: a de que *kusame* era originalmente *kusahame* [comer merda], equivalendo a *kuso kurae* [comer merda]. Yanagita explica que essa palavra destinava-se a expressar certa coerção ou ato de subjugação com o qual os maus espíritos seriam reprimidos. Minha opinião é de que o argumento de Yanagita é bastante coerente.

Tanto a oração cantada do *kusame* quanto o limpar de garganta são encantamentos e gestos destinados a exorcizar os demônios nefastos. Da mesma forma, por meio do gesto de cobrir involuntariamente a boca e dizer "ah", alguém se encoraja a reter o próprio espírito, que corre o risco de escapar do corpo. Todas essas expressões pertencem à cultura do encantamento e, em nosso caso, tal conclusão é inequívoca.

O costume de fazer algum tipo de encantamento ou amuleto, como pendurar a cabeça de uma sardinha entre as calhas do telhado, tem se tornado cada vez mais impopular. Mesmo assim, não devemos nos apressar a concluir que seja uma felicidade ou uma tristeza o fato de tal gesto de encantamento ter desaparecido. Na verdade, o encantamento permanece dentro de nós em signos residuais, sob a forma de palavras em lugar dos costumes externos e óbvios dos tempos antigos – na realidade, sua presença está agora tanto em uma palavra quanto já esteve em um gesto.

Desastres ocorrem por toda parte, e nunca se sabe o que os causam. Até que nossa preocupação com essa realidade desapareça completamente, a cultura dos encantamentos não deixará de existir.

* * *

De acordo com Shinobu Orikuchi, o radical *maji* [atividades impuras dos espíritos] da palavra japonesa *majinai* [encantamento] indica o poder de pássaros, animais, insetos etc. para trazer doenças aos seres humanos. Ele afirma:

> Apesar de mais tarde esses termos terem passado a significar um certo poder de *majinau* [realizar um encantamento] da parte daqueles que utilizavam tal poder, pode-se supor seguramente que as palavras referiam-se originalmente ao outro lado, que lhes negava tal poder. [*Ho*"/"*Ura*" kara "*Hogai*" e – De "*Ho*"/"*Ura*" a "*Hogai*"].

Em outro trabalho, Orikuchi afirma: "*Maji* significa 'as atividades impuras dos espíritos'" (*Majinai no Ichi-Hōmen* [Um aspecto do encantamento]). Tomando todas essas considerações em conjunto, a ideia que surge é a seguinte: imaginem que insetos ou algo semelhante tenham causado danos a seres humanos, trazendo-lhes doenças, por exemplo. Nesse caso, os insetos são vistos como tendo incorporado a atividade impura dos espíritos. Há dois métodos pelos quais pode-se exorcizar ou afastar a atividade impura. Um deles é invocar as atividades puras dos espíritos – método chamado de *kusuru* ou *kusu*. A alternativa é *majinau* [fazer um feitiço ou realizar um encantamento], em outras palavras, tornar-se *akuma no ujiko* [membro da congregação do demônio ou do templo do demônio].

Existe um remédio antigo bastante popular para a picada de vespas: é preciso capturar a vespa que deu a ferroada e esfregá-la na ferida. Isso poderia ilustrar perfeitamente o que foi dito – "tornar-se um paroquiano do diabo". A esse respeito, Orikuchi pensa o seguinte:

Para as pessoas dos tempos antigos, com sua mente inocente, deve ter sido muito difícil responder à pergunta "por que os insetos de ferrão, que guardam seu veneno no interior do corpo, o mesmo veneno que faz com que as pessoas tenham tanta dor, não são vulneráveis ao próprio veneno?". Naquela época, não havia outra maneira de explicar esse fato, a não ser supor que tais insetos deveriam ter, no interior de seu corpo, certos elementos que serviam de antídoto para o veneno.

Orikuchi chamou esse remédio popular de "*kataki-uchi ryōhō*" [o remédio da vingança]. Podemos reconhecer um traço ou vestígio desse ato e da crença que lhe é subjacente em provérbios populares como "*Doku o kurawaba, sara made*" (literalmente, "Quem come o veneno também pode comer o prato] e "*Doku o motte doku o seisu*" ("Através do veneno controla-se o veneno", que significava: "O igual cura o igual" ou "Combate-se o fogo com fogo").

Seja como for, o fato é que o "*kataki-uchi ryōhō*" [remédio da vingança] vem se tornando cada vez menos popular. Vemos cada vez menos pessoas se tornarem "uma ovelha do rebanho do diabo" ou apelarem para as *maji* [atividades impuras dos espíritos]. Em vez disso, elas passaram a reconhecer as *maji* como estando fora de si próprias. Em vista disso, começaram a: 1) denunciá-las (como quando dizem "*Kusame!*", por exemplo); 2) ameaçá-las (como em *narimono ijime* [bater nas árvores frutíferas]); ou 3) manter preventivamente uma distância respeitosa (como no exemplo da cabeça de sardinha dependurada entre as calhas da casa). Na realidade, reconhecer as *maji* como um fenômeno externo é algo que requer um grande esforço em termos de pensamento analítico. Por isso, quando as pessoas atingiram esse estágio, o "remédio da vingança" caiu em desuso.

Obviamente, podemos chamar esse deslocamento de analítico. Isso, contudo, não significa que as pessoas reconheciam as *maji* como pertencentes a outro ser perfeito. Era algo relativo, uma questão de grau. Havia muitos demônios por toda parte e várias coisas que caíam sob sua influência maléfica. Assim, mesmo que as pessoas não se tornassem "congregadas do diabo", agiam de alguma forma, fosse batendo naquelas coisas impuras, fosse ameaçando-as para gerar um poder humano capaz de responder às diabruras. E, em consequência disso, o mal recuava. Eram os demônios que fugiam, gritando: "Que horror, que horror!".

Não são apenas os objetos que podem ser afetados ou corrompidos pelos demônios; as palavras também podem ser alvo de seus feitiços. Podemos citar novamente os *Tsurezure-Guza*, em cuja seção 61 há um exemplo disso: nela está escrito que, quando uma mulher tem complicações para expelir a placenta, é bom jogar um *koshiki* ou um *seiro* [cesta para cozinhar no vapor] da beira de um telhado. *Koshiki* corresponde à palavra *koshike*, que significa "leucorreia". Além disso, era melhor que o ato fosse realizado em Ohara (lugar cujo nome é homófono de "barriga grande" ou "útero"]. A relação homofônica entre essas palavras emprestava significado à crença de que, se o *koshiki* caísse em Ohara, a placenta também "cairia", isto é, seria expelida. Se invertermos esse raciocínio, veremos que supostamente o demônio na placenta infectara a cesta de vapor em Ohara, tendo feito isso precisamente através da relação homofônica entre as palavras. Portanto, se os seres humanos conseguirem fazer o demônio/*koshiki* cair, irão gerar o poder humano ou a sabedoria necessária para reagir eficientemente à influência maligna. Em vez de *"kataki-uchi ryōhō"* [remédio da vingança], esse tipo de tratamento poderia ser chamado de *"kannō ryōhō"* [remédio da resposta].

Embora o que desejo desenvolver agora baseie-se apenas em impressões pessoais, eu diria que há quatro tipos de encantamento na categoria "remédio da resposta". Dois deles respondem especificamente ao perigo de um desastre natural: o tipo 1, "ameaças", e o tipo 2, "celebração-anterior-ao-fato". Os outros dois são utilizados contra doenças: o tipo 3, "cura", e o tipo 4, "prevenção".

Um exemplo do tipo 1 é: *"Hayaku me o dase, kaki no tane. Sadanu to, hasami de chongiru zo"* [Brote rápido, semente de caqui. Senão, vou te cortar com minha tesoura]. Esse encantamento é uma das formas de *narimono ijime* [bater nas árvores frutíferas]; portanto, é um exemplo do tipo ameaçador do "remédio da resposta". Para exemplificar o tipo 2, eu sugeriria um costume denominado "*mochi-giri*" [cortar bolos de arroz]. De acordo com essa crença, se o nascimento de uma criança for encenado, uma criança nascerá de fato. Esse é, portanto, um exemplo do tipo 2, "a celebração-anterior-ao-fato".

O tipo 3, um dos dois que se destinam a combater doenças, pode ser ilustrado pelo costume de escrever o nome de uma criança em uma concha de sopa e pregá-la na porta da frente; isso supostamente faria a criança parar de chorar à noite. Por fim, o tipo 4 é o da prevenção. Um bom exemplo disso é a crença de que esfregar nozes nas mãos evita que a pessoa seja acometida por paralisia.

Das quatro categorias de encantamento que escolhi – ameaça, celebração-anterior-ao-fato, tratamento e prevenção –, as únicas que ainda permanecem em uso são a primeira e a última. É verdade, contudo, que um vestígio da "celebração-anterior-ao-fato" pode ser reconhecido no costume de dizer apenas bons ensejos no Ano-Novo. Vários exemplos desse tipo de encantamento são encontrados em pequenas comunidades. Como, entretanto, essas comunidades têm entrado em declínio, os encantamentos com o espírito da "celebração-anterior-ao--fato" vêm se tornando cada vez menos populares – o que talvez seja apenas um processo natural. Os encantamentos curativos requeriam especialistas, os curandeiros. Esses especialistas foram substituídos por doutores em medicina aprovados no Exame Nacional. Com isso, o tipo correspondente de encantamento obviamente caiu em desuso.

Como já mencionei, apenas dois tipos de encantamento ainda sobrevivem: o encantamento da ameaça e o da prevenção. E, mesmo assim, as únicas formas que ainda persistem em nossa vida cotidiana ocultam-se nas profundezas dos domínios do inconsciente, como é o caso do ato de limpar a garganta. Não obstante, devemos dar o devido reconhecimento a um costume que ainda é comum: muitos jovens contestam ruidosamente a fé insistente de seus pais no poder e na importância do conhecimento científico; esses mesmos jovens livres-pensadores, ao se verem na desalentadora circunstância do vestibular, levam secretamente no bolso uma *tokachi-ishi*, uma pedra de Tokachi (local cujo nome significa literalmente "dez vitórias]. Em outras palavras, até que todos os temores e preocupações sejam erradicados deste mundo (o que obviamente nunca acontecerá), os encantamentos não desaparecerão.

Creio que o caráter dos nossos encantamentos e o modo como os categorizamos passarão por algumas mudanças. Por exemplo, as pessoas modernas e civilizadas da atualidade não pensam, nem por um segundo, que fumar seja um encantamento. Mesmo assim, acredito que algum dia esse hábito poderá ser classificado como um tipo de encantamento em um sistema de história natural. Hoje, por terem de se reunir cada vez mais frequentemente, sendo forçadas a um confronto face a face que nós, japoneses, consideramos tão enervante e exaustivo, as pessoas naturalmente tendem a compensar a tensão com substâncias estimulantes como o chá e o tabaco. Com isso, elas estão meramente tentando exorcizar os demônios da vida social moderna, que, de muitas maneiras, também é uma espécie de feitiço social. Para realizar esse exorcismo, utilizam o tabaco, que é, ironicamente, um produto social.

Quando exalamos uma grande nuvem de fumaça de tabaco, o que estamos expelindo de fato? Acho bastante provável que estejamos recaindo no *kataki-uchi ryōhō* a que Shinobu Orikuchi se refere.

Akubi
(Bocejar)

Dormindo no trem

Eu tive um amigo, K., que era famoso por bocejar profusamente na frente das pessoas. Mesmo quando estava falando comigo, ele soltava seus bocejos. Eu achava aquilo mais intrigante do que perturbador e, desde então, tenho me interessado pelo fenômeno do bocejo.

Certa vez, perguntei a K., com bastante franqueza, se ele não tinha conseguido dormir na noite anterior ou se era a minha conversa que o aborrecia. Imediatamente, K. negou as duas coisas. Ele não estava nem cansado nem entediado. Acho pertinente acrescentar que K. era um homem bastante talentoso e sensível. Por isso, minha curiosidade em saber por que ele bocejava repetidamente era tão grande.

Bocejar, obviamente, é um fenômeno fisiológico e, como tal, está relacionado à fadiga, ao tédio ou ao fastio. Todos os seres humanos, de indígenas a franceses, bocejam. O que despertou o meu interesse por esse ato foi ver o meu amigo bocejando com a mesma frequência em reuniões e salas de aula. Comecei a reparar que nessas ocasiões podiam ser vistos tanto bocejos quanto suspiros. Comparecendo às reuniões como sempre, passei a observar isso mais sistematicamente, e meu interesse começou a se concentrar em questões mais específicas: que tipo de caráter têm as pessoas que suspiram, e que tipo é característico dos "bocejadores"?

O fato de os japoneses estarem sempre cochilando nos trens interurbanos é bastante conhecido internacionalmente e, em geral, presume-se que isso ocorra em razão da nossa vida atarefada e da fadiga dela resultante. Nesse contexto, portanto, bocejar poderia ser considerado mera consequência fisiológica do *karō* [excesso de trabalho]. Seja como for, acredito que o bocejar também pode ser considerado dos pontos de vista cultural e social, além do fisiológico.

* * *

O filósofo francês Alain* menciona o bocejo em seu *Systhème des Beux-Arts* [Sistema das Belas-Artes], afirmando o seguinte: "Em vez de mero sinal de fadiga, o bocejo é uma pausa feita pelas pessoas que se concentram em determinada discussão".

Eu poderia aprimorar essa observação acrescentando que o bocejo também é uma espécie de turno ou alternância que ocorre no *ba* [território] da consciência. Reuniões sempre envolvem certa dinâmica de competição e cooperação para que disso surja uma consciência coletiva ou de grupo. Bocejar é o estágio incipiente ou a oportunidade de escapar de um *ba* em que uma consciência de grupo está sendo temporariamente formada; é a expressão do desejo da pessoa de regressar à própria consciência ou inconsciência.

Desse modo, o bocejo não constitui apenas uma reação fisiológica, mas também um fenômeno peculiar do inconsciente. Por essa razão, não é completamente irracional o fato de nos tempos antigos as pessoas acreditarem que os deuses estavam presentes no bocejo de alguém.

Nos tempos modernos, as pessoas certamente achariam estranho pensar que um deus pode estar presente nos bocejos. Kunio Yanagita nos conta o seguinte:

> Essas observações referem-se às Ilhas Hachijō, mas deve haver exemplos similares em outras partes. Quando uma jovem ia se

---

* Pseudônimo de Émile-Auguste Chartier (1868-1951), jornalista, ensaísta e filósofo francês. (N. T.)

tornar noviça a serviço de um templo, ela rezava e adorava a Deus como parte de sua preparação. Se repentinamente começasse a bocejar com frequência, isso seria considerado um sinal de que Deus a havia reconhecido. Da mesma forma, provavelmente durante o estágio em que ela deveria fazer perguntas ao médium do templo, seu comportamento era observado cuidadosamente. Se ela bocejasse ou ficasse distraída naquele período, isso era considerado um aviso de que ela havia sido tocada por Deus. Portanto, as pessoas dos tempos antigos não consideravam o bocejo um fenômeno meramente físico. Na verdade, dependendo do local, "bocejar" era denotado pela mesma palavra que significava "adorar". Deve ter havido uma razão histórica para essa denominação, que hoje é desconhecida e obscura para nós. (*Hōgen Kakusho* [Uma memória dos dialetos].)

Nos tempos antigos, as pessoas acreditavam que o bocejar frequente era um sinal de que alguém estava recebendo o reconhecimento divino. Hoje, a crença é oposta: quando uma pessoa começa a bocejar, o que primeiro se pensa é que ela está enfeitiçada pelo "demônio" da rudeza ou do tédio. Nesse caso, "Deus" ou "estar tocado por Deus" poderia ser o equivalente ao inconsciente de um indivíduo ou do grupo. Esse bocejo é, na verdade, o sinal de que alguém adentrou o misterioso *ba* [território] da inconsciência. Uma questão particularmente intrigante que surge então é: por que o bocejo passou a ser encarado apenas como impolidez ou falta de educação?

Uma razão para isso pode ser encontrada na atitude moderna de priorizar a ciência, essa mentalidade das pessoas de reconhecer apenas a existência da consciência mundana, através da qual elas tentam construir esse mundo. O *ba* da insconsciência individual ou coletiva (que poderia ser chamado de "Deus] passa despercebido.

A segunda razão está relacionada à nossa obstinada convicção cultural de que, no interior do *ba* no qual uma consciência de grupo está prestes a ser constituída, qualquer fenômeno que desvie esse esforço é considerado não apenas rude, mas também dissidente, rebelde. Os grupos dos tempos modernos têm como característica fundamental a parcimônia (ou falta de generosidade); em outras palavras, tomam como objetivo o não reconhecimento do território do inconsciente dos membros do grupo, apesar de realmente haver uma dimensão do inconsciente no grupo.

Que surpresa não seria para a mulher ingênua do exemplo de Yanagita se em seu bocejo tivesse sido encontrada uma culpa! Podemos constatar aqui uma espécie de hiato ou disjunção na linha do tempo de nossas crenças culturais, que causa conflitos onde os códigos ainda não deslocaram seus significados ou vice-versa. Apesar de não sabermos ao certo quando isso teve início, temos sido extremamente zelosos em nosso treinamento para a repressão de bocejos. A despeito disso, contudo, ainda vejo muitos bocejos e suspiros nas reuniões diárias e em ocasiões semelhantes. A questão é: como interpretar esse fato? A que poderíamos atribuí-lo? Ora, isso poderia muito bem ser a oposição inelutável e bem direcionada dos deuses ao nosso estilo de reunião, não?

Alain optou pelo termo "pausa" ou "repouso" (*kyūka*) do espírito. Isso sugere que, em algum momento de sua origem ou de seu significado radical como palavras, "descansar" (*yasumi*) e "bocejar" estiveram conectadas. Se originalmente *yasumi* significava "repousar sozinho no colo de Deus" (abandonando por algum tempo o mundo humano), então o fenômeno do bocejo pode ser visto como alguém que repousa sozinho em seu próprio *ba* [território] do inconsciente (e abandona a esfera da razão e da consciência de grupo). Outra formulação possível seria considerar o bocejo um sinal de uma espécie de convocação ou convite que o território do inconsciente envia através do corpo físico.

Dificilmente poderia ser considerado saudável reprimir um bocejo e, com isso, fechar o portão de acesso a um domínio tão original. Há uma *zokushin* [crença popular] de que o bocejo é contagioso e se propaga rapidamente entre as pessoas. Mais uma vez, isso é um indício da crença de que o mundo obscuro e profundo do imenso inconsciente convoca as pessoas através de seu mensageiro, o fenômeno do bocejo. É pertinente recordar aqui uma expressão por nós utilizada que diz que, se uma pessoa bocejar ao mesmo tempo que outra, essas duas pessoas se tornarão *mikka no shinrui* [parentes de três dias]. Com isso, novamente corrobora-se a ideia de que há uma interconectividade entre os seres humanos que, de alguma maneira, manifesta-se através do bocejo, ocorrência sem dúvida bastante peculiar.

Naku I
(Chorar I)

Choro de demonstração

HÁ UM VERSO em um poema de Chūya Nakahara[1]: "Por tanto tempo, de fato, nos esquecemos de chorar". Quase em uníssono com Nakahara, Kunio Yanagita disse: "Alguém que chora: é notável como ultimamente isso tem se tornado incomum" (*Teikyū-shi dan* [Sobre a história do choro]).

Vemos aqui um poeta e um antropólogo refletindo sobre o declínio do ato de chorar. Tanto o verso do primeiro quanto o comentário do segundo são observações feitas antes da Segunda Guerra Mundial, na segunda década da Era Showa. Ainda assim, hoje a tendência por eles indicada poderia parecer ainda mais notável.

Um bom exemplo disso pode ser facilmente notado nos funerais atuais: vê-se um número consideravelmente menor de enlutados com lágrimas nos olhos. Sinto que, no passado, até mesmo aqueles que não eram tão próximos do falecido choravam tristemente na cerimônia. Será que isso pode ser atribuído à inclinação cada vez maior de desprezar e proibir o choro?

---

1 Chūya Nakahara (1907-37) conheceu as obras de Verlaine e Rimbaud quando foi para Tóquio, em 1924. Adotou técnicas simbolistas em seu próprio trabalho como poeta e especialista em literatura francesa.

Yanagita fez essa observação com base no exemplo das crianças. Na verdade, é preciso concordar que a mudança mais notável é o fato de as crianças não chorarem mais. Apesar de haver muitos períodos a considerar, no passado, antes da Segunda Guerra Mundial, nós parecíamos chorar com mais frequência. Vertíamos lágrimas sempre que acontecia algo desagradável. Era normal ver uma criança soluçando em público, com o nariz escorrendo e implorando algo entre um soluço e outro. Hoje raramente se vê uma criança chorando nas ruas.

Observar atentamente a vida cotidiana nas ruas é uma antiga prática minha, e não consigo me lembrar da última vez em que vi uma criança chorando em público. Algumas vezes, nas partes mais movimentadas das cidades, deparei-me com mulheres que fugiam correndo com lágrimas nos olhos. Certa vez, dirigindo pelo interior da França, passei por uma mulher que caminhava com dificuldade no acostamento da estrada. Ela chorava desconsoladamente e até hoje aquela imagem permanece cristalina em minha mente.

De acordo com a teoria de Yanagita, a razão pela qual as crianças deixaram de chorar é o fato de elas terem se tornado mais loquazes. Quando uma criança começa a chorar, seus pais ficam furiosos e dizem algo do tipo: "Eu não entendo qual é o problema. Diga logo por que você está chorando". Contudo, a criança está chorando precisamente porque não consegue expressar suas razões de modo ordenado e claro. Ela não está se comportando assim por fingimento ou brincadeira.

Em outras palavras, *naku* [chorar] é uma forma de comunicação única, diferente de *hanasu* [conversar]. Chora-se involuntariamente, com um aperto na garganta. Milhares de emoções povoam a mente, e a pessoa chora de forma incontrolável. Trata-se de uma forma de expressão emocional clara e direta, difícil de substituir com palavras.

De outro lado, há uma convenção estabelecida à qual a sociedade tem dado bastante ênfase e que considera o ato de chorar vergonhoso. Concomitantemente, quando se atinge o estágio de *kuchi no tassha* [ter a língua solta ou ser tagarela] – em outras palavras, quando tem início a atividade baseada na linguagem –, a criança começa a argumentar.

Naturalmente, seu raciocínio é do tipo que seria (e de fato o é) constrangedor para um adulto, mas ela está falando, expressando-se de modo "claro e direto" em vez de simplesmente chorar lamentando-se. Na verdade, se as coisas fossem como antes, essa criança teria apenas chorado e isso teria sido perfeitamente claro, não?

Antigamente, quando queríamos que nossos pais comprassem algo, mas eles se recusavam a fazê-lo, primeiro insistíamos e ficávamos impacientes. Quando isso não funcionava, nós então nos deitávamos de barriga para cima bem no meio da loja ou onde quer que fosse, começando a chorar em um volume ensurdecedor. Hoje, ao contrário, uma criança parece fazer seus pedidos utilizando argumentos mais inteligentes. Ora, certamente trata-se de uma enorme mudança em relação a um assunto tão corriqueiro.

* * *

Assim, fico imaginando por que o choro atingiu tal declínio, questão bastante difícil e desconcertante.

O tipo de choro extinto em primeiro lugar e mais completamente foi o lamento. Nos tempos antigos, quando davam adeus aos deuses e espíritos, as pessoas choravam – isso fazia parte da cerimônia. Essa forma de chorar está muito distante de nossa maneira de ser atual. Isso ocorre basicamente porque é raro sentirmos simpatia pelos espíritos ou respondermos a eles, não? Como nossa consciência não autoriza mais tais sentimentos, uma cerimônia como essa pareceria falsa ou vazia para nós. Na verdade, talvez a própria lamentação tenha se extinguido. Há algum tempo, Hidenobu Ueno[2] notou que, após a Segunda Guerra Mundial, deixou-se de falar de fantasmas nas minas de carvão, e essa observação me interessou. Os fantasmas que supostamente apareciam nas minas de carvão e em outros lugares desse tipo

---

2 Hidenobu Ueno (1923-), renomado repórter e escritor de ficção, abandonou seus estudos no Departamento de Literatura Chinesa da Universidade de Kyoto para trabalhar como mineiro de carvão até 1957, quando lançou a revista *Aldeia Circular* em parceria com Gen Tanigawa e outros.

eram um fenômeno do período anterior à guerra. É por essa razão que, desde a guerra, nossa capacidade de nos compadecermos de seres fantasmagóricos e de inconscientemente transformar mortos em fantasmas vem sendo perdida.

* * *

O exemplo de Kunio Yanagita descreve o tipo de choro que representa uma lamentação. Isso é perfeitamente ilustrado por uma criança choramingando alto e insistindo em alguma coisa. Um nome apropriado para isso seria *demo-naki* [choro de demonstração]. Esse é o tipo de choro mais feio e mais vergonhoso, além de ser o mais frequentemente reprovado. A questão que mais me interessa a respeito disso é: por quê? Por que isso é visto dessa maneira?

A insistência e as exigências devem ocorrer em conformidade com a lógica e uma razão franca e honesta. Apelar diretamente para as emoções "não é bom". Essa ideia constitui o fundamento (ou o sistema de avaliação subjacente) dessa implicação *mittomonai* [feia, desagradável, vergonhosa]. Nós temos ditados cotidianos como: "*Otoko ga naku no wa mittomonai*" [Um homem chorar é algo vergonhoso] e "*Dai no otona ga naku no wa mittomonai*" [É vergonhoso um adulto chorar]. Subjacente a essas expressões está a noção de que o choro de uma mulher ou o de uma criança é aceitável até certo ponto. E o que se oculta por detrás desse conceito é a ideia de que as mulheres e crianças comovem-se mais facilmente.

Contudo, devido à aplicação universal do igualitarismo, as mulheres e as crianças passaram a ser consideradas iguais aos homens e adultos e, portanto, a ser enquadradas no regime do "chorar é vergonhoso". Consequentemente, as crianças de hoje não choram. Em um nível mais profundo, porém, o que é claramente evidente nessa nova forma de aversão às emoções é a modalidade do homem moderno que perdeu sua capacidade de empatizar com a dimensão espiritual.

Dizem que quanto mais velho um ser humano fica, mais débeis tornam-se os seus sentidos. Embora ouçamos isso com bastante frequência, a realidade não parece corroborar tal fato. Quando as pessoas envelhecem, em vez de se tornarem mais fracos, alguns de seus sentidos parecem ficar mais acentuados – é por isso que, algumas vezes, os idosos não conseguem suportar certas coisas, que se lhes tornam perceptível ou fisiologicamente desagradáveis. Em outras palavras, eles perdem a paciência.

Um dos impulsos humanos que os idosos tornam-se menos aptos a tolerar é o choro, algo desagradável demais para eles. E é por isso que o idoso é doce com a criança que chora – com isso, poderá involuntariamente mimar e estragar a criança. Somando isso às demais observações, chegamos à conclusão de que, cada vez mais, os seres humanos têm perdido a tolerância para com o choro alheio. E parece-me que esse processo de deslocamento como um todo é nada mais nada menos que a "civilização".

As pessoas tornaram-se incapazes de empatizar com o choro e as lágrimas dos outros ao ingressar nas interações humanas. Como perderam essa capacidade, a voz do choro foi reduzida a um impulso fisiologicamente desagradável. Assim, sob o regime do controle social e ético, foi estabelecido que *naku koto wa mittomonai* [o choro é vergonhoso].

Naku II
(Chorar II)

Ir ao teatro para chorar

Como já foi dito, o ser humano foi gradualmente perdendo a generosidade em relação ao choro dos outros. Em resumo, a ideia de que chorar é feio ou vergonhoso vem se tornando cada vez mais predominante. É por isso que hoje raramente se veem crianças chorando. Apesar disso, há um fato notável que atesta o contrário e que parece contradizer o que foi dito antes.

Em 1950, Hiroshi Minami[1] publicou a pesquisa *Nihon no ryūkō-ka* [Canções populares japonesas] no livro *Yume to Omokage* [Sonhos e imagens]. O propósito da pesquisa era estudar a recorrência de algumas palavras-chave selecionadas nas letras de canções populares. De acordo com os resultados obtidos por Minami, *naku* foi, predominantemente, o verbo mais utilizado, aparecendo em 33 dos 63 casos estudados. Em outras palavras, as canções que utilizavam a palavra *naku* correspondiam a mais da metade do total. Incidentalmente, dois dos três primeiros verbos mais utilizados foram *wakareru* [dizer adeus ou separar-se], que apareceu em vinte canções, e *omou* [pensar sobre al-

---

[1] Hiroshi Minami nasceu em Tóquio, em 1914. Psicólogo social doutorado pela Universidade de Cornell, leciona na Universidade Hitotsubashi e escreve sobre psicologia social e cultura do Japão do século XX.

guma coisa], que ocorreu em doze. O substantivo mais recorrente foi *namida* [lágrimas], que apareceu em dezesseis canções.

Esse estudo foi realizado logo após a Segunda Guerra Mundial. Cerca de vinte anos mais tarde, seria bem possível que os temas das canções populares tivessem sofrido mudanças. Contudo, não foi esse o caso. Duas décadas após a pesquisa de Minami, em 1971, Jitsuo Tsukuda realizou um estudo utilizando os mesmos procedimentos de seu predecessor. Os resultados revelaram que o verbo utilizado com mais frequência ainda era *naku*, que aparecia em 43 dos 110 casos. O substantivo mais comum também era o mesmo – *namida* –, que ocorria em 78 dos 110 casos.

Como podemos interpretar isso?

Em primeiro lugar, vinte anos após a guerra, a popularidade das palavras *naku* [chorar] e *namida* [lágrimas] não diminuiu. Longe disso. O uso de *namida*, na verdade, sofreu um notável aumento. Devemos entender, com isso, que os japoneses de hoje são tão sensíveis às *namida* quanto antes? Considerando-se o deslocamento do modo como o choro é visto em termos éticos atualmente, essa perseverante simpatia pelas *namida* constitui um verdadeiro desafio para a interpretação.

* * *

Uma coisa é evidente: estimamos muito as palavras *namida* e *naku*. Nós as apreciamos especialmente quando elas são cantadas em uma melodia triste. Não pode haver dúvida quanto a essa ligação sentimental. Entretanto, daí podemos concluir que nós, japoneses modernos, somos generosos em relação às lágrimas dos outros e que gostamos de chorar? Isso inverteria completamente a hipótese anterior, baseada nas atitudes sociais atuais em relação ao ato de chorar.

Nas peças do teatro Nô há um movimento formalizado chamado *shioru*, que na verdade constitui o gesto japonês característico para chorar. Levanta-se a mão e cobrem-se discretamente os olhos, gesto que se destina a esconder ou ocultar as lágrimas. E é precisamente a ação de *kakusu* [esconder], sugerindo uma lamentação velada e bastante profunda, que permite ao ator atrair a simpatia da audiência.

A audiência, observando aquelas lágrimas ocultas ou secretas, empatiza com elas. Em vez disso, se o ator chorasse e se lamentasse em voz alta, a audiência sentiria uma revogação ou invalidação da oportunidade para empatizar. Esse tipo de ação no palco pertence à comédia. Na tragédia, a expressão deve ser controlada, realizada com certo grau de contenção. É essa a estética das lágrimas no Japão.

Michizō Toida descreve os gestos através dos quais o choro é representado nas peças *Kabuki*:

> Após constatarem que fugir é só o que podem fazer, um homem e uma mulher jovens sentam-se, apoiando-se nas costas um do outro, e choram; eles seguram um pano sobre a boca, e seus corpos se sacodem e tremem sem parar. Esse movimento formalizado é o controle e a contenção que eles impõem ao seu soluçar inevitável. Da mesma maneira, quando um pai chora no *Kabuki*, ele controla sua expressão emocional pressionando com força uma toalha no colo. Por essa razão, as pessoas *shibai ni naki ni iku* [vão ao teatro para chorar]. (*Nihonjin no engi* [A arte de atuar no Japão].)

Resumindo: nós não choramos por causa das *namida* [lágrimas] dos outros; choramos pelo fato de eles as reprimirem. Em outras palavras, aquilo com o que sentimos empatia é o gesto de controle consciente sobre a necessidade irreprimível de chorar.

Isso ilustra o desagrado e o desdém que a sociedade moderna sente pelas *namida* e por *naku*, revelando o grau de restrição que colocamos nesse tipo de expressão emotiva. Da mesma forma, quando as *namida* aparecem como símbolo, gesto ou palavra em uma canção, seu sentido mais profundo reside no controle ou na contenção que as envolve, e não no ato demonstrativo de chorar, que se manifesta através das lágrimas.

Na realidade, precisamos reconhecer que o controle autoimposto dessa maneira nada mais é que o ato de se render ou de se submeter à ordem social. *Sotto koraeru namida* [lágrimas secretamente reprimidas] e *shinobi-naki* [choro contido] são manifestações de uma atitude de obediência em relação à ordem social que abomina a franca expressão de sentimentos. Esses gestos, portanto, tornam-se evidências de uma *ijirashii kokorone* [natureza doce e patética]. Tem-se observado que a representação de tristeza (com as duas mãos cobrindo o rosto) da grande atriz Julietta Messina no filme italiano *La Strada* foi inspirada em filmes japoneses. Isso mostra que a expressão doce e patética que nos é tão familiar atravessou nossas fronteiras. Ao vermos a *ijirashii kokorone* em uma atriz italiana, constatamos ainda mais intensamente o quanto essa forma de *shinobi-naki* está enraizada nas tradições de expressão emocional do nosso país.

Outra maneira exclusivamente japonesa de expressar sentimentos é o que chamamos de *naki-warai* [meio riso, meio soluço]. É o gesto favorito em *Katei-geki*, espécie de drama familiar. Assim como a nossa maneira de chorar, ele ilustra a importância que atribuímos à repressão controlada de emoções. Na maioria dos casos, rir de alguém constitui um ataque, uma armadilha para o outro. Com o *naki-warai*, contudo, o elemento do choro alivia em grande parte a agressão da pessoa que ri e consegue converter essa atitude em simpatia e reconciliação. Em outras palavras, a transformação da agressão é obtida através da expressão da contenção emocional.

A despeito de tudo isso, a questão permanece: por que palavras como *namida* e *naku* aparecem tão frequentemente em nossas canções populares?

Todos os seres humanos gostariam de conseguir chorar de acordo com seu impulso de fazê-lo. É a realidade social que nos proíbe de fazer isso. Portanto, choramos essas lágrimas proibidas em segredo. É nisso que reside a ligação sentimental dos japoneses com as *namida*. *Naku*, afinal, é a manifestação exterior de uma rendição patética.

Diante dessa enigmática dedicação japonesa às *namida* e a *naku*, sinto-me inclinado a aventar a hipótese de um retrato do nosso futuro, no qual a sociedade – embora isso possa ser uma reversão do processo de desenvolvimento e evolução – deixaria as lágrimas da "rendição" para retornar às da "empatia".

Musubu
(Conclusão)

Chegue um pouco mais perto

EU GOSTARIA de escrever algo diferente das conclusões usuais. O título que escolhi, *Shigusa no Nihon Bunka* [*A cultura gestual japonesa*] já é, em si, incomum. Meu propósito inicial era distinguir e explorar as características da cultura japonesa manifestas nos *shigusa* [gestos]. Agora, mesmo chegando às páginas finais, não tenho certeza de ter conseguido atingir esse objetivo.

Não iniciei este projeto com um sistema inspirado em uma teoria que eu iria aplicar e impor. Para ser honesto, eu não tinha nenhum plano concreto, nem uma clara concepção dos procedimentos. Minha intenção era escolher e abordar temas específicos literalmente *omoitsuku mama ni* [à medida que eles me viessem à mente]. Minha opção de empreender o projeto dessa maneira foi baseada na impressão de que isso seria mais profundamente interessante e gratificante do que impor, desde o início, uma estrutura predeterminada e passar a selecionar exemplos que se encaixassem naquele sistema teórico. Era esse o meu pensamento.

Há quantos anos estou interessado nos gestos dos seres humanos? Bastaria dizer que, há muito tempo, venho me sentindo motivado a organizar e apresentar minhas ideias sobre o assunto. Quando chegou a hora de dar uma palestra sobre os gestos perante uma audiência, deparei-me com uma dificuldade inesperada – o título ou jeito de chamar aquilo que, por tanto tempo, eu havia pesquisado e analisado. Essa é uma dificuldade específica da língua japonesa, pois temos duas palavras para "gesto". Eu precisava decidir se utilizaria *miburi* ou *shigusa*. No final, fiquei com *shigusa*, em virtude do som mais suave dessa palavra, e acredito que tenha sido a escolha certa.

Nós dizemos *shigusa* ou *miburi* para significar a palavra estrangeira "gesto". Um *shigusa* é usualmente uma *miburi*, ou ação gestual, empregada no teatro. Em outras palavras, é uma *miburi* que se destina a ser testemunhada por outras pessoas. Além disso, um *shigusa* é um movimento pequeno e sutil. Nós podemos dizer *ōgesana* para indicar uma *miburi* exagerada, mas seria impossível utilizar *ōgesana* para descrever um *shigusa*, porque, por sua natureza, ele não pode ser exagerado. Acredito que, no final das contas, os gestos japoneses pertencem todos ao tipo *shigusa*. Um palco de teatro (cenário original dos *shigusa*) proporciona uma estrutura fundamentalmente fixa, constante. Aparentemente, nós, japoneses, sentimos alívio perante as formas gestuais estabelecidas consumadas em tal estrutura, particularmente no caso de gestos mais sutis feitos com as mãos. A estrutura é estável e constante e, com isso, acomoda as sutis nuances dos *shigusa*. Além disso, a nossa é uma cultura da *mitate*, que, como mencionei, reforça e mantém essa constância.

Mesmo que o grau de refinamento das *miburi* não seja tão alto quanto o do *shigusa*, elas também refletem nossa predileção pela constância. Por exemplo, os gestos inconscientes que têm sua origem na religião – como o *suriashi* e o *sekibarai* – também têm sobre nós um efeito aliviador.

Além disso, quando insistimos em determinar qual *shisei* [postura] sustentaria e unificaria os vários gestos, notamos que a postura sentada é fundamental. Originalmente, essa postura resultou da influência da cultura chinesa. Contudo, apesar de ter deixado de ser praticada na China há muito tempo, ela permanece habitual no Japão. Na verdade, trata-se de uma postura que tanto unifica quanto identifica toda a cultura japonesa. Embora esse ponto já tenha sido defendido por vários intelectuais, eu gostaria de adicionar a ele algumas considerações: a postura *shagamu* [de cócoras] também é básica, pois incorpora a *yūkyū no manazashi* [o olhar rumo à eternidade], que mantém o equilíbrio entre a ação e a estabilidade.

Em última análise, *shigusa, miburi* e *shisei* são tanto formas de expressão físicas quanto espirituais, que proporcionam a estrutura para as relações humanas. Quando essas expressões revelam possuir certa uniformidade, ficamos bastante impressionados e pensamos: "Isso é tão japonês!" ou "Isso é tão norte-americano!" – como se pudéssemos ver impressa nelas a marca do estilo da cultura.

Penso que as características do estilo japonês nas relações humanas podem ser reduzidas a dois princípios: a *tsunagari* [conectividade] e a *hedatari* [distância]. Primeiro, alguém se curvava do outro lado do *fusuma* [painel de tela de papel]. Só quando ouvia "*Mō sotto chikō*" [Chegue mais perto] ou algo equivalente, a pessoa se aproximava, aos poucos, do lorde suserano. O padrão ou estilo comportamental que nós, japoneses, tínhamos nos tempos antigos ilustra claramente que qualquer interação entre os seres humanos precisa envolver o fator do controle. Nosso vocabulário de gestos parece notavelmente simplificado, não por alguma carência, mas porque se destina enfaticamente a expressar o autocontrole e a torná-lo evidente. É por isso que a contenção controlada dos gestos tem o efeito oposto: consiste em uma declaração de si próprio. Um indivíduo com autocontrole habilidoso é o padrão segundo o qual avaliamos a qualidade de uma personalidade.

Uma pessoa mantém uma distância adequada (isto é, moderada) da outra e controla a expressão de seus sentimentos. Ao mesmo tempo, contudo, envia à outra pessoa sinais de concordância e de união. Por exemplo, alguém transmite ao outro uma atitude de *aizuchi*, assentindo com a cabeça a cada palavra dita pelo outro e murmurando expressões de concordância, como "*Yappari*" [Bem como eu pensava] ou "*Sō desu ne*" [É isso mesmo, não é?].

Na cultura japonesa, a expressão direta e explícita da vontade não faz mais do que aprofundar a *hedatari* [distância], fixando o relacionamento nessa situação. Em vez disso, deve-se iniciar o relacionamento com *hedatari* em relação à outra pessoa e depois, gradualmente, *najimu*, que significa "tornar-se familiar".

O estilo "almofada" de comunicação que vemos no *ikebana* corresponde ao costume de não encarar diretamente a outra pessoa, nem submetê-la voluntariamente ao nosso controle. A autoexpressão através do *ikebana* só pode ser estabelecida quando a *yokusei no katachi* [forma de autocontrole que é dada] – na verdade, a forma que o arranjador dá às flores – unifica-se completamente ou é análoga à *katachi* [forma] do eu interior. É a mesma comunicação ou o mesmo controle que permite a duas pessoas, depois de *fushime gachi* [abaixados os olhares], experimentar primeiramente o que chamamos de *hada ga au* [afinidade ao nível da pele] – para sentir que estão *najimu* [tornando-se familiarizadas] –, e só então sentir que o "coração" ou o eu interior estão conectados. É assim que a *tsunagari* [conectividade] é estabelecida.

Assim, o princípio da *hedatari* submete-se ao da *tsunagari*, e então as duas pessoas tornam-se genuinamente conectadas, o que sempre foi a ideia subjacente à dinâmica desses dois princípios. A conexão entre as duas pessoas é criada e baseia-se nos sentimentos reais, e procede do "coração" desses indivíduos. Uma conexão interpessoal também pode ser estabelecida por meio de objetos (o *ikebana*, por exemplo) ou de uma terceira pessoa (um bebê ou um intermediário, um casamenteiro). Além disso, a conexão também pode ser estabelecida com a utilização de uma distância que seja temporal e espacial (como os intervalos de tempo e os setores de espaço em um jogo). Inicialmente, pode parecer estranho o fato de a distância gerar uma conexão. Não obstante, a esfera da *tsunagari* [conectividade] que foi constituída dessa maneira – apesar de, *a priori*, não parecer ter sido "constituída" – é o nosso paraíso terrestre ou a nossa utopia. É o que sonhamos como sendo o "além", o reino além do mundo concreto onde vivemos.

Desse modo, concluo minha miscelânea de ensaios "interligando-os uns aos outros". Creio que concluir ou resumir isso dessa maneira já é, em si, uma característica fundamentalmente japonesa. Conectando uma corda às outras, conectando grãos de arroz uns aos outros e nos conectando ao nos darmos as mãos – é dessa maneira que captamos um relance do reino da *tsunagari*, que o afirmamos e o asseguramos e, com isso, alcançamos certa paz de espírito.

[Fim]

Índice remissivo

Aida, Yūji 147
Akutagawa 217
Alain, *Systhème des Beux-Arts* 230, 232
Balding, K. 73
Baudelaire 218
Bendasan, Izaya (Yamamoto, Shichihei) 35-6
Bergson 94
Brown, Norman O. 70-1
Caillois, Roger 23, 69, 185, 199-200
Dōgen 132
Dostoiévski, Fiódor 61
Ekuan, Kenji 130
Felipe, o Bom, príncipe de Borgonha 110
Flaubert 75
Fujimoto, Kizan 168
Fujinawa, Kenzō 219
Gendai no Me [Os olhos dos tempos modernos] 139
Gonbei 156
Grand Robert (Dictionnaire Alphabétique et Analogique de la Langue Française) 39
Haji no Bunka [Cultura da vergonha] 95
Hall, Edward T. 53, 76
Hattori, Sachio 199-200
Hearn, Lafcadio 98-100, 102
Hori, Hidehiko 130
Huang-Da Chi 30
igami no Gonta [o briguento Gonta] 68
Ikeda, Hayato 56
Imamura, Yoshio 135
Inada, Nada 44
Itagaki, Taisuke 63
Itasaka, Gen 217
Itō, Sei 59
Kabuki 179, 190, 199, 241
Kambayashi, Akatsuki 24-5
Kanadehon Chūshingura [Os quarenta e sete *rōnin*] 199
Kanō, Jigorō 145
Katei-geki 242
Kawai, Tadashi 32-3
Kawazoe, Noboru 122-3, 128
Kikuchi, Kan 157
Kōdōkan Judō 145-6

Kōjien 38, 47
Kojiki [A antiga crônica do Japão] 96, 183
korobi bateren 67
Kyō, Machiko 22
La Strada 242
Madame Gascardt 48
Maehata, Hideko 40
Manyōshū [Antologia da poesia japonesa] 197
Manzai 155-6
Manzai [diálogo cômico] 96, 155
Maruyama, Masao 125-6
Matsumura, Takeo 123
Mead, Margaret 207
Minakata, Kumakusu 217
Minami, Hiroshi 239
Mishima, Yukio 97
mochi tsuki [feitura do bolo de arroz] 48
Monogusa Tarō [Tarō, o garoto preguiçoso] 64, 67-8
Montand, Yves 22
Mornet, Daniel 220
Morris, Desmond 57-9
Nakahara, Chūya 234
Nakai, Masakazu 124
Nihonshoki [As crônicas da história japonesa] 198
Nishida, Nagao 198
Ni-Yun Lin 30
Nukada, Iwao 74
okurimono 73
Orikuchi, Shinobu 178-9, 197, 224-5, 228

Ortega y Gasset, José 42, 74-5, 160
Ozu, Yasujirō 132, 144
Rakugo [narração cômica] 96
Revista *Tembō* 29n
Riesman, David 195
Rimbaud 140
Saigō, Takamori 63-4, 67-8
Satō, Akira 66
Sazae-san 182
Segawa, Kiyoko 72
Shiba, Ryōtarō 63-4
Shimazaki, Tōson 59
O show de "Sokkuri" 21-2
Suzuki, Takao 204
Systhème des Beux-Arts, Alain 230, 232
Takami, Jun 185
Takechi, Tetsuji 173-7
Tamura, Etsuko 65
Toida, Michizō 182-3, 212, 241
Toupilleuse [Mulher giratória] 173
Tsuchi ("Sobre a cópia") 32
Tsukada, Jitsuo 240
Tsurezure gusa [Ensaios sobre a preguiça] 222, 226
Ueda, Masaaki 184
Ueno, Hidenobu 236
Ueyama, Sōjin 87
Yamamoto, Shuji 190
Yanagita, Kunio 82, 86-7, 94, 96, 99, 99-101, 133-4, 154, 156, 222-3, 230, 232, 234-5, 237
Yokomitsu, Riichi 57
Yoshikawa, Dr. Kōjirō 29-30